漫娱图书

I NEED YOU.

虞美人不开的夏天

鹿迢迢 著

当我身处深渊时，
我也曾凝望过太阳。

只是当时的我并不知道，
有的太阳碎得比我还彻底，
有的太阳一直活在雨天里。

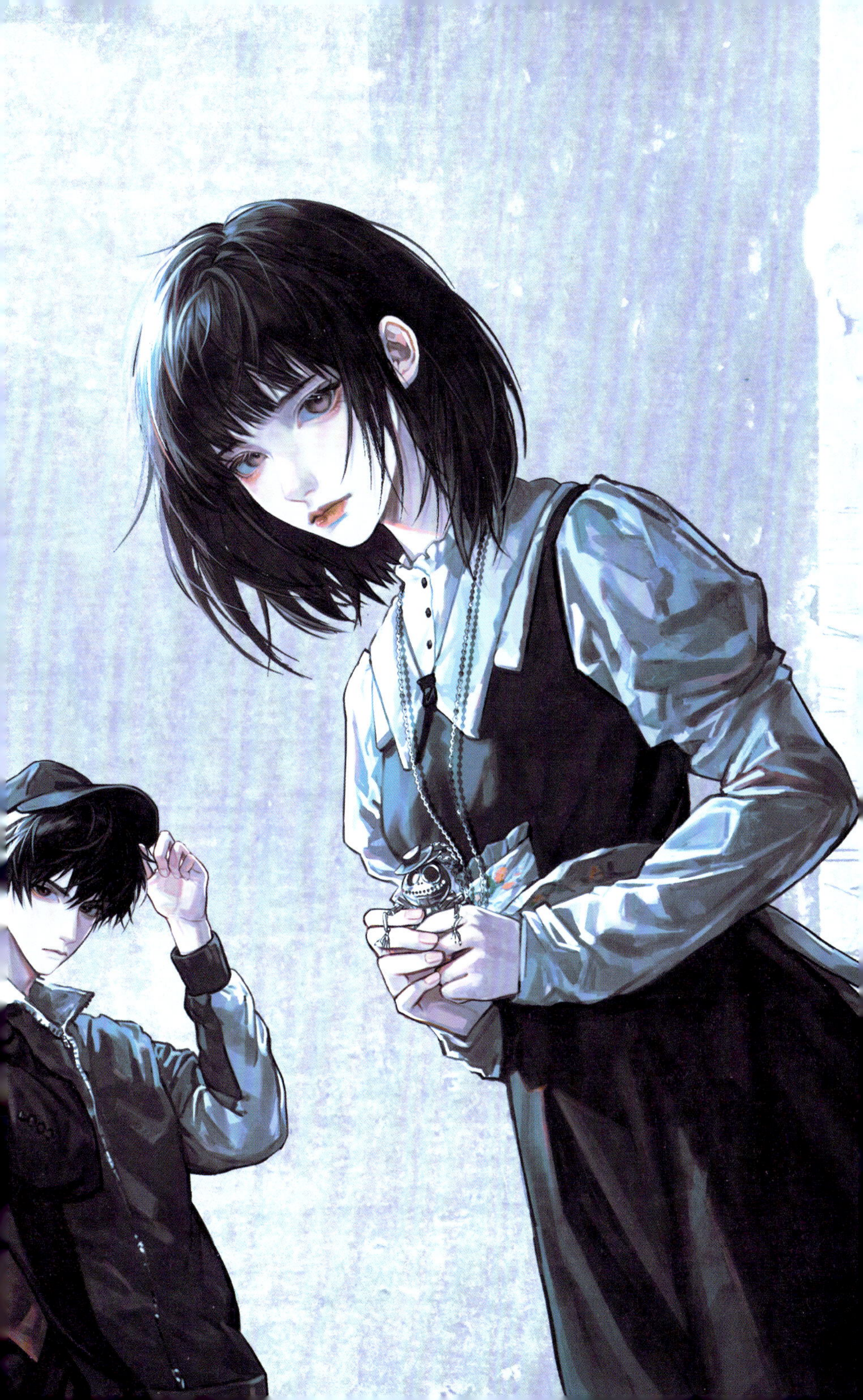

在一起，不分开，永远永远。

你知道他想杀了你吗?

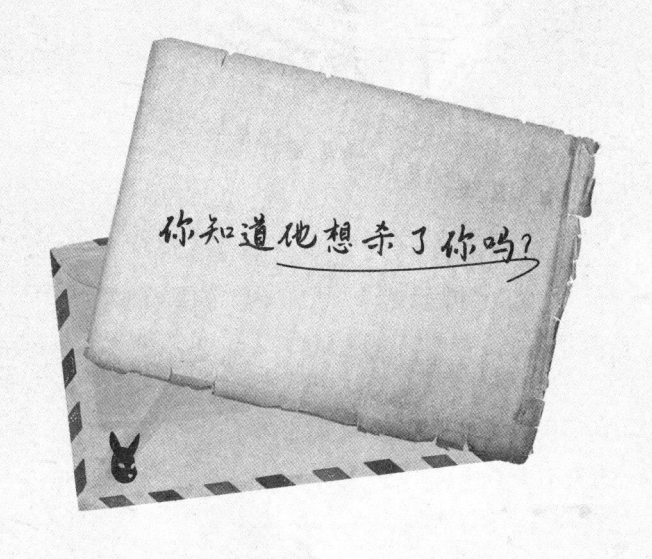

虞美人不开的夏天

楔 子
005

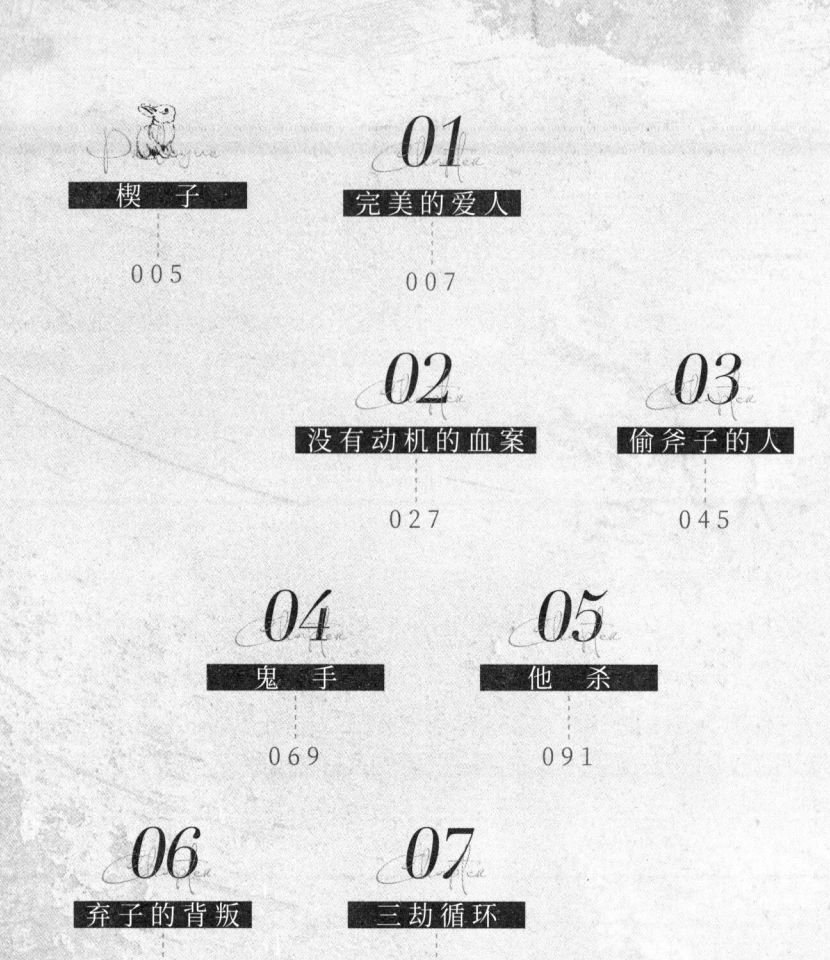

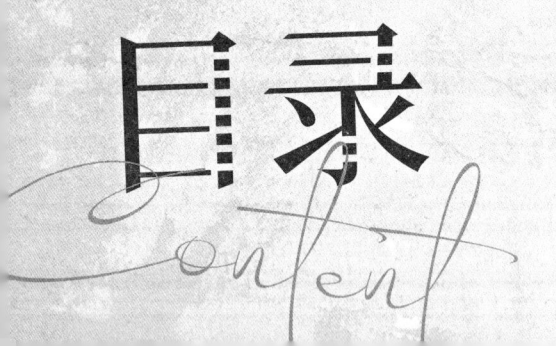

01 完美的爱人
007

02 没有动机的血案
027

03 偷斧子的人
045

04 鬼 手
069

05 他 杀
091

06 弃子的背叛
119

07 三劫循环
145

目录
Content

08 臆中人
171

09 当一艘船沉入海底
195

10 投名状
217

11 止战之殇
245

独家番外
永远永远
264

楔子

"大兔子病了，二兔子瞧；三兔子死了，四兔子熬；五兔子买药一去不回来……"

背着行李的他，怔怔地看着这五个跳皮筋的孩子。

眼前这座陌生的城市不属于他，但这五个孩子，让他决定从此留在这里。

几小时后，他背上的行李不见了。

他在这个城市租了房、安了家，身上多了一套外卖员的服装，和一只遮盖了真实面容的头盔。

他的兜里，还有一张刑满释放证明的复印件。纸张很硬，在口袋一角咯吱作响。这张纸始终提醒着他，他因"亵童"而受到了惩罚。

他藏在头盔后笑了笑，把那张纸折成了一架小小的纸飞机。

"姐姐，我回来了。"他在电话里，向唯一的"亲人"汇报。

01 Chapter

完美的爱人

01

第 一 章

1

维持一段完美婚姻的秘诀是什么？

也许是控制。坐在地铁上的苗苗不无甜蜜地想着。

和丘翎的完美婚姻，让她成为闺密圈子里出名的"幸福太太"。每个遇到感情问题的闺密，第一时间想到的都是找苗苗倾诉，谁让她嫁给了这样完美的丈夫呢？

丘翎高大、英俊、忠诚，并且多金。他运营着一家医药公司，尽管这家医药公司是他和亡妻一起建立的，但这并不影响他用从这家公司赚的钱来取悦苗苗。

认识丘翎后，苗苗的生活有了翻天覆地的改变。

她还记得，三年前认识丘翎的那个夜晚，丘翎送了她一条真正的羊绒围巾。当时的苗苗，并不知道围巾上那个字母"B"开头的单词代表什么，她只是由衷地感受到这条看似普通的、米黄色的格子围巾有多么细腻柔软。

那是在小镇上仓促长大的孤儿苗苗从未碰触过的温暖。

从那以后，丘翎就像这条羊绒围巾一样，无声无息却也无处不在地流淌进了她的生活。

苗苗一直在寻找丘翎愿意选择自己的理由。

是年轻吗？不是，围绕在丘翎身边的年轻女孩数不胜数。是漂亮吗？不是，苗苗从过去两三段无疾而终的暗恋中明白，自己并不出众。是善解人意吗？也不是，多少个夜晚，丘翎把自己关到书房，沉浸在某种说不清道不明的痛苦里，苗苗对此无能为力。

唯一可以说服苗苗相信这段爱情的，就是她的顺从。她像柔软的羊羔一样，很快就顺服丘翎了。

如丘翎所愿，她辞掉了小学音乐教师的工作，去了一家私人钢琴培训机构上班，只为那些富太太上课；也如丘翎所愿，她的一举一动，她的行程，她的所有通信工具，都完完全全地对丘翎"坦诚"。

苗苗并不反感丘翎的控制欲，她把这理解为一种爱。

每次下课归来，丘翎总会事无巨细地检查她的背包、她的手机。手机里的每一条消息都逃不过丘翎的眼睛，丘翎会逐字分析，细细解读。他在意她接触到的每一个人，不论同性还是异性。她和那些人说的每一句话、发生的每一件事他都要知道得清清楚楚。

丘翎做这一切的时候，苗苗安之若素。她要么在厨房里安静地准备着晚餐，要么在客厅里弹那架白色的三角钢琴。

《水边的阿狄丽娜》是丘翎最喜欢的曲子，苗苗让音乐在自己洁白修长的手指下流淌，而她的丈夫正在检查她有没有和别人发生不该有的互动。

苗苗对这样密不透风的爱毫不抗拒，自小辗转于亲戚家的她甚至有点享受这种被紧紧抓住的感觉。唯一让她头疼的，是丈夫对于时间的控制。

比如今天早晨，她和学员约好的上课时间是 9:15，丘翎研究了路程和地铁时间表后，要求她 8:12 迈出家门，快一分慢一分都不可以。

8:10 她要离开家时，被丘翎一把拽住，吻了起来。

她原本以为丘翎的吻只是情之所至，但是这个吻结束的时候，她看了一眼表，8:12。

百密一疏，尽管苗苗问心无愧，但手机里还是出现了一些本不该有的照片。

那是七八张人体照片,说是人体照片也许不太准确,照片好像拍摄自某份纸质文件,纸质文件上,缩印着某个人身体某些部位的照片,比如锁骨、手腕、膝盖。

锁骨处有圆圆的小突起,像烟头烫出来的疤;手腕和膝盖处看得出有一块凹凸不平的灰色,难说是磕碰留下的印迹还是烫伤留下的疤痕。

这些疤痕也许不是这份文件的重点,被轻描淡写地一带而过。而手机里的照片,几乎是对着这份文件上的疤痕拍的,触目惊心。

"我……我不知道怎么会突然出现这些照片!我哪里都没有去过。"苗苗迫不及待地解释,连白色的凉鞋都没有来得及脱掉,尽管那些细细的、缠在脚腕上的装饰链条早就让她疼痛不堪。

丘翎沉默着。他坐在沙发上,手肘撑在膝盖上,整个人成为一个三角形,和那架白色钢琴一样散发着坚硬的、金属般的哀伤。他揪着自己的头发,痛苦地思索着这些照片的来源,高大的身体在沙发前的地板上投下一块重重的阴影。

苗苗连大气都不敢喘。多年的寄居生活让她明白,安静和温顺是不被一个家庭驱逐的最好办法。

"我是不是跟你说过,不要买这些二手的东西?"丘翎突然松了一口气。他的语气还是很低沉,但整个人舒展开了。

喜欢购买二手物品,是苗苗童年时期留下的习惯。

辗转于多个亲戚家的她,自小穿的就是堂姐、表姐留下来的衣物。那些衣物上也许有汗渍、有口红印、有香菜或者罗勒草的味道,但是她并不在意,她甚至喜欢从这些细枝末节中获取表姐、堂姐们的生活痕迹。

套上她们穿旧了的衣服,苗苗想象着自己就是她们中的一员,或者自己干脆就是她们。她和她们一样,家里有爸爸和妈妈,可以偷偷涂口红、偷偷把颊边的头发烫弯、偷偷和男孩子站在路边摊共吃一碗鱼丸。

这个习惯保留到了成年,苗苗喜欢那些旧了的东西,总觉得上面留着温度、留着重量，这些东西带给她的想象，可以添补她空白得惊人的生活。

最初，丘翎对于她的这个习惯很是排斥。

"又不是买不起新手机，为什么每次都要买这种别人用过的翻新机？"丘翎问过她。

苗苗怯懦又羞涩地笑笑。那是他们刚认识的时候，她愿意顺从一切，但是执拗地保持了这个习惯。她心里隐隐地有种想法：我不配用那些崭新的、冰冷的东西，我用就是辜负了它们，别人用旧了给我的才好。

包括择偶这件事上，苗苗一开始就知道丘翎有过一段婚姻。在他们认识的几个月前，丘翎的妻子和女儿在一场车祸中去世了。

这让她更为丘翎着迷。多好呀，他也是旧的、令人心安的。如果他以从未踏足过婚姻的身份接近她，她知道自己肯定会像一只小兔子那样拔腿就跑。

丘翎还在指责着她。他认为这台旧手机十分不祥，一定是前任机主遭遇了什么，才会存下这样古怪的照片，而这些照片莫名其妙地在一次系统升级中又出现了。

苗苗温柔地点点头："晚饭喝鲜贝粥吧？我刚在楼下菜市买的海鲜，顶新鲜的。"

丘翎沉默了。他走到厨房，搂住苗苗的腰，看着苗苗剥开贝壳，清洗那些粉红色的肉，然后投入到锅里，看着肉在白粥中翻滚。

"明天陪我去趟那边吧。"他轻声说。

"那边"是指位于城市郊区的一家叫作小星星福利院的地方。那是他们相识的地方。

当时，苗苗跟随小学其他教师一起去小星星福利院给孩子们送温暖，丘翎也在这里。

他什么也没做，只是在车里透过车窗看着那些红扑扑的脸蛋。他告诉苗苗，这里有个孩子，特别像他死去的女儿。

01

苗苗点点头。每个月她都会陪丘翎去见一次那个女孩。她漫步在操场上，独自晒太阳，把时间和空间留给丘翎和那个女孩子，好让丘翎弥补失女的痛苦。

"谢谢你这么大度。"如果没记错的话，这是丘翎唯一一次对她表示感谢。

在操场散步时，百无聊赖的苗苗发现，这些照片来自蓝牙。

她发现，这些照片保存在"bluetooth"文件夹里，保存时间是昨天下午 16:15。根据时间推算，是在地铁上有人通过蓝牙把这些照片传到了她的手机里。

那一切就说得通了。也许是两个朋友在互传什么资料，无意间传错到了苗苗的手机里。她也放下心来，这可疑的照片折磨了她一个晚上。

她本想把这个发现告诉丘翎，可是走到门口，她犹豫了。按照原定的计划，那个时间她应该还在上课。她不应该出现在地铁上。

丘翎要求她，16:45 下课后，搭乘 17:02 的那班地铁回来。一分钟也不能快，一分钟也不能慢。

她欺骗了丘翎。

2

苗苗欺骗丘翎，是为了那个被她称作"小葡萄"的新生命。

昨天，她瞒着丘翎提前离开了课堂，去了最近的妇产医院。

医生指着屏幕上一片漆黑中的灰白色圆点告诉她："你看，已经有胎心了呢。"

"下个月，你差不多就可以听到他心脏跳动的声音了。"医生笑眯眯地问这位准妈妈，"孩子爸爸有没有来？你们建个档吧。"

苗苗好像没有听到她说什么，只是屏住呼吸看着那个灰白色圆点，像在黑暗宇宙中看到了炙热的太阳。

那张检验单还在她的包里，从昨天到现在，她一直想找机会把这件事告诉丘翎。只是，她拿不准丘翎会不会许可她留下这个孩子。

结婚的第一年，他们有过一个意外到来的小生命。丘翎恩威并施，让苗苗拿掉了那个孩子。他的理由是："我还没有从那场车祸里走出来。"

苗苗对那段记忆有点模糊了，只隐约记得手术室一侧的墙上有个隐蔽的通风口，那个通风口呼呼地吹着风。所有人好像都没有看到那个通风口，只是面无表情地忙着手上的事。她对医生要求了好几遍，盼望谁能来帮帮她、行行善，关闭那个该死的通风口。可是没有人理她。那场手术真是又冷又讨厌。

她决定，这次绝对不要再次走进那间刮着风的手术室。

苗苗站在半透明的大门前，丘翎正在里面和燕子说着什么。燕子就是那个极其像他女儿的小女孩，猫一样的圆脸、齐刘海，乖巧的样子惹人心疼。

她感动地看着这两个人，幻想着这次丘翎会像喜欢燕子一样喜欢他们的孩子。

正当她掏出那张检验单准备告诉丘翎时，一辆警车开了过来，刚好停在她和大门中间，把她和大步跨出门的丘翎隔在左右两侧。

警车里下来几位警察，其中就有彭知幸警官。他大概以为神情恍惚的苗苗是这里的老师，匆匆忙忙走过来，掏出工作证在她眼前晃了晃，说："我们在电话里沟通过了，有孩子报警……"

苗苗惊讶地看着他，一阵反胃的感觉涌上来，什么话都讲不出。

福利院的领导很快就迎出来，告诉警察她是志愿者，常和丈夫一起来给孩子们送温暖。

彭警官狐疑地看了苗苗几眼，总觉得这个怯懦的女人有点说不出的奇怪。苗苗轻拍着胸口，把化验单重新塞回包里，尴尬地向彭警官笑笑。

01

领导把几位警官带进了洽谈室。很快,这里的女孩子在老师的带领下都集中到大厅。她们有的坐在轮椅上,有的需要靠人扶着才能行走,有的则压根无法正常控制自己的肢体,总是做出夸张而诡异的动作。无论如何,这些孩子的头发都被整齐划一地梳成了紧紧的马尾辫,她们身上套着白色的卫衣和橘色的长裤,等候着被叫到名字。

丘翎一直站在大厅的圆柱旁,直到确认所有的警察都去了洽谈室,才若有所思地向外走。燕子拆散了头发,放松地甩着一头乌发,跟在他身后,好像有什么事要说。

苗苗站在炽热的光中,看着丘翎推门而出,强烈的光直照向他的面庞,模糊了五官。苗苗只看得清他白皙且松弛的皮肤,像融化了一半的冰激凌。

那天,送苗苗去手术室时,他的脸也这样模糊不堪。

苗苗浑身一抖,下意识地护住小腹。

室内外明暗对比强烈,丘翎走了过来,而跟在他身后的燕子在门口猛地停住了。大概是看到了苗苗细微的动作,她再次抬起头,站在半透明的玻璃门后对着苗苗无声地笑了。

她大声说:"再见啊,丘爸爸。"

然后她隐匿进女孩子们的队伍里。

回去的路上,两个人都心事重重。

丘翎说,福利院发生了案件,看来这里也是一个很危险的地方。

"那我们为什么不收养燕子呢?这样对她来说,有了一个安全的家;对你来说,有一个孩子也不是一件坏事,她可以帮你忘记发生过的一切。"苗苗脱口而出,这些话悬在她嘴边有一整天了。

她很少对丘翎提要求,这让她有些不习惯。她只得絮絮叨叨地解释着这件事的合理性,做出大公无私的样子。

"吱——"丘翎一个急刹车,仿佛压根没有兴趣听苗苗在说什么。他重重地拍着方向盘,气急败坏地推开门跳了下去。检查一番后,他说:"谁把玻璃瓶子丢在这里？扎胎了。"

他把车停在了附近的镇子上，苗苗沉默地跟了下来。一阵阵反胃的感觉涌上来，她扶住路边的牌子呕吐着。路牌上写着这个镇的名字——獾镇。不是他们来时的路。

丘翎无动于衷地怒骂着。他从后备厢翻出改锥，蹲在路边，预备剔出那些扎进轮胎的碎片。

他的后备厢里永远放着各式金属器具，排列整齐，闪着冷冰冰的光，像医生的手术盘。

此刻，他正背对着苗苗蹲在轮胎前，手里握着尖锐的改锥，重重地戳进轮胎，再毫不留情地抽出来。那些碎了的玻璃片在阳光下五彩斑斓，他连多看一眼的兴趣都没有，手指一弹，任它们被丢进荒草地里。

路旁有家新开业的诊所，名字很简单，就叫獾镇口腔诊所。门上写着"开业大吉"的红纸还很鲜艳。

"这个改锥不行。"丘翎站起来，自言自语地解释着，"我进去问问有没有称手的工具。"

苗苗赶紧点点头，实际上，她刚看到不远处是有一家汽车修理铺的，但是她不准备扫丈夫的兴。

丘翎再出来的时候，手里还握着那把改锥，他情绪不太好，对着里面的人大声嚷嚷了几句。里面出来一位穿白大褂的医生，气愤地骂了句："神经病。"

重新回到车上时，丘翎还在下意识地把玩着改锥，手指圈着它转，像小男孩在玩一把玩具枪。

"你刚才是不是有什么事要问我？"

"没……没有。"苗苗擦着嘴角，把那些话重新吞进肚子里。但她知道，这个念头还没有死。

第二天，丘翎的公司有事，他先出门。

出门前,他强调,苗苗一定要搭乘 11:15 的地铁,这样刚刚好赶上 12:30 的课。

苗苗温顺地照做,然而,在地铁到来之前,她收到了一条隔空投送图片的请求。

对方的名字叫"猫鼠游戏"。

苗苗笑了笑,点了拒绝。她不知道是哪个无聊的等车人发来的消息。

对方却没有放弃,孜孜不倦地发来申请。

苗苗不胜其烦,点了接受,打开图片一看,是一张胎儿的照片——正是昨天医生展示给她的图片。

苗苗的心怦怦跳了起来,她惊恐地看着四周。中午地铁站里人并不多,候车的人都在怔怔地盯着手机,百无聊赖地等着下一班车到来。

这些人里没有丈夫的身影,苗苗确认了一遍又一遍。

地铁来临前,隧道里呼呼地刮着风,像那场手术里关不掉的该死的通风口。

苗苗捂住小腹跑上了车。

发消息的人没有放过她,紧跟着又来了另一条隔空投送信息。

苗苗没有犹豫,马上点开,那个人问她:"去过他之前的家吗?"

3

丘翎曾经的家,苗苗去过几次。

自从那场车祸后,丘翎就搬了出去,家里的一切都还维持着之前的样子。

大概是他们认识两个月的时候,丘翎带她来了这里。这个地方对丘翎来说,好像存在某种结界。当时他在门口踌躇,积攒了很大的勇气,才握起苗苗的手,一起重新迈进这扇门。

对于他来说,带苗苗来了这里,就像把自己的过去在苗苗面前徐徐展开。

在苗苗的印象里，那个家灰扑扑的，所有的窗户都用厚重的墨绿色绒质窗帘遮着，即便是烈日当头的正午，光也很难照进来。

这些年他们去过那里几次，每次去都是春节前，简单地除一下尘，保养一下这个房子里样式过时但昂贵的红木家具。

丘翎说过，这房子他不会卖，也不会出租，就这样保留着，"像三个人都还在的时候"。

收到那条信息后，苗苗怀疑是他们身边的熟人在恶作剧。她在脑海中把每一个可能的人都仔细筛查了一遍，并没有发现很可疑的对象。

手机里还有那个叫"猫鼠游戏"的人发来的最后一条消息："你知道他想杀了你吗？"

此后，无论苗苗怎样追问，对方都不再回应。

整个中午，苗苗都无心上课。

她甚至弹错了好几个音，连来这里打发时间的富太太都听出来了。学员好心地提醒她："苗老师，今天是不是没休息好？"

苗苗脸色惨白，推说自己有些反胃，可能是吃坏了东西。

她提前结束了课程，那些富太太没有任何意见，反正她们忙着看电影、逛街、做指甲，学习钢琴只是打发时间的小伎俩，和当年苗苗趁着夜色潜入琴房苦练的心态完全不一样。

"啊，对了，我今天状态不好，连钥匙也忘了拿。你们有熟悉的开锁师傅吗？"在学员即将离开这间音乐教室时，苗苗冒出来这样一句话。

这个声音胆大得都不像她了。苗苗也觉得很惊讶，她甚至隐约有种感觉，是"小葡萄"在替她做这件事。

咔嗒一声，门开了。

丘翎过去的家，选用的是最高级别的防盗锁，花了开锁师傅 30 分钟的时间。苗苗毫不含糊地塞给他几张粉红色的钞票——她不能用手机

01

支付，会留下痕迹的。

说起来有些令人羞愧，她背着丈夫撬开了他旧家的锁。也许那条消息只是一个无聊的玩笑呢？

走进来后，苗苗有些无地自容，为自己的愚蠢和怀疑而羞愧。她想，这里是一个伤心人寄托情感的地方，直到她抬头看到了沙发后侧一闪一闪的红光。

苗苗从侧面走过去，发现这是一个摄像头。有人在监控着这个空置已久的家。

她仔细回忆，过去几次来，每次都是丘翎先到，然后下楼接她上来。她本以为那是因为体贴。

苗苗在昏暗的客厅里举起那个四方形的摄像头，她很快就发现，这个客厅里不止一处布置了摄像头。

彭警官的案子很快就有了眉目，他们根据孩子们提供的线索，一路摸查到了那家诊所。

诊所的老板是个异乡人，自己本身也是医生，从外地来这个镇子投奔亲戚。

警察来的时候，这个医生大声喊着冤枉。他说自己上周只是去福利院义诊，是福利院邀请他去给孩子们检查牙齿。那里好多孩子都有龋齿的问题，还有一个孩子的牙有很大问题，需要来他这里做进一步检查。

彭警官没有给他太多说话的机会，因为他的同事很快就在医生的办公室抽屉里搜到了孩子的裸照。

医生被带到派出所调查，他的诊所被暂时关闭，上周去福利院采集的资料也被封条封在了抽屉里。

福利院的老师第一时间就联系了苗苗。

苗苗夫妻二人原本和他们约定过，下周再来看燕子，顺便给孩子们带一些有关诗歌的书。

"苗老师，不好意思，我们福利院最近两周暂时不对外开放了。上次来义诊的牙医被带走了，上级部门也派了人过来整改。"

"牙医？"苗苗喃喃地答应着。

此时，她还坐在丘翎旧家的书房里。

中午，她撬锁进来后拉掉了电闸。所有的无线网和电源都断掉了，那些监控器急促地眨着红眼睛，寻求着信号。

苗苗点亮手机，在微弱的光下环视这个家，她发现了许多之前没有注意到的细节——这个家好像并没有生活痕迹。

红木沙发上的灰色抱枕，连一个褶皱都没有，仿佛从来没有人靠在上面看电视、喝茶、摆弄手机；书架上的每一本书都平整干净，任意抽出一本翻开，还闻得到油墨香气；女儿的房间里，放着大小不一的毛绒玩具，每一个都干干净净，压根不像曾陪伴过小女孩的样子。

书房是丘翎从来不曾带苗苗进来过的地方，苗苗扶着墙壁，慢慢走进来。

书桌上摆着一家三口的合影，抽屉里也有影集。苗苗借着手机屏幕微弱的光看着，这三个人应该有过很幸福的时光，照片里的女儿和燕子也确实有几分相似，都是一样的圆圆的猫脸。

但她还是觉得哪里有些奇怪。她想用手机拍下这些照片，但是手机又一次急促地响了起来，这一次，是丘翎打来的电话。

"你在哪里？"丘翎的语气十分低沉，这意味着他在发火的边缘。

"我……我在洗手间。"苗苗看了一眼时间，离规定的回家时间已经超出两小时了，她语无伦次地解释，有个学员临时加了课时。

丘翎少见地没有追究，只是问："你那天收到的那些奇怪的照片呢？"

"我删掉了，感觉不太吉利。"苗苗一边回答，一边快而轻地把这个家里的一切归位。出门时，她没有忘记重新恢复供电系统。

苗苗即将回到她和丘翎的新家时，才意识到那些影集到底是哪不对劲。

丘翎之前提到过，他们是在女儿出生那年搬来的，直到女儿八岁出车祸去世,那八年他们都住在那间房子里。然而所有照片里的孩子都是七八岁的样子。她笑着站在两个大人中间,扑在丘翎的背上,或者牵着两个大人的手,仿佛一出生就已经是这个年龄了。

苗苗连一张婴幼儿的照片都没有找到过。

这个家,像是有人知道苗苗要来,特意装扮出来的。

之前来的那几次,两人只是匆匆忙忙地打扫,苗苗从来没有发现过这样多的细节。

苗苗一向不擅长说谎,这些秘密压得她喘不过气。她快步走着,给丘翎回拨电话,却一直是无人接听的状态。

她把电话打到了丘翎的办公室,是秘书接的。秘书小武告诉苗苗,今天丘总并没有来实验室,说是要去福利院给孩子们送秋季的衣物。

"您没有一起去吗?今天正好有媒体的人来电话采访了丘总。丘总说这是您的主意。"小武问。

苗苗木讷地挂断了电话。

她知道,丘翎一直非常注意个人声誉,每年都要参加许多助学助童活动。他在当地慈善界小有名气,经常收到一些"十佳慈善企业家"的表彰。

别人都当丘翎是典型的慈善家,实际上,丘翎告诉过苗苗,他在寻求海外公司的收购,这些良好的个人形象,会在无形中为他的公司提价。

"那些外国人啊,都喜欢对孩子大发善心的合作伙伴,更何况我这家公司研究的就是有关儿童垂体问题的……"丘翎得意地说。发现苗苗一脸茫然后,他停了下来,宠溺地抚摸着苗苗的长发,像是在奖励一只宠物猫。他似乎对她的无知很是满意。

地铁上,失魂落魄的苗苗再次收到了"猫鼠游戏"发来的投送消息:"你比我想的要蠢笨多了。提醒你一下,当心他的公文包,那里面有他给你准备的保单。"

"你到底要干什么?!"苗苗忍不住喊了起来。她愤怒地关闭了投送功能,抬起脸来扫视着密密麻麻的人群。

正值下班高峰期,满车都是人。沙丁鱼罐头一样拥挤的车厢里,人们惊诧地看着这个穿着米色格子套裙的女人站起来,她几乎和自己面前的那个中年男子面贴面了。

这个西装革履的中年人是个秃子,脖子短而粗,脑袋似乎直接长在了肩膀上。他阴郁的蟹眼困惑地瞧着愤慨的苗苗,一只手抓着吊环,一只手还捏着手机。

"是你吧?就是你,搞这种无聊的把戏。告诉你,一上车我就注意到你了……"苗苗劈手夺过了那个男人的手机。

一上车,她就用余光观察着周围的人,似乎想从中找出那个不怀好意的窥视者。

车上好像每个人都有嫌疑,又好像每个人都无辜。最初,苗苗锁定了离自己最近的三个人,毕竟隔空投送的功能对距离有要求。

这三个人分别是眼前这个穿黑色亮面西装的秃子,戴着黑色口罩的音乐少年,和提着写有某家医院名称的袋子、一身莫名的腐烂气味的老太太。这三个人都离苗苗很近,都是时不时地把目光瞥向苗苗,都是一直捧着手机打字。

夺过来的手机上,是当日的股市信息复盘。

秃子惊诧地看着苗苗,脸颊和那双蟹眼登时变得血红。苗苗以为他马上就要对自己发脾气了,含混不清地说着"抱歉,抱歉",把手机塞给他,提前一站跑下了车。

有一双眼睛一直通过车窗看着苗苗跑远。他的手机上有一条投送失败的消息,上面写着:"你果然蠢得很。那我再提醒你一句,那张保单是你的意外身故险。和他亡妻的一样。"

01

4

苗苗恼羞成怒地走在人行道上。凹凸的菱格砖总是卡住她的高跟鞋跟，她实在受不了这样跌跌撞撞的走法，脱下鞋，赤着脚走在黄昏时分滚烫的地面上。

她捂着自己的额头，总觉得那里有几十度的高温。

上楼前，苗苗特意走的消防通道。她在阴凉的楼梯间推开窗户，让混沌不清的晚风吹向自己的面孔。她尽力把这一切抛在脑后，反复告诫自己，什么事都没有，不过是孕期敏感罢了。

丘翎的电话再次打来，苗苗清了清嗓子，接了起来。

在电话里，丘翎恢复成了那个合格的完美丈夫，宽厚地问苗苗为何还没有到家，路上是否一切顺利。

苗苗也从那个气急败坏的女人变回了顺服他的完美妻子，温柔地告诉他，今天的夕阳红得发烫，她在小区公园多看了一会，马上就到家。

挂断电话，苗苗穿好鞋子，把套装裙子整理妥当，重新补了一下口红。现在看起来，她又是那个没有情绪、没有思想的好妻子了。

只是进门前，苗苗忍不住再次打开了投送功能。她看着那条有关保单的消息，默默地发了会儿呆。

丘翎反常地没有追究苗苗的行程，而是扎进厨房里忙碌。

"小武带了香螺分给大家，我做个白灼的你尝尝？"丘翎自嘲地说，"我也只会白灼了，别的不会。"

苗苗有些受宠若惊，殷勤地跑到厨房帮着打下手。

"小武这人话不多，但还是很热心的。"丘翎今天的兴致格外高，那些螺还是活的，他把洁净的它们投到沸水中，目不转睛地看着它们慢慢收缩，"螺都是他家人从海边买的，我说了不用，他还是分给我不少。在公司放了小半天，这螺还这么鲜活……"

厨房的墙壁上贴着靛蓝色复古花砖，当初是他们两个人新婚前一同选的。水汽渐渐氤氲到上面，花砖像是出了一层虚汗。

"你今天一直在公司啊？"苗苗笑着问。

"对啊。今天忙得很，都市报的人来采访了。我说我什么都不懂，只是个搞研究的，公司的慈善活动都是我太太的主意。他们要采访你，我知道你一向怕见生人，就推掉了……"丘翎一边说着，一边拨动着那些死去多时的螺。

苗苗总疑心它们正在发出无声的尖叫，她默默地看了会儿，安静地退出厨房。

小腹隐隐地痛，她轻轻拍了拍腹部，像是在安慰着谁。

外面的天完全黑下来了，窗户缝里钻进来的风吹动着床边的阔叶龟背竹。叶子与叶子在相互摩擦，它们瑟瑟发抖。

沙发上，是丘翎四四方方的公文包。苗苗走了过去，悄无声息地拉开拉锁，一张崭新的单据呈现在她眼前：意外身故险保单。

丘翎无意识地抚摸着苗苗的肩膀，他在思考怎样举重若轻地掏出那张保险单。

苗苗穿着他喜欢的深蓝色绸质家居服，头发用米白色的毛绒发圈束了起来，露出年轻的、皎洁的面庞。丘翎忍不住触碰了一下她的脖颈，暗暗比较着她的肌肤和绸缎的质感。

而苗苗则聚精会神地盯着电视，仿佛并没有听到旁边的他说了两三遍"哎，签在这里就好"。

电视上，正在播放一档乏味的昆虫纪录片。

"为了顺利孕育后代，雌螳螂需要更多的营养物质，而眼前的雄螳螂，则是理想的食物来源。大多数时候，雄螳螂并不能逃之夭夭。而其他的雌螳螂，则继续释放着费洛蒙，在草丛中等候爱侣的到来。"

这是他们三年婚姻生活里的常态：两个人都规规整整地穿着家居服，坐在沙发上看一些无聊的新闻或者纪录片。电视里演了什么对他们来说并不重要，反正他们也极少交流自己的所思所想，只要客厅里有些声音

01

就足够了。

苗苗少见地专注，直到丘翎拿起那张单据在她眼前抖了抖。

"说来有点难过，咱们从福利院回来后，我就一直在想咱们老了以后的样子。"丘翎殷勤地拉住苗苗的手，企图把她的注意力从电视屏幕上拽回来，他不明白一档记录昆虫的影片为什么可以让她看得这样津津有味。

他摩挲着她的手背，做出恋恋不舍的样子："我们没有孩子。你和我就是彼此的依靠了。你看你，这么单纯，除了音乐什么都不懂。我真怕万一哪一天我去了，你连个依靠都没有……"

丘翎说着，声音里带了三分哽咽，仿佛真的在难过。

"所以，我准备了这样一份保单。如果我有什么意外的话，你是唯一受益人。"他诚恳地说。

有那么几分钟，苗苗差点要为自己内心的阴暗想法而忏悔了。她不可置信地细读着这份保单，上面明确地提到，如果丘翎遇到意外不幸身故，苗苗可以得到高达 500 万的赔偿金。

这份保单足有 20 多页，里面详细规定了意外身故的范围。

丘翎把手臂抱在脑后，放松地向后一靠，说："你仔细看看，看完后签字就好。这样，我以后有个什么三长两短，你也能有个依靠了。"

意外身故的细则里，第一条就是车祸。

被保险人那里，丘翎已经签上了自己的名字，龙飞凤舞的字迹占去了大半行。旁边是空白的受益人栏，等待苗苗落笔。

苗苗不忍心读那些冷冰冰的规则，她快速地拿起笔，准备写上自己的名字。丘翎却深情地说："唐冉和你一样，都是孤儿。当时我也给她买过保险，这样你们都不会无依无靠了。"

苗苗心中一凛，背上冒出一层薄薄的汗，夏末秋初的天气里，穿着长袖家居服的她竟然感到隐隐地冷。

唐冉是丘翎的前妻，和他们的女儿一起死于车祸。

苗苗手里的笔停下了，她转过头去望着丘翎。

丘翎以为自己这句话感动了她，伸过手来抚摸着她的脸颊，像在摸一条乖极了的小狗。他说："签吧，快签字吧。有了这张保单，你后半生再也不怕没依靠了。"

苗苗温顺地笑笑，把笔帽啪的一声盖回笔杆上，半是撒娇半是开玩笑地说："我不签。这不公平，好像在咒你出事一样。"

"说什么呢，这是一种规避风险的方式。"丘翎沉稳地说，从公文包里又拿出一份文件，"因为这个险种的赔偿金太高，夫妻之间购买，一般都是两个人各买一份。这一份的被保险人是你，受益人是我。我当时就说没那个必要，但是保险经纪人不依不饶地跟着我。你知道的，我今天很忙……"

该来的还是来了，苗苗心里冷冷地想，脸上的温柔并没有减少半分。

夜深了，丘翎睡着了，轻轻地打着鼾，像在做一个清白无比的梦。

苗苗披散着头发，从床上坐起来。

她悄无声息地来到客厅，那两份等待签署的保单还放在茶几上，她答应了丘翎，明天一早睡醒了就签字。

丘翎的公文包在沙发一侧，靠近窗户，被月色照着，柔软的皮质泛着冷冷的光。

这只包是小牛皮做成的，卖给他们包的人说，这种小牛皮取自两岁的小牛，因为牛的年龄小，皮质细嫩，毛孔紧凑，纹理清晰，是一等一的好货。

当时的苗苗还天真地问："才两岁，这只小牛还是个孩子呢。它的妈妈会不会很伤心？"

此刻，苗苗仿佛跪坐在这只两岁就被屠宰的小牛面前。她静静地等了三分钟，确认卧室里的人没有异常后，才把手伸进公文包内，像是要干扰一个浓黑的梦。

包里面是钢笔、钱包、纸巾等一些常见的东西，还有各类餐饮发票和高速路口的通行票据。苗苗安静地翻检着,客厅里只有窸窸窣窣的纸张摩擦声。

门外偶有两三声狗叫,苗苗没有当回事。

这栋楼里养狗的人很多,不知道是谁家的狗半夜溜了出来。丘翎的好眠也没有因为这断断续续的狗吠而中断。

苗苗叹了口气,把被她掏出来的东西放回原位。包括公文包在沙发巾上压出的褶皱,苗苗都做到了一比一还原。这是她在多年的寄居生活中练出的本事——她在夜里偷穿养姐的衣服,偷偷把养母的口红抹在嘴上,偷偷翻看养父的日记,以此掌握一家人对自己的真实态度……

当她抓起那只钱包时,她发现了一个问题:钱包异常的厚。

现在已经不是那个用现金的时代了,丘翎的钱包里大多是各式银行卡、会员卡。钱包的一侧还贴心地放着他和苗苗的合影。他用开玩笑的语气说过,"苗苗,你知道我有多喜欢你吗?我恨不得把你这个人抓起来塞进钱包随身带着才好。"

苗苗端详着这张合影,这是他们刚认识不久时照的,上面的苗苗还留着短发,一脸灿烂地站在丘翎旁边,信赖地把脑袋依偎在他肩膀上。

照片被什么东西撑得鼓鼓的,外面的透明色保护膜被撑得发亮。苗苗用力把手指塞进照片后面,从里面抽出了三四张拍立得照片。

外面的狗又叫了起来,这只狗不是"汪汪"地叫,而是"哦——呜呜——"地叫,凄厉得活像嗓子里被人戳进了铁丝。

丘翎被吵醒了,在卧室里喊着苗苗的名字。

苗苗则毫无声息地看着这些照片。照片有三张,一张是一个女孩子的眼睛;另外两张照片上的女孩都姿势奇怪。

丘翎走出来时,他温柔的妻子正在用力关着客厅的窗户。

"起风了,好冷啊。"她楚楚可怜地说,可爱得像一只无邪的小白兔。

02

没有动机的血案

02

第二章

1

和煦的阳光照亮了这间宽敞的卧室。

卧室里琳琅满目,摆满了各类欧洲风格的装饰品,比如黄铜烛台、硕大的仿古留声机以及太阳女神的金属浮雕。

靠近床铺的地方,还有一个厚重的实木书架,上面堆放的大多是红底烫金字的仿真书。这些书的价格比真正的书还要贵,但是这间卧室的主人不介意,只想展示自己的富足和博学而已。

黑色真皮大床上,坐着一个光脚的女人。她忧愁地看着手机,上面是凌晨收到的一条投送消息:"死在他手上的性命,又要多一条了。"

投送人依旧是那个叫"猫鼠游戏"的神秘人。

苗苗盯着接收时间,差不多是夜里她在客厅翻检公文包的那会儿。她回过头看看酣睡的丘翎,他的脑袋深陷在洁白的枕头里,呼吸安详平稳,五官舒展放松。

消息里并没有明确告诉苗苗,谁是那个"他"。

苗苗想到这样一幅画面:她待在黑暗的客厅里翻检着公文包,试图挖掘丘翎的秘密;而她的丈夫正在她背后,不动声色地监视她的一举一动。

她感到卧室的空气都要变稀薄了,然而丘翎依旧睡得很踏实。他的手机放在枕头一侧,她的手不受控制地向那边伸了过去。

丘翎的呼吸深且绵长,苗苗在心里鼓励自己:别怕,他睡得很沉,他不会知道的,加油,再有几厘米就能拿到他的手机了。

"怎么了?"一只刚劲有力的手扣住了苗苗的手腕,丘翎半眯着眼睛问她。

由于用力过猛,他手上的青筋都隐隐地浮起了几条。尽管这只手现在经常戴着劳力士和卡地亚那款窄细、低调的婚戒,但手上粗大有力的骨节依然能突显出这是一只做过农活、喂过牛羊、屠宰过猪猡的手。

"帮你盖好被子。"苗苗像睡莲那样娇羞地说,"你瞧,肩膀都露出来了,当心着凉。你像个孩子一样,不让人省心。"

她装作无视手腕上被捏红的印迹,依旧伸手过去,轻柔地把被子拉到丘翎肩上。

"昨晚你听到狗叫了吗?"丘翎皱起眉头,回忆夜里的喧嚣。

"没,没有。昨天我睡得很好,什么也没听到。"苗苗控制着自己的面部肌肉,轻盈地转身下床,朝厨房走去。

她怀疑,他刚才压根就没有睡着,只是在眯着眼打量自己的一举一动。

早饭过后,这对夫妻一如既往地在门口吻别,事无巨细地嘱咐对方,一定要多喝水,不要贪空调的凉,开车注意安全。

临行前,苗苗把自己的课程表发给了丘翎,承诺今天一定准时回家。

丘翎刚走,她立刻给所有学员发送了消息,声称自己的病情加重,今日的课程全部取消。然后她把联络痕迹清理得一干二净。

两份保单还放在茶几上,苗苗拿起来,对着阳光看了又看。她脸上温顺的笑容全部消失,眼神刹那间冷下来,耳朵支棱着,像原野上饿急眼的豹子,匍匐在地,等候猎杀时刻的到来。当确认听到电梯降落的声音后,她尖叫着、咆哮着,把沙发上的抱枕摔到地上,把膝盖重重压在上面,疯狂地捶打。

三分钟过后,苗苗站了起来,把精心保养的圆润指甲伸进长发中,

02

梳理刚才的混乱。然后她掏出斜背小包中的圆盘小镜子和豆沙色口红，补了一下妆，对着虚空优雅一笑。

她用楼下的公用电话拨打了报警电话："你好，我要匿名举报小星星福利院的恋童嫌疑人。"

彭警官看到那份寄来的材料后，有片刻的惊讶。

材料是跟着一份外卖一块来的。外卖小哥一脸茫然，他只知道自己在一家煲仔饭店铺接到了这份单，是一名女士递来的。他并不知道这盒腊肠煲仔饭底下垫的"餐纸"是打印出来的照片和有关丘翎的详细资料。

这份材料里，有三张女孩子的照片。可以看得出，其中至少有两个孩子是残疾人。

彭警官闭上眼睛，回想起那天询问的孩子们。她们大多被父母遗弃，身体有这样那样的残疾，有的甚至活得像一株植物一样，只知道吸取营养和疯狂地长高、长大。他暗暗握紧了拳头，他实在想象不到，到底是什么样的人才忍心去侵犯这样的孩子。

显然不是那名牙医。

在经历了接近十二个小时的问询后，那名牙医重新获得了自由。尽管他的确有机会接近那群孩子，也有足够的作案时间，可是他没有动机。经调查，他少时曾出过一场事故，早早地就丧失了生育能力，且遗留有特殊的心理问题。

诊所的助理，就是他的弟弟，是那场事故的另一名幸存者，同样也是另一名受害者。他们的口供对得上，提供的证据也确凿有力。

牙医确信，这是同行对他的冤枉。

彭警官选择了相信。他怀疑的，是报警人的动机。

那个报警电话来自獾镇一户人家的座机。然而在调查中，彭警官发现，这户人家没有人和牙医存在竞争关系，他们素不相识。而且，这户人家当天曾有过其他的报警记录，这家的老太太说自己带着外孙出门买菜，回来后发现门被撬开了。

彭警官当时就调阅了那天这户人家门口的监控，监控什么也没拍到，只有半空中飘过的黄色气球，和远处玩捉迷藏的小孩。

最可信的谎言，绝对不能天衣无缝，而要恰到好处地留下破绽。

这是苗苗在童年学到的生存法则之一。所以，接到彭警官打来的电话时，她并不紧张，甚至感到自己等得有些太久了。

外卖单上的订货人电话，是她特意留下的。她相信,凭借警察的能力，几个小时内就能摸清她是谁。她就是要让警察知道，她苗苗是丘翎的妻子，也就是要让警察知道，妻子在怀疑丈夫。

这样，如果丘翎为了保单而害她，警察第一时间就会怀疑到他身上。

接到电话时，是下午五点钟。苗苗特意等电话响了四五声之后才接，她站在地铁站拥挤的人群中，发出惊讶的声音："喂？彭警官？有印象，有印象，您为什么联系我？是有什么事吗？"

地铁呼啸而过，人潮汹涌，苗苗在人群里被挤得前仰后合。她皱着眉，听彭警官用毫无感情的声音通知她，请她来派出所接受调查。

在接到她的匿名举报材料的两个小时后，那名无辜的牙医就死了，死于一场极其血腥的意外——他被自动洗车机卡住了，车子干干净净地出来了，主人却留在了机器里。

苗苗的脑袋嗡嗡作响，她看不清这个敌人到底是谁。

手机再次响起来，她又收到一条投送消息。

那个人说："你是真的蠢。"

2

彭知幸警官把监控视频看了一遍又一遍，依旧找不出任何破绽。

视频里，牙医独自一人开车进入那个自动洗车机。

02

洗车机位于獴镇唯一的加油站旁,牙医的那辆黑色国产车进去后,很快就被喷洒的水花吞没了。水流哗啦啦地从车顶流淌至车底,牙医坐在驾驶座上,身影模模糊糊的。

就在水流停止的那一刻,牙医推开车门猛然下了车。

彭警官把这个画面放大看了许多遍,他唯一能确定的是,牙医看到了副驾驶座上什么令人恐惧的东西,才惊慌失措地跳了下去。由于跳得急,他是以几乎半跪的姿态下的车。而洗车机正运行起自动擦车的程序,两根树干那样粗壮的金属铁柱,上面缠满了吸水布料,紧紧夹住车体,缓缓滚动。牙医连挣扎的机会都没有,就在车边瘫倒了下去。

车清洗完毕后,洗车机上的传送带重新启动,把这辆黑色的车推了出来。

由于车挡在洗车机的出口前,触发了故障系统,后面的车被困在大雨倾盆一般的水流中,直到后车司机拨打了故障申报电话,才有人匆匆赶来,发现黑色车的车主已意外丧生。

"难道真的只是个意外?"彭警官用圆珠笔敲打着自己的额头。

这未免也太巧了。

这个异乡人对于自己抽屉里的照片一无所知,如果不是被警方带来问询,怕是他也想不到要去洗车来洗洗"晦气"。

彭警官长舒一口气,却舒不尽心里的郁闷和懊悔。他一直在想,如果自己没有错误地怀疑到牙医身上,这桩惨案是不是就不会发生了?

"无论如何,这个案子我跟定了。"他自言自语道。

门外是刚刚做完笔录的几个相关人:牙医的助理、小星星福利院的育儿主任、苗苗。

牙医的助理已濒临崩溃状态,整张脸都哭得白了,手腕一直在哆嗦,几乎无法在笔录上按下手印。他强烈要求警方调取行车记录仪的视频和录音发给他。

彭警官告诉他,那些资料警方已经全看过了,没有录到任何一个人的画面或者声音。

"我就是想看看哥哥生前看过的景象。"助理抽泣着说。

育儿主任姓张，是一位四十多岁的妇女，是獾镇本地人，有着獾镇妇女显著的特点：热心肠，大嗓门，胖而粗的手指像小胡萝卜一样泛着红。这名妇女有着超出常人的热情和社交能力，福利院的外联活动基本由她一手掌握。她热衷于为那些孩子从社会谋些额外的福利，譬如图书捐赠、服饰捐赠、义工活动、义诊等等。

"这我哪能想到呢？你看这事弄得。"她下意识地搓着双手，两目放空，喃喃地说，"会不会是畏罪自杀？我瞧就是畏罪自杀。"

而苗苗则在笔录上彻底推翻了自己对丈夫的检举，她说那些照片是丈夫在牙医诊所看到的，由于感到不妥，就顺手拍了下来。因为昨夜他们夫妻之间闹了些矛盾，所以苗苗想到用这么一个法子来"出出气"。

彭警官对于她的笔录不置可否，而是安排助手小郭调取牙医诊所的监控，查了一下苗苗所说的时间。确实没错，苗苗夫妻二人在那个时间曾出现在牙医诊所门口。

此刻，这对夫妻正站在门口，丘翎体贴地为苗苗带了一条披肩，贴心地把她裹住，抵御夜里微凉的风。苗苗也仰着头，月亮照到的那半张脸上，写满了感激和温柔。

笔录结束时，苗苗曾特意强调，不希望丈夫知道这一切。

"我……我怀孕了。"苗苗羞赧地请求，"报假案是我的错，警官。我愿意接受惩罚，但我不想因为这点小事导致婚姻破裂。"

尽管如此，彭警官还是走了出去，递给丘翎一支烟。

"我不抽烟，谢谢。"丘翎婉拒了，他的手搭在妻子肩膀上，准备带她走。

"是吗？你左手食指上可是有老烟鬼才有的印记啊。"彭警官笑起来。他指的是丘翎左手食指上淡黄色的茧印，长期抽烟的人才会留下这种东西。

"哦，年轻的时候不懂事，现在戒了。"丘翎没有看他，左手却悄然从苗苗肩头滑落，塞进她的手心里。

02

彭警官的笑凝固住了,他看到那块薄绒披肩上留下了非常明显的褶皱。从褶皱的程度推测,丘翎用了很大的力气去抓妻子的肩膀,像是在阻止她做什么事情。

"肩膀上肯定要留下紫红色的痕迹了。"彭警官望着走远的恩爱夫妻,"就这么不怜香惜玉?"

助手小郭在一旁帮彭警官点着了烟,他抽了没几口,就若有所思地把烟摁灭在花坛边,然后说:"这个丘翎,盯住他。另外,前段时间监狱那边说的亵童案刑满释放人员的详细资料再给我一份。"

苗苗知道,丘翎在爆发的边缘。

一路上,他一言不发,手握紧了方向盘,因为用力过度,指关节甚至隐隐有些发白。车开得很快,在红灯前猛地停下来。

苗苗一只手捂着嘴巴,一只手开门跳了下去。她跑到路边,忍不住呕吐起来。

丘翎沉默地跟在她后面,看着她像一只被殴打的小狗那样,嗓子里啊哦作响。

外人看起来,是体贴的丈夫在搀扶虚弱的妻子,但是苗苗心里很清楚,丘翎的手最先落在了她的脖颈上。她很怀疑如果不是有人路过的话,丘翎会直接掐住她的脖子拉回到车上。

又一个等红灯的间隙,苗苗深吸了一口气,楚楚可怜地解释:"因为张主任给我打过电话。她正好又是把牙医带去福利院的人……"她小心地把手指搭在丘翎的手上,抚摸着他狰狞的关节。

丘翎没有回应,而是一直看着左边的后视镜。

过了一会,苗苗才意识到,左后视镜是正好对着自己的,丘翎一直在暗中审视着她。

她知道自己的声音很干,但还是要继续说下去,因为丘翎已经把车开过了他们居住的小区,正在驶向一个她不知道的方向:"唉,你说这些警察也真是多心。那天张主任找我也没什么事情，只是告诉我福利院最近不能去了。当时大家都以为牙医有恋童癖嘛，福利院的探视流程要整改。"

"笔录我也不知道怎么写，警察问的都是一些无聊问题，问我和张主任、牙医有什么关系，笑死人了，能有什么关系？"苗苗睁大双眼，让自己圆圆的眼睛像小鹿那样无辜、纯洁。

苗苗从手指的触感判断，丘翎开始相信了。

车子在一处人工湖边停下。

车里静得能听到两个人的呼吸声。苗苗垂下眼帘，用余光打量着周围的地标。她猜这里可能是某个改建中的废弃公园，丘翎是从工地围栏的一角硬生生把这辆 SUV 开进来的。

"我想下去走走。"丘翎闷声说。

车外，有两个月亮。

天上的月亮圆圆的，有一圈淡淡的毛边。像是要起风了。水里的月亮颤颤巍巍地打着哆嗦。

"我……我的脚好像扭到了。"苗苗抱歉地笑笑，"刚才在路边吐的时候没有站好，高跟鞋晃了一下。"

丘翎叹了一口气，把车窗降下来，烦躁地说："把你的手机给我。"

苗苗顺从地拿出手机。

"你知道删除的照片是可以复原的吗？"丘翎一边说，一边点击着屏幕。

苗苗懵懂地摇摇头。但实际上，她心知肚明，对于某些丘翎不应该看到的照片，她特意用专门的软件进行粉碎式清理，神仙来了也复原不了。

丘翎要找的，是前几天苗苗通过蓝牙收到的那些照片。

手机屏幕上，那照片被放大了几倍。苗苗终于看到了上面模糊的几个小字：××医院诊断书。

"没错，这是我前妻的死亡记录。"丘翎把手机丢到中控台上，抱着脑袋趴在方向盘上，"有人要整我。"

他的左手食指边缘果然有淡淡的焦黄色印记。

苗苗抿着嘴，冷眼看着他痛苦。过去，她从来不知道他是左撇子。她勾起嘴角冷笑着，把手放在自己的小腹上，并不打算安慰他。

3

牙医这起案件，最终还是被归为了意外事故。

自动洗车机的老板连连叫冤。他声称，每台机器都是有防护程序的，只要清洗过程中有人下车，就会触发程序，机器会紧急停止。

"除非……除非有人在他洗车的时候故意关闭了程序。"洗车机老板申辩着。

洗车机位于獾镇唯一的加油站旁，周边车来车往，还有个小型集市。这集市是自发形成的，如同大杂烩一般，有卖蔬菜瓜果的，有卖宰杀好了的牛羊的，也有卖儿童玩具的。附近的监控视频里显示，并没有人特意走向这台机器。

离机器最近的那个摄像头位于集市一角。那下面站着个卖气球的人，像举着一束火把似的高举起大把彩色气球。风吹得气球颤动，监控里的画面也变得五彩斑斓。孩子们跑来跑去，从他手里领走一只只气球，蓝的、红的、黄的……

彭警官也对这桩意外事故存疑。

助手小郭把一沓资料放在他面前，其中有一份就是关于那件亵童案的刑满释放人员的。

"你是觉得这个人和福利院的案子有关系吗？"小郭皱着眉头，资料上的那个人看起来清清瘦瘦，眼睛挑起来，目光很惊恐，像是随时随地都处于受了惊吓的状态。这样一个胆小的人，让人完全无法和"在公众场合亵童"的行为联系在一起。

"这个人现在在做什么？"彭警官没有回答小郭的问题。他总觉得脑海中已经生成了隐隐约约的线路，像多米诺骨牌那样，一环扣一环，只要找到关键的"结",就能一条条连接起来。

"唔……是外卖员。"小郭看着资料说。

丘翎注意到,最近家里吃外卖的次数多了。

过去回到家中,厨房里已飘出阵阵饭菜香。苗苗总是在厨房忙碌,而客厅的桌上已备好洗净切块的瓜果、冲煮适宜的白茶。

而面对着眼前的外卖餐盒,丘翎才回想起苗苗曾是一名多么合格的妻子。

那两份保单还放在钢琴的一角。过去的一周,它们从客厅被拿到卧室,拿到书房,又再次被拿回客厅,最终被苗苗随意地丢在了钢琴上。

保单生效需要有医院的体检报告,苗苗总是温婉地笑着,给出一个又一个理由,推迟去医院的时间。

这一周,她一直在等"猫鼠游戏"发来下一步指示。

她花大量的时间游走在地铁站里,心事重重地在同一班地铁上从头坐到尾。她喜欢上了这种和丘翎打游击的游戏,她会编造出合情合理的借口来模糊自己的真实行程。

她每日穿梭在这座城市的地下交通网中,却再也没有收到那个神秘人的投送消息。

过去的她匆匆忙忙地讨生活,匆匆忙忙赶回家演绎丘翎心中的完美妻子,从来没有时间像现在这样徜徉在地下铁的世界里。她第一次发现,规整的城市街道之下,还有这样一张绵密、崎岖的交通网。

原来阳光之下,另有故事。

是那两张保单给了苗苗新思路。她借口想要和保险经纪人谈一谈,丘翎简直大喜过望,立刻在离体检医院最近的咖啡店预约了位置。

保险经纪人按照苗苗的要求,出示了身份证、工作证以及保险公司开出的身份证明。

苗苗像所有懵懂、忐忑的妻子那样,问了一些令人发笑的问题,譬

02

如"如果,我是说如果,这个赔付金额真是太大了,他会不会因此杀了我骗保"。

保险经纪人耐心地解释着。老实说,这样的问题,每一对购买这种保险的夫妻都会私下里偷偷问到。

"放心吧,丘太太。"保险经纪人涂得鲜红的嘴巴一笑,她拿出自己惯常用的答案,"我们公司在赔付方面是有很严格的流程的。况且,您先生已经先签过字啦,也先提交了体检证明。他的诚意很足的。你想过杀他骗保吗?一定没有。所以他也不会有这样的想法呀。"

苗苗诚惶诚恐地摇摇头,像是在听一个不可思议的故事。

"那就是了。您呀,就放心地去体检吧。"经纪人把那些材料往棕色牛皮小包里一收,端着咖啡和苗苗告别。

苗苗体贴地感激她的讲解,提起经纪人的牛皮小包送别,并告诉她,已经帮她叫了车。

两个小时后,保险经纪人的身份证及工作证明,出现在另一家医院的档案室主任桌上。

站在桌前的,是一个窈窕的黑发女人,妆容精致淡雅,嘴上只有浅浅的珠光粉色。

她温柔地笑着,说自己是这家保险公司的经纪人,因为几年前的一桩赔付很可能涉及骗保问题,公司要查她。她快要丢工作了,想自己私下里找找当时的资料,看看能否赶在上司出面之前找到合适的理由。

说这话的时候,她泫然欲泣,奶油般细腻的脸颊因为激动和悲伤而微微泛起粉红色。年过半百的主任赶紧接过她的资料,和她递过来的一只暗藏玄机的牛皮信封,轻轻一捏,心知肚明。

那份资料完整地呈现在苗苗面前。资料里有一张死亡证明,和她手机里收到的奇怪图片刚好对得上。

苗苗控制着自己的面部肌肉,避免自己流露出过于惊恐或者伤心的表情。

眼角、眉梢,乃至鼻翼,都稳稳保持着那种冷静和精明的神态。刚才在咖啡店,她无时无刻不在观察对面的女经纪人,她连这个人的微表情都熟记在心。这是她多年寄人篱下,为了讨人欢心练出的本事。

死亡证明上,毫不掩饰地记录着那个女人生前遭受过的一切:第九肋骨闭合性骨折,脾摘除,眉骨线形骨折,膝窝、肘窝多处浅二度烫伤……每一处伤口下面,都特意标明是陈旧性疤痕。

这意味着,这些伤和本次事故无关,丝毫不会影响丘翎获得那笔赔付。

看到苗苗陷入了沉思,档案室主任好心地提醒她,下班时间到了,材料要收回去了。

"噢,是这份材料啊。查出问题了吗?可能还真有问题,差不多一个月前,死者的家属也来翻过。"主任一边念叨着,一边把材料放回档案盒。

同一年其他的档案盒上,都有了薄薄的积灰。唯独这份材料所在的档案盒上有挪动过的痕迹,在一片灰蒙蒙中,露出一块四四方方的浅蓝色。

"家属,你是说她的家属?"苗苗快要走出档案室时才猛然想起,丘翎说过的,他前妻是孤儿。

"是啊,一个二十多岁的小伙子,是她弟弟,身份资料很全的。怎么,你们那边没有记录吗?"档案室主任忙着锁门,没有注意到苗苗脸上错愕的表情。

他连问了好几声"陈女士",苗苗从困惑中回过神来,她赶紧摆出保险经纪人"陈女士"那副精明又自得的嘴脸,和主任道谢。

而真正的陈女士,在晚上七八点钟,才从咖啡馆找到了自己的包。

"见鬼了今天,"她困惑地抓着自己的头发,"上车时丘太太应该递给我了呀……"

4

牙医去世一个星期后,小星星福利院重新对外开放了。

02

獾镇上人心惶惶，大家都传言，这里来了个变态，就藏匿在镇子里。这家伙个头不高，像只狼狗似的，夜里就坐在某家的院墙上，随时准备拖走这家的小女孩。

丘翎对这样的传闻嗤之以鼻。他带着苗苗开车前往福利院，车上放着给孩子们准备的秋季衣物、图书以及画笔。

这是张主任为孩子们讨的福利，她那音量超标的大嗓门在电话里告诉丘翎，不少企业家已经在给孩子们准备秋季联欢活动了。

"不少媒体都要来呢，丘老板一定要抢在前头呀。"她嘻嘻哈哈地说，然后发来一张清单，事无巨细地记载了孩子们需要的衣物等生活用品。

过去，这些东西都是由苗苗替丘翎准备的，她像他的生活秘书一样，照顾他的起居，关心他的饮食，打造他在媒体上的形象。而现在，她看着堆满后座的几箱图书和衣物，总是情不自禁地想，买这些东西的钱，有没有可能来自他前妻死亡事故的赔偿款？

那场车祸，一直是他们之间的禁忌。

苗苗思考了很久，都没敢贸然开口。但是去往小星星福利院的路上，丘翎却率先谈起了那件事。

"我听陈经理说，还没有收到你的体检报告。"前面有汽车刮擦事故，车子被堵在了路中央，丘翎少见地有耐心，干脆熄了火，摆出要和苗苗谈心的姿态，"是对我不放心吗？"

丘翎几乎从不和人开玩笑，他尽量让自己的语气听起来幽默一点，但苗苗还是立刻垂下头，像只受惊的小兔子那样，揪着衣角说："没有，完全没有。我只是觉得不太吉利。"

苗苗声称，自己是个迷信的人，一想到他前妻也购买过这份保险，就有种不太好的预感。

丘翎笑起来，露出满口白牙，在正午的烈日下泛着光。

他苦笑着告诉苗苗，自从手机上收到和前妻有关的那些照片后，他就一直忐忑不安。

"我总觉得有人要对我动手了。买这份保险呢,主要是为了你以后有个保障……"丘翎继续拿出老一套的理由来解释这件事。

苗苗以很快的语速问他:"为什么要对你动手,难道你做过什么亏心事吗?"

车流松动了,丘翎重新发动了车子。

苗苗不确定他有没有看到刚才自己眼里闪过的狡黠和聪慧,她赶紧掰下遮光板,对着镜子笨拙地补着口红。

"我……"丘翎开出去很远才说话,"没有。应该就是生意上的竞争。你知道的,我在申请专利,我们研发的这类药物,对垂体分泌生长激素有很好的促进作用。这个专利一旦申请下来,新一期的富豪排行榜上就要多出我的名字了。当然,也会多出你的名字……"

"生意上的竞争,找生意上的麻烦就好了。为什么要费尽心思拿到你前妻的死亡证明发给我呢?"苗苗脱口而出。

丘翎不可思议地瞧了苗苗一眼,她正对着镜子,含住一张纸巾,瞪着眼睛抿着嘴,试图粘掉多余的口红。那模样看起来愚蠢又天真。

"这个,我也不知道。大概是为了扰乱我的心思吧。你知道的,我一想起那场车祸,就心痛得夜不能寐。"丘翎含糊地说。

苗苗表示认同,重重地点着头,乌发上的纯白蝴蝶结也跟着上下晃动。她心里却在想:是赔偿金让你高兴得夜不能寐吧。

她决定回去后要再次去丘翎过去的家,寻找那个女人生前的痕迹。

前往小星星福利院的企业家,不只有丘翎和苗苗。

这次还来了不少外地车,身材胖大的张主任像交际花一般,穿梭在各辆豪车之间。她一口一个"哥",一口一个"老板",不时地和人合影、拥抱、行贴面礼,学足了西方做派。

孩子们沉默地站在操场上,被太阳明晃晃地烤着,风也闷不作声,只听得到张主任夸张而热情的寒暄声。

02

苗苗坐在阴影处的台阶上,看着那些身形各异的孩子们。她们中一半以上的人身有残缺,还有一些则是明显的低智儿或存在其他的精神障碍。像燕子这样各方面都正常的孩子很少,也就三五个。

操场上临时搭建了一个讲话台,那些企业家轮流上去演讲、拍照。

濒临秋季,太阳越发毒了,坐在阴凉处的苗苗都止不住地冒汗。有些孩子的脸色开始变白,被工作人员架着回到室内。

"我们很热,能不能给我们一些水喝?"有个清脆的童声响起来。

苗苗循声望去,是燕子。

其他的孩子仿佛全然无知,被太阳烤得连连咧嘴,脸上依旧挂着灿烂得过分的笑容。只有毫无知觉、毫无烦恼的人,才能露出比婴儿还单纯的笑。

"我们已经连续听了三天演讲了,其实只要我们站在这里,他们轮流过来拍照就好了,没有必要让我们听完每一个人的演讲。"燕子继续沉着地说。

沉浸在交际花幻想中的张主任仿佛被人扰了清梦,像只大鹅一样,用力抻着脖子,在人群里寻找说话的孩子。她把明显矮其他孩子一头的燕子揪了出来,在一侧问她:"别人都没有意见,怎么就你有意见?"

燕子低下头,齐刘海盖住了她的眼睛,谁也看不清她的表情。

丘翎从台阶上站起来,塞给苗苗一瓶水,示意苗苗送过去。

"她们不是傻子就是瘫子,能吃饱就很开心了,她们能有什么意见?"

走得很近了,苗苗才听到燕子冒出这样一句话。

张主任笑眯眯地摸着燕子的童花头,然后俯下身子,凑到她耳边,张开暗紫色的厚嘴唇,很小声很小声地说:"你既然在这儿,你以为自己比她们强很多?你就不能当自己是个傻子?"

如果不是苗苗几乎贴到了张主任宽广的背后,如果不是亲耳听到了这句话,她几乎无法相信这是那个热情爽朗的女人说出来的话。

偶尔有媒体记者把镜头转向这边,拍到的照片里,不过是一个笑容满面的女人在安慰一个烦躁不安的孩子。

"不好意思，让一下。"苗苗伸手隔开了张主任和燕子，她把矿泉水递到燕子手里，看着燕子咕咚咕咚地灌下去。她感到自己的小腹也有隐约的痛。

莫名地，她觉得"小葡萄"也是个女孩儿，也会有这样黑亮黑亮的眼睛，梳这样整齐柔顺的童花头。

"谢谢你。"燕子面无表情地对苗苗说。

"张老师呢？这就忘了张老师了？平时怎么教你的？"张主任嘻嘻哈哈地说，厚厚的手掌因为天热而冒着黏腻的汗。她爱怜地用这只手摸着燕子的头发。

"谢谢张老师！"燕子说着，粲然一笑。

苗苗却在这个笑里看到了一些熟悉的样子——嘴角咧得极开，下半张脸所有的肌肉都发力来支撑这个笑，然而眉眼一动不动，眼里的光像是被冻住了，一丝笑意也透不出来。

她太熟悉这样的笑了。

曾经，养父私下找她后，说可以送她去养姐常去的那家钢琴班。当时的她，也是这样笑着说："谢谢叔叔。"

03

偷斧子的人

第 三 章

1

苗苗第一次知道"疑人偷斧"这个词,还是养父告诉她的。

"这个人呢,越是怀疑邻居偷了他的斧子,就越看邻居不对劲。他最后发现一切都是自己的幻想,谁也没偷他的斧子,斧子就在家里,是他自讨没趣。"当时养父喝了很多酒,颧骨酣红,用朱红色的筷子头指着苗苗。

苗苗赶紧点点头,大口大口地往嘴里塞着饭。

那顿年夜饭上,她发现泪腺和嘴巴竟然是相通的,眼睛里不敢流出来的泪水,混着饭菜滚进肚子里,是一样的咸和苦。

当然,这是他们四个人吃的最后一顿年夜饭。

第二年腊月里,养父在一场意外事故中昏睡了过去。

他在下夜班抄近道回家的路上,被一个穿着黑色衣服、戴着黑色帽子的人从背后用钝物袭击。

那段时间,当地人心惶惶,大家都说是来了"斧头帮"的人,专门敲人脑壳、抢包、抢手机。

案子很难查,监控里录下来的黑影身高大概在一米五左右,从地上采集到的脚印鞋码却是42码。

黑衣人抢走了养父的包以及会计室的钥匙,这让养父就职的那家酒厂十分紧张,连轴转地重新准备了几份合情、合理、合法的账目本。

谣言越传越玄,在当地人嘴里,"斧头帮"是由一帮心理变态的侏儒组成的,一为钱,二为报复社会。

警方把养父家搜了三四遍,也把养母、养姐、苗苗都叫去调查了一番。

他们唯独没有去翻苗苗和养姐的书包。苗苗的书包里,放着把红色的、小巧的消防斧;养姐的书包最下层,放着一双男士42码的解放鞋,鞋被一摞书压着。苗苗知道,养姐的书包就是个摆设,她几乎不会真的翻出哪本书来读。

就是这样,在监控下,两个活蹦乱跳的女孩子,背着书包走出了小区。

春日里,河面的冰化了又化,才有人发现河里浮上来的鞋子和沉在水底的钝斧子。

但那是很久以后的事了,有关"斧头帮"的传言已经像冬日雾霾那样消散在春风里,苏醒后的养父始终木讷,在养母改嫁的那天还拍着手直乐。

那时的苗苗已经坐在了窗明几净的大学教室里,窗外春光正好,她托着脸颊听儒雅的教授讲解音乐史。

再次拿起消防斧站在门前,苗苗的心轻颤了一下,好像有条尘封已久的冰河,正在缓缓裂开,冰面下暗潮汹涌。

她没有找开锁师傅,上次的开锁师傅问东问西,她不得不花费大量的精力来解释自己为什么要进入一间毫无人气的房子。开锁的原理很简单,站在旁边看了几分钟的苗苗已了然于心。

她微笑着步入这个小区,轻盈地走在人行道上,优雅地和电梯里遇见的邻居们打招呼。然后她来到门前,从侧背在肩上的米色背包里,掏出一把泛着冷光的消防斧。

消防斧小小的,很精致,钢琴老师苗苗喜欢极了这种东西。

砸锁的时候,她还沉浸在方才匆忙结束的那节钢琴课中。

glissando,滑奏,锋利的斧刃富有弹性地、快速地敲打。

staccatostaccatissimo，断音，电梯里有动静，她用身体挡住斧子，像一个狼狈的、找不着钥匙的女人。

legato，连音，斧刃的一角别进锁与门的缝隙，金属与金属的鸣奏格外动听，锁簧发出微妙的呻吟。

rest，休止符，门开了。

这次苗苗有了明确的目的，她直奔书房和主卧。

她在书架上、书桌里，细细地翻着每一张纸，试图找出那份保险单，找出丘翎偷走的"斧子"。

但是令她失望的是，这里一无所有。

看得出，丘翎和前妻都非常沉迷工作，书架上大多是专业相关的书籍，桌子一角还留有大量草稿纸，那是他们对某类药剂药性的随笔记载，上面还画了一些苗苗看不懂的化学图示。

桌边的窗台上，放着一本旧台历，是那种略带老气的台历，照片是一年四季的风景画。台历上的时间还停留在车祸那一年的5月5日，这个数字让苗苗感到有些眼熟。她轻轻捏着这页台历，大拇指感受着旧纸张的脆弱和温度。

她想起来了，丘翎说过，5月6号是女儿的生日，也是车祸发生的日子。

那天，他出差未归，妻子带着女儿去买蛋糕。就是在去蛋糕店的路上，她驾驶的那辆车和一辆醉酒司机驾驶的小型货车发生刮擦，冲出护栏，从跨海高架上跌入海中。

苗苗皱着眉头，继续在这里翻找着。

慢慢地，她找到了更多东西：草稿纸上的随笔落款日期是5月5号；报刊架上的旧报纸是5月5号的；纸篓里遗漏的面包包装袋上，也写着生产日期是5月5号。

这个家里的一切，都停在了5月5号。没有任何一样东西属于那之后的日期，仿佛有人早就知道从5月6号那天起，这个家庭就要停摆。

困惑无比的苗苗在主卧里发现了更多诡异之处，这个主卧住的好像不是两个成年人，而是一个成年男子和一个孩子。

主卧的床旁边是两个大衣柜，衣柜里挂着男主人和女主人的衣服。

男主人的衣服，是丘翎常穿的那些类型，风衣、西装、羊毛衫，不是黑的就是灰的，大多是正装；女主人的衣服则以风衣为主，只有寥寥几件。

这很反常，一个女人绝对不会只有外套。苗苗的衣橱中，内衣、连衣裙、衬衫、短裙，摆得满满当当，占据了全家衣橱的四分之三。

苗苗摇着头，把手伸向那少得可怜的几件风衣，她发现，那后面另有玄机。

这几件款式和色彩几乎一致的女式风衣后面是五排暗格，里面是叠放整齐的儿童服装，圆领衬衫、短裙、短裤、乳白色的菱格长袜、露出一段蕾丝花边的短袜……挂在最外侧的那几件女式风衣，像遮羞布一样半推半就地掩盖着这一切。

苗苗眼前浮现出丘翎的面孔，他曾因痛苦而五官收缩，他几近颤抖地说，自己永远忘不掉妻子和女儿死去的那一天，他永远爱着女儿……因为对女儿的感情太深，无法接受重新养育一个孩子……

也正是这个理由，让苗苗流着泪拿掉了他们的第一个孩子。

然而现在苗苗只想作呕。她跑到卫生间，跪在马桶边吐了起来。

卫生间几步之遥的地方，是那间儿童房。

苗苗站起身来，看着镜子里自己苍白而浮肿的脸。哗哗的水流声中，这张脸无声地笑起来。

这笑声难听极了，苗苗看着镜子里的自己，依旧放肆地嘲笑着。

一墙之隔的楼道里有脚步声传来，苗苗警觉地挑起眉，她想了起来，这里是27楼，一般不会有人爬楼梯上来。

接着，又是一阵狗叫。

03

苗苗摇摇头,觉得自己可笑极了。她重新粘上被泪水冲下来的假睫毛,扶着墙走进那间儿童房。她要验证一个判断。

儿童床最下层的抽屉里,摆放着大量成年女性的衣物:牛仔裤、格子衫、卫衣。非常中性化的衣服,和照片里前妻的服装一致。

苗苗感到天旋地转。

这间儿童房被刷成了粉白色,摆着大小不一的毛绒玩具、芭比娃娃、微型化妆台,书架上也像模像样地放了绘本和童话书。显而易见的是,从来没有人碰过它们,它们崭新无比。

苗苗想象着,这个阴气沉沉的家里,"父亲"和"女儿"住在一起,"母亲"则住在儿童房里,身体蜷缩在仅一米宽的卡通儿童床上,每日每夜被这些毛绒玩具盯着睡觉。

这个家从不拉开窗帘,这个家的一切都停在了5月5日,这个家现在依旧在某个人的监控中……

很快,苗苗接到了丘翎打来的电话。

"嗨,物业的人说,有陌生人去了我之前的家。我过去看看,你在哪儿?"

"我在……教室。"

"很好。那我先上去了,我已经到14楼了,电梯坏了,可真吃力啊……"

电话挂断的同时,苗苗听到了客厅里轻微的脚步声。

刚才进门时那些被她忽略的异常如同幻灯片一样闪现在脑海里:锁轻而易举就被撬开了,她明明记得开锁师傅说过这是最高等级的防盗锁;监控早在她进来之前就已经显示断网状态;书房的门是半开的,而她非常确定上次离开时特意关紧了门……

显然,有位不速之客已经先苗苗一步来到了这里。

那个脚步声像捕鼠的猫一样,试探着朝儿童房移动。苗苗捂住嘴巴,翻身滚到低矮的儿童床下。

床下空间有限,她的脊背紧抵床板,脸颊不得不贴着地面。通过地板,她听到了自己慌乱的心跳声,和床畔静静的喘息声。

儿童床上垂下粉色的纱幔床帘，透过这暧昧不明的粉色，苗苗看到了一双穿着咖色牛皮靴的脚。

靴子上沾满了泥点，再往上是黑色的牛仔裤腿。这绝对不是丘翎。苗苗也想不起来有哪位认识的人会作这样的打扮。

一瞬间，苗苗的心中仿佛亮起了一盏聚光灯，她突然明白为什么这段时间一直会收到那些莫名其妙的消息——有人故意引导她，让她这个现任女主人，以合情合理的身份来做第一个开启这扇门的人。

至于这个人是谁，要做什么，苗苗还摸不清楚。但她相信，丘翎所说的"有人要整我"是真的。

儿童床实在是太矮了，苗苗尽量让自己弓起背，为腹部留出足够的空间。

床边站着的人并没有要离开的意思，他保持着那个姿势一动不动，仿佛要用阴郁的眼神穿透床板，尽情欣赏躲在下面瑟瑟发抖的苗苗。

苗苗感到自己的额头上在沁着汗，手也不由自主地颤抖着。她绝望地想，不知道丘翎要花多久才能在床下找到自己的尸体……

但是那个人并没有伤害苗苗的意思，他叹了一口气，好像苗苗非常令他失望似的。见苗苗依旧不敢出来，他丢下一样圆鼓鼓的东西，那是苗苗遗忘在书房的背包。

接着，他快步向门外冲去。

2

苗苗再见到丘翎时，是在骨科病房。

丘翎从楼梯上摔了下去，右臂桡骨骨折。医生给他打上了厚厚的石膏，正在一圈圈地为他缠着白色纱布。

"抱歉，我来晚了，刚刚下课，遇上了晚高峰。"苗苗一边抱歉地说着，一边不动声色地蹭掉高跟鞋上沾到的草叶。她从楼上跑下来时，那个小区的园丁正在给草坪浇水,水压过大,草枝和泥沙俱下……

丘翎看了她一眼,没有回答。苗苗这才发现早有一位警察坐在旁边记着笔录,是彭警官的助手小郭。

他向丘翎确认笔录内容:"所以说,当时电梯突然坏了,所以你走楼梯上去。你走到 24 楼的时候,正好有位……外卖小哥从楼上冲下来,急急忙忙地撞倒了你。"

丘翎沉默地点点头。

"你为什么坚持认为不是意外?"小郭一直盯着笔录上的某个关键词。

"因为我很难说他到底是不是真的从楼上跑下来的。"丘翎开始激动了起来,挥舞着没有摔伤的另一只手臂,"他几乎是躲在防火门后,正冲着我扑过来的。他好像故意要把我推下楼。你们知道的,一般成年人摔倒很难骨折,是不是,医生?"

医生默默地推了下眼镜,认真地告诉丘翎,他滚下了十几级楼梯,骨骼受的外力比较大,超过了承受能力,所以本身就存在导致骨骼断裂的可能。

"这个,一般也和个人体重有关。"医生严谨地补充了一句。

"那我以前那个房子你们去检查了吗?物业的人说,看到陌生人去了 27 楼。"丘翎还是不甘心。

小郭点点头,告诉丘翎那里面并没有可疑的足迹和指纹,门锁也没有外力破坏的痕迹。

苗苗怔了一下,赶紧低下头,装作好奇地翻看丘翎的病历。

临走前,她用纸巾细心擦拭了每一处足迹,包括那个神秘人的脚印。

苗苗依据足迹判断出了那个人的行动轨迹:他先苗苗一步进入客厅,关闭了监控系统,然后在苗苗进来时,匆忙躲进了客厅密不透风的绒窗帘后。

神秘人再次跑出家门后,很快苗苗就听到楼道里传来一声闷响,接着是丘翎的惨叫声。她静静地听着丘翎喊痛,静静地听着其他住户打开门报了警。

"谢谢你。"苗苗优雅地笑了笑,决定用清理痕迹来作为对同谋者的谢礼。

"丘太太,您这边有什么问题要反映吗?"小郭笑着看向发呆的苗苗。

苗苗睁大眼睛看向他,无辜的眸子闪闪发亮,像藏着一汪清澈的水。她拿不准警察是真的没有发现锁被撬开过,还是故意诈她。

她决定先发制人。

"是这样的。"苗苗扭扭捏捏地把小郭请到了走廊里,羞赧地说,"我其实有点不放心我先生……"

她垂下头,不胜娇羞,带着撒娇和讨好的语气告诉小郭,自己的先生是知名企业家,所以自己没什么安全感。

"我总怕他有一位我不知道的秘密情人,就藏在那间旧房子里。所以……所以我有一天请开锁师傅打开过那间房子……"苗苗把两条修长柔软的手臂背在腰间,她知道,自己这个姿态好看极了,像即将引吭的白天鹅。

"这个秘密不要让我先生知道,好吗?"苗苗的脸颊泛红,她小声说,"我先生顶讨厌我的多疑。"

小郭笑笑,不置可否,只是又问了她一句:"难道你不知道你先生可以实时监控那间房子吗?"

苗苗惊讶地半张着嘴巴,小郭憨厚地一笑,说:"你先生坚持认为这是商业对手的报复。我同事已经去过他公司调查了。"

他把头倾向苗苗耳畔,用开玩笑般的夸张语气说:"呵,他办公室里,三面墙全是监控屏幕。一切尽在掌控啊。"

由于丘翎的手臂受了伤,只能由苗苗开车载他回去。

苗苗的车开得磕磕绊绊,丘翎一反常态地没有指责她。他们各自有各自的心事。

途中来了个电话,是小郭打来的。他告诉丘翎,和外卖平台以及住户都确认过了,确实是30楼的住户在那个时间段点了外卖。

苗苗竖起耳朵,听着手机里传来的漏音:"但是呢,因为电梯坏了,那个外卖小哥在楼下犹豫了几分钟。后来有另一位外卖员说,可以帮他一起捎带上去,他就把餐交给了另一位外卖员……"

"你在外面和警察说了什么?"丘翎挂断了电话,声音听不出任何情绪。正逢绿灯和红灯变换,苗苗在斑马线前停下车。她偷偷看着丘翎的侧脸,发现他的脸如同石膏雕像一样冷硬,一样没有表情。她发现这个人比她想象的更深不可测,那个瞬间,她甚至不能确定丘翎是不是真的是一个活着的人。

"没什么。"

信号灯再次变绿,车流涌动,惊起几只寒鸦。

秋天要来了。苗苗想。

她温暾地编造着自己和警察的交谈,她知道,丘翎并没有在听,他心里一定早就有了自己的判断。

有一件事,她没有和警察说,也不打算告诉丘翎,神秘人丢下的米色背包里,什么也没有遗失,唯独那柄小巧但锋利的消防斧不见了。

不久之后,秋天真正来临时,它作为凶器被封存在证物袋里。

警方认为,嫌疑人正是用它砍死了福利院的张主任。

3

0715扒下那双橡胶雨靴,把它和沾满草汁、泥浆的园丁服一同丢进垃圾桶里,然后双手揣兜,走出了那个小区。

手机里传来站长的呼叫,站长在调度他们这些满城市乱窜的骑手。站长喊到了一个名字,喊了三四遍,0715才反应过来是在叫自己。

他很久都没有使用过自己的名字了,比起自己的名字,他更喜欢自己的编号，尤其是"0715"。

"0715"这个编号来自一座看守所。那次他是在一场扫黄打非行动中进去的，穿制服的人把他从某个娱乐会所的包间里押了出来，认为他参与了嫖娼，他满心欢喜地接受了这个罪名。

当然，没过多久他就被放了出来。因为调查发现，他并没有嫖娼，他只是付费给那几名不停抽着烟的姑娘，请她们在弹烟灰的间隙打自己耳光。

其实什么罪名他都无所谓，反正他认为自己是有罪的，只要有个罪名就好。

这十多年里，他在少管所、看守所、监狱流连忘返。他发现自己只有被囚禁起来，才能心安理得地吃饭、喝水、睡觉，才能像一棵植物那样安稳地活着。他喜欢听教官耳提面命地训斥自己，喜欢看电视里重复播放的思想教育节目，他也喜欢被其他狱友辱骂、殴打。他罪有应得，不是吗？

至少在收到那封信前，他一直这样认为。

他不知道其他人是怎么过的，不知道其他人是不是顺利长大了，总之他没有，他彻底停留在了那个夏天。不论白天黑夜，湖边血淋淋的虞美人花海无时无刻不在向他招手。

"好沉啊，这家伙，还在流血。"

这句话反复出现在他黑暗的梦境里。梦里的他永远面朝着虞美人花海，他听不清到底是谁在背后说了这句话。那有时像男孩子的声音，有时像女孩子的声音，更多的时候，是他自己的声音。

他发疯般撕扯着自己的头发，反复地想，如果自己当时没有被那些花吸引就好了，如果当时回头就好了。

他也想不清自己有多少次是在大哭中醒来，他被罪恶感折磨得无处可逃，可他没有胆量死。他只有被投送进那四四方方的牢房时，才感到舒服一些。

03

彭知幸警官也注意到了 0715 的异常。

0715 的所有资料都放在了彭警官的桌上，他和助手小郭一页页地查看。

"这人从十几岁开始就没有读书了，不停地犯各种事儿，偷窃、斗殴、赌博、寻衅滋事……"小郭连连咋舌。他掐指一算，这个人从十四岁到二十八岁，几乎完全是在看守所、监狱等地方度过的。

"家属关系也很简单，他没有遇到过重大生活变故，还是个乡村教师的孩子。"彭警官也认为 0715 的自暴自弃令人费解。

小郭指出来，0715 虽然是教师的孩子，但是小学三年级就退学了，文化程度接近于文盲。

彭警官点点头，在脑海里根据这些资料为 0715 画像：这应该是一个向往罪恶，看过许多黑帮片、犯罪片的乡村男青年，他八成会有夸张的文身和故作凶狠的眼神，也许会在社会上结交大量莫名其妙的"朋友"，并以为"朋友"出生入死为荣。

但事实上并非如此。从 0715 在资料里的照片来看，他只是一个非常普通的青年，如果一定要从他眉宇间读出些什么，那只有卑怯和懦弱。他瘦削的肩膀紧紧向内缩着，面对镜头和别人的注视，他无所适从。

他来到这座城市后的生活轨迹也简单明了。彭警官调取了他每日送外卖的路线，基本就是在市区里的几个居民区转悠，兢兢业业，派送的订单数量远超同行，收入也算是高的。

"他们外卖员的手机端都是带定位的，这个人来了之后没有离开过本市，更没有去过獾镇。"小郭说。从资料来看，不论是獾镇牙医的意外伤亡案，还是福利院的亵童案，都不可能和 0715 有什么关系。

"而且，他也没有动机。"小郭模仿着那些探案老手的语气说。

"动机，动机，动机……"彭警官重复了三遍小郭的话，然后一甩手，像是要把这些术语甩开，他目光炯炯地看着小郭，然后说，"你听说过犯罪型人格吗？"

"一种反社会人格障碍，以犯罪为嗜好，这种人往往思想极端，作案手法恶毒，并以折磨受害者为乐趣。"小郭脱口而出，"你认为0715是犯罪型人格？"

彭警官用力吸了一口烟，没有摇头也没有点头，而是缓缓地推出三张照片，上面分别是0715、丘翎和苗苗。

"这三个人里，一定有一个。"彭警官斩钉截铁地说。

"既然咱们从监控里已经查到，这个外卖员和苗苗几乎是前后脚进的楼，为什么不都叫来调查？"小郭不解。

"放长线，钓大鱼。"彭警官摁灭了烟。

另一边，0715在尝试抽烟。

那次刑满释放之后，他尝试了很多新东西，这才发现自己的青春期几乎是在空白中度过的。

从监狱出来的那天，正下着大雪。

监狱外面没有人接他。他提着很小的一只包，自己都没法相信这十几年的人生几乎用一只小包就可以完全覆盖了。小包里面只有三件换洗衣服，和那封彻底改变他人生轨迹的信。

那封信详细地为他讲清了当年那件事是如何发生的，以及真凶是谁。他这才恍然大悟，原来自己不是凶手。他几乎是含着泪地想起那个词，那是他的教师父亲生前曾经教过他的成语：疑人偷斧。

越是怀疑自己杀了人，就越觉得自己像杀人犯。他为此变着花样地憎恶自己，折磨自己，他只是想赎罪。

而现在，他终于站到了真凶丘翎家的地下车库里。

他把玩着一只打火机，反反复复让火苗燃起来，然后再一口吹灭。连这样的小事都能让他满怀兴致。

过去的他，欠自己太多了。

03

他还记得，从监狱出来后，他几乎分文没有。大雪里，有个卖烤地瓜的人正准备收炉子，见他可怜，就送了他一个。刚出炉的烤地瓜真的好烫啊，他被老茧覆盖的手掌也抵不住这烫。他只能像狗一样站在路边，饥不择食地啃着地瓜。

他的嘴唇被烫起了泡，可是口腔被那种温暖、香甜、细腻的质感充斥着，他停不下来，他整个人的感官好像在这一刻才真正复苏。他根本无法控制泪水大颗大颗地滚下来，就像他无法控制嘴巴任性地吞着绵软香甜的烤地瓜。

天知道他过去二十几年的人生里，吃任何东西都味同嚼蜡，他像是啃着粗糙的老树皮度过的前半生。

那二十几年的人生里，他不允许自己有任何一点欢愉。他时刻提醒自己，最重要的人因为自己的过错而长眠湖底，自己不配享有任何快乐。如果有，他就要用最恶毒的语言责骂自己。

渐渐地，他也就忘了饱足、温暖、自由是多么美好的感觉。他只是在一间间不同的牢房里度过春夏秋冬。

现在，这笔账他要统统算在丘翎头上。这是丘翎欠他的。

苗苗驾驶的那辆 SUV 缓缓驶入车位。

站在角落里的 0715，用大拇指搓灭了烟头。光在那一刻熄灭，谁也看不清他的脸。

他轻轻掂了掂左手那柄泛着冷光的消防斧。这柄消防斧轻而尖锐，真是个好东西。

4

七月流火，大雨滂沱。

这把斧子，最终落到了离福利院仅有两公里的地方。

那里是一片金灿灿的玉米田，一直蔓延到地平线尽头，仿佛与压顶的阴云连成一线。

早起的农人在这片即将丰收的田野里行走,他看到一个女人俯卧在地,脑后的血液洇湿了她粗短的头发和身下的土地。她的双拳紧握着,其中一只手的指缝里还藏有两三根头发。

警察很快就赶来了,女人的身份被确认为小星星福利院的张主任。死亡时间预计为昨天下午1点至4点之间,死因是失血性休克。

法医在她的伤口处取证拍照,告诉随队而来的彭警官和小郭:"死者应该是死于失血性休克。这些伤口的深度达不到致命伤。"

小郭蹲下来查看死者,分析道:"死者应该是自己来到这个地方的,如果是在死后被拖曳过来,周围的玉米秆就要被压倒了。估计是熟人作案,先把人约出来,然后动的手。"

彭警官摇摇头,不置可否。他环视四周穿着雨衣看热闹的人,那些人都是附近的居民,听闻出了案子,纷纷丢下饭碗和农具,跑来围观。

他们都穿着农户常用的灰青色雨衣,站在淅淅沥沥的雨水中,交头接耳地观看,像原野上凭空多出来一群孤魂野鬼。

作案用的那柄消防斧被丢在离尸体很近的地方,被雨水冲刷得干干净净。

"我倒觉得,这里很有可能不是第一现场。"彭警官看着死者被抬上车,在心里为这场死亡默哀了几秒,然后说,"如果凶手先把死者约到这里,然后在这里动手砍伤死者的话,为什么这里一点挣扎的痕迹都没有留下?而且,凶器是斧子……"

彭警官抓过小郭的肩膀,用手比出斧子的形状,在他的后背和脖颈处比画:"你和我扮演一下,如果我是凶手,你是死者,我拿着斧子在背后砍你,前几下砍到你后,你会继续站稳任由我砍你的脖子吗?"

小郭打了个寒战,说:"不,不会,我肯定会格挡,会逃跑。所以,如果那时我还活着的话,我的肩膀、手臂、手掌都有可能被斧头砍伤。"

"而她身上没有其他伤口。所有的伤都在后脖颈处。这说明了什么?"

03

"说明她被砍伤之前,已经死了。"小郭喃喃地补充。

彭警官找上门时,丘翎和苗苗正在争执。这是他们结婚以来第一次爆发争吵,起因还是那张保单。

丘翎感到自己已经快要失去耐心了,他挥舞着打了石膏的那条手臂,咄咄逼人地责问苗苗:"很简单,就是签个字而已。你怕什么?我已经签了,我的保单随时可以生效了,你却不敢签。你想干什么?"

苗苗蜷缩在沙发上,抱着一只抱枕,下意识地护在小腹的部位,把她说过很多遍的理由再次拿出来解释:"那我们可以都不签啊。我们为什么一定要用这种东西来证明彼此的真心?"

"需要,当然需要!"丘翎气急败坏地夺过那只抱枕丢到一旁,逼着苗苗站起来和自己对峙,"你别再装了,我之前的家你去过几次了?找到了吗?找到你想要的东西了吗?想知道是不是我制造的车祸来骗保对吗?"

苗苗沉默不语,丘翎的一只手抓住她的脖颈和长发,猛烈的发力让她的脑袋以极其不自然的角度扬了起来。她在丘翎面前像一只毫无抵抗力的幼犬。

"我,杀了她,骗保?"丘翎的声音很怪,整张面孔都扭曲了,苗苗甚至分辨不清他是在哭还是在发脾气,"出车祸的那天,是我这辈子最痛苦的一天。你知道我花了多久才走出来吗?我从来没有想到你会那样看我!"

"我没有,我只是,很害怕……"苗苗哆哆嗦嗦地辩解。她摇着头流下泪来,有一瞬间的后悔,后悔自己是否把眼前这个男人想得过于阴暗。

丘翎看着她哭泣的面庞,眼前恍惚闪过婚礼那天她的面庞:流畅的鹅蛋脸,细腻如白瓷般的皮肤,她笑得很温婉,梨涡里写满幸福和温柔。他有一刹那的犹疑,怀疑自己是不是对这个女孩子太坏了。

外面的风好像静了下来,丘翎手上的力气减轻了,他最终松开了手,补偿般地用手指去梳理苗苗的长发。苗苗也抽泣着低下头,佯装整理争执中弄乱的沙发和茶几。

两个人好像都在等待着什么。

这对夫妻并不知道,这个瞬间是他们的心离得最近的一刻。然而他们谁都没有放下戒备和疑心,谁都不肯做那个率先坦陈心事的人。毕竟,对于遍体鳞伤的人来说,自保才是第一要事。

敲门声响得很是时候,两个人同时迎上前去,彼此说着,一定是外卖到了之类的话。

自从怀孕后,苗苗闻不得油烟味,只能拖延下班时间,让外卖成为这个家的食物来源。

门打开后,却是穿便装的彭警官。

和彭警官预想的不一样,他本以为,这家的男主人会是个硬骨头。然而丘翎出乎意料地配合调查。

因为还没有正式立案,彭警官只能问了一些擦边球式的问题。他从丘翎嘴里了解到,张主任和丘翎私交尚好,主要是燕子长得很像丘翎的亡女,丘翎有收养她的打算,常问张主任一些手续方面的问题。

"你经常去獾镇?"彭警官问。

"啊,对。"丘翎怅然一笑,"想孩子是一方面,另一方面呢,我这企业做得不大不小,一直等着海外公司收购,常做些慈善有好处。"

彭警官点点头,表示认同。他示意丘翎可以回去了。

丘翎看着他的眼睛问:"警官,撞倒我的那人找到了吗?"

彭警官不得不摊了摊手。

苗苗则和丘翎截然相反。无论彭警官问什么,她都微笑着摇摇头,表示听不明白,不知道。

"说来好笑,今天一早发生了一起案子,留在作案现场的工具是一把消防斧,而上面恰恰有你的指纹。"彭警官盯着她的脸,试图发现她微表情的变化。

然而她依旧云淡风轻，疲倦的眼睛里毫无波澜。她点点头，一副无论如何都打算继续听下去的温顺样子。

"呵，外面下着雨，按说也不该留下指纹。只是啊，指纹上恰恰有钢琴保养油。我猜，是你刚刚整理完钢琴，又触摸到了那把斧子，所以留下了指纹吧。"彭警官压低了声音，试图给这个顽冥不灵的女人一些压力。

"说别的我不懂，说到钢琴我就明白了。"苗苗温柔地笑起来，像宽容的母亲看着刨根问底的小儿子，"钢琴教室的琴油用完了，我去市场再挑一些，刚好在五金店看到了那一堆小斧子，小巧精致，放在车里合适极了。你们警察不是一直告诫市民，要在车里准备破窗器一类的东西吗？我就看了看那些小东西，不过最后并没有买下来。"

她说的是实情。在来到这里之前，彭警官调取过钢琴教室的监控录像。事发时间，苗苗确实在上课。而且寻根问源，那柄消防斧的销售商，也确实位于一座相当大的市场内。那里有卖五金的、卖乐器的、卖各类零散百货的。

但彭警官总觉得这个女人还是隐瞒了什么。也许是因为她波澜不惊的表情，也许是因为她过于懵懂的眼神。

他准备诈她一下试试，故意拿出凶巴巴的样子说："根据我这边掌握的情况，你有些事情是不是忘了告诉我？就这么和你说吧，作案工具上有你的指纹，你……"

"那我等你的传唤。"苗苗款款一笑，转身迈步。

"丘太太……苗小姐！"彭警官跟在后面喊住了苗苗，她缓缓地转过头来，像脖颈修长的白天鹅那样优雅。

"抱歉，我今天来，其实不是用警察的身份来调查的。我想以朋友的身份和你聊几句。"彭警官诚恳地说。他知道，有时候"信任"才是最好的审问方式。信任往往能为他换来嫌疑人的关键口供。

"我没有朋友。"苗苗的声音里毫无感情。

"作为朋友，我可以保护你平安生下这个孩子。"彭警官赌了一把。

瞬间，苗苗的瞳孔轻微地放大。

她赶紧望了一眼卧室门的方向，确认门是关着的，声音不会飘到丘翎耳朵里去。然后她不可思议地看向彭警官，带些尴尬地问他是如何知道这件事的。

彭警官指指半开放式的鞋柜，又指指苗苗的手臂："之前几次遇到，苗小姐一直穿着细高跟鞋，可是这次我来，发现鞋柜里全部换成了软底面的平底鞋。而且也许苗小姐意识不到，每次见面，你都有意无意地用手臂遮挡着小腹，是格外想保护这个孩子吧。"

苗苗抿着嘴点点头，算是认可了他的说法，眼神却瞟向别处。

"那么，我现在可以以朋友的身份和你聊聊吗？"外面雨声潺潺，彭警官的声音却充满希望，"一切你认为奇怪的事，认为警察，不，朋友应该知道的事。"

"我等你的传唤。"苗苗的声音温柔却无情。

电梯门开了。

来人是一名戴着头盔的外卖员，外面的雨下个不停，雾气氤氲了他的面罩。他在白茫茫的一片湿气后，精准地辨认出了丘翎的家门，并把外卖递到苗苗手上。

彭警官略一思索，一个箭步冲过去，用手掌重新撑开电梯门。

电梯门再次缓缓闭合，苗苗也拿着外卖回到了家里。

彭警官不动声色地用余光观察这个外卖员，他看到，刚才在电梯里，外卖员咖色的牛皮靴是干燥的，电梯内更是连一个湿脚印都没有。

外卖员似乎也注意到了彭警官的警惕，一只手伸进背后的包里摸索着。

彭警官也做好了准备，随时预备控制住这个奇怪的人。

然而在即将抵达一楼时，外卖员从背包里掏出两只湿漉漉的塑料袋，重新套回到靴子上，并用搭在一楼楼梯上的雨披，严丝合缝地罩住了自己，冲讲哗啦作响的雨幕中。

电梯里,只留下愣住的彭警官。他觉得自己好像被人耍了。

5

斧子是 0715 按照姐姐的要求送去獾镇的。

从苗苗的背包里拿走这把消防斧后,0715 在第二天就把它送去了獾镇。

按照姐姐为他制定的计划,每次去獾镇前,0715 会暂时关闭外卖平台的接单账号,然后把手机留在出租屋里,在兜里放上几张纸币,骑着电瓶车前往獾镇。

他要去的是獾镇集市的鱼摊,那里是他和姐姐交接物品的中转站。

卖鱼的是个聋哑人,用石头垒砌成一张三尺见方的柜台,周围放着五六只桶和各式各样的尖刀。那些黏腻的塑料桶里永远有黑漆漆的鱼脊窜动,周围常会有一群七嘴八舌的孩子看他杀鱼。

0715 蹲在桶边,看着那些鱼正拼了命地相互挤压。

中午时分,卖鱼人一如既往地收摊回去吃饭,孩子们也作鸟兽散。0715 踱步到石头柜台后面,拎起一把细长的刀比画着玩耍。早一些的时候,他亲眼看到卖鱼人用这把手指粗细的刀剐下了一条鱼的皮。

玩耍够了,他不慌不忙地把斧子包进装鱼的黑色塑料袋里,塞到柜台下。

0715 也说不清卖鱼人到底认不认识姐姐,他试过用各种办法向这个聋哑人打探消息,但是一无所获。卖鱼人只会吱吱呀呀地朝着福利院的方向打手势。

他知道姐姐在附近的福利院工作。

他出狱后,曾拨打过姐姐留在信里的号码。

那封拯救了他的信很简单,在狱警看来,上面只有没头没脑的几行话:

"当时我和你一样,害怕极了。拿起砖头的人是二哥。他还活着,他过得很好。"

而对于0715来说,这封信是溺水者的救命稻草,看到这封信的一瞬间,当年的那一幕全部浮现眼前,他终于想起梦里那句"好沉啊,这家伙,还在流血"到底是谁说的了。

除此之外,姐姐还用摩斯电码给他留下了一串数字。

这封信里,有个别几处的笔画是被额外重涂过的,字迹笨拙,乍一看像是出自小学一二年级的孩童之手。实际上,那些重重涂写的横与点,可以拼凑出一个电话号码。

拼出完整号码的那个瞬间,0715泪流满面。因为他始终记得,那个教给他摩斯电码的人,被他们变成了尸体,齐心协力藏在了水底。

在电话里,姐姐告诉他,自己也因为当年那件事,不得不隐藏身份,在一家福利院工作。

他一直央求姐姐,等整个计划完成后,要坐下来一起好好吃顿饭。姐姐对此表现得非常冷漠,仿佛并不急于见到他。但是他无所谓,反正在这个世界上,被他视为亲人的只有姐姐了。

唯一的父亲在他第七次还是第八次被警察带走后就病倒了,很快就离开了人世。

除了效忠姐姐和复仇,他找不到别的事做。

姐姐制定了缜密的计划,她给0715的任务是,接近一个女人,丘翎的妻子苗苗。

"这些年,我们都活成了孤魂野鬼,只有他一个人有了妻子,有了家,有了自己的公司,甚至很快就会有自己的孩子。我们要把这些本不属于他的东西一点点拿走,让他尝尝这些年我们受过的滋味!"姐姐是这样说的。

0715深表认同,他在四个月前就开始跟踪苗苗。

他掌握了苗苗的行动路径、衣着风格,甚至还细致入微地观察过苗

03

苗的微表情。他知道她笑起来的样子很独特,笑意是从鼻梁开始蔓延的,鼻梁上先皱起细细的纹路,然后嘴角才会聚起梨涡,漾出一个很好看的笑。

她真正笑的时候不多,大多数时间,她的笑是用肌肉发力做出来的,颧骨和笑肌稍一用力,就能准备好一个标准的微笑。

0715很感谢那身外卖员的衣服和头盔,有了这些装扮,他任何时间出现在任何场地都不奇怪。如果苗苗过去曾留意观察的话,她就会发现自己不论是在去上课的路上,还是偷偷前往医院产检的途中,身后总会有一个戴着头盔的外卖员。

这次去医院产检,苗苗特意在脖子上戴了一条丝巾,想遮掩被丘翎掐过的痕迹。

昨夜那场争执因为彭警官的突然来访而告一段落,保单依旧放在茶几最显眼的位置。

一早,丘翎把笔拍在保单上,重重地摔门而去。苗苗对此视而不见,淡然自若地坐在化妆镜前,细致地用粉扑修饰晨吐带来的憔悴。

她满心想着的只有今天的产检。医生告诉过她,按照日期来算,这次她就可以亲耳听到"小葡萄"的胎心跳动了。

其他的孕妇都是带着丈夫一起来的,他们共同分享着那个微弱但清脆的声音,感受着新生命的奏鸣曲。唯有苗苗独自一人坐在多普勒胎心仪前,闭着眼聆听"小葡萄"发给她的信号。

她的身后,闪过一名外卖员,手里拎着一袋水果,慌里慌张地寻找某位医生。

保安很快就追了过来,大喊着:"送外卖的不能进诊区,放护士站就行。"

外卖员一边说着抱歉,一边快速拍下了苗苗在胎心仪前的照片。

按照他们的计划,今天0715该给苗苗投送这样一条消息:"你真的以为张主任死的那天丘翎在公司开会吗?"

他本该把怀疑和仇恨的种子种到苗苗心里。可是在从楼梯爬上来的过程中,他总是听到这家妇产医院里不时迸发出的对新生命的告白,那些哇哇大哭的声音让0715也有想流泪的冲动。他总觉得"怀疑"和"仇恨"应该离那些新生命远远的,他祝福他们一辈子都不要碰到这些坏东西。

站在走廊里的他有了几秒钟的犹豫,他想了想,再次打开那张匆忙拍下的照片。

照片很模糊,把苗苗姣好的面庞模糊成了一个光洁的椭圆。0715仔细看着,他辨认出,苗苗的鼻梁上皱起轻轻的纹路,她是真的在笑。

他握了握拳,想象着产房里那些浑身通红的小家伙也许正和自己做着一样的动作,这让他不由自主地笑了起来。他把打好的字一个一个删除掉,重新编辑了一条信息发送过去。这是他第一次没有按照姐姐的计划做事。

收到"猫鼠游戏"传来的消息,苗苗一惊,没有第一时间阅读,而是快步走出诊室,四处寻找捧着手机的人。

然而她和过去一样一无所获。

她有些忐忑地点开消息,不知道这次的消息会不会给她的生活带来什么灾难。然而她点开之后,里面只是一些长短不一的线和圆圆的黑点。

"是乱码吗?"她喃喃自语。

如果她懂摩斯电码的话,她会知道那是一个英语单词,congratulations。

"祝福你。"走出医院大门,0715在心里说。

自从苗苗收到第一条投送信息后,0715发现她真实的笑容越来越少。

"这不怪你。和丘翎这样的人生活在一起,有谁能真的快乐呢?"姐姐这样理解这件事,"我们实际上也是在救她。"

彭警官也是这样想的。

离开丘翎家后,彭警官一直陷在沉思里。

"你发现了什么?说说吧。"助手小郭实在受不了了,案子毫无头绪,

03

彭警官也一言不发。

彭警官迅雷不及掩耳地对小郭发起了攻击，小郭还没有反应过来，就被彭警官扣住了脖子。

"现在，我摁住的是你脖子上的哪里？"彭警官厉声问道。

小郭一边喊着疼，一边说："是……颈动脉窦。彭哥，松手，这里摁久了要出人命的。"

彭警官松开手，困惑地问他："为什么一个丈夫会攻击妻子的这个部位？"

"你是说，丘翎和苗苗？"小郭也不解。

在彭警官和苗苗谈话时，他分明看见苗苗脖子上有一块拇指掐按出的痕迹，那个痕迹精准地命中颈动脉窦的部位。猛击这个部位，轻则令人昏迷，重则致人死亡。

这不是巧合，上次苗苗来做笔录，丘翎接她的时候，第一反应也是把手伸向她的脖子，拇指的落点刚好是这个位置。彭警官对这一幕记忆深刻。

然而在他的走访调查中，物业、邻居均否认了这对夫妻不和的事，大家都认为他们的感情好得很，年年被评为小区里的和睦家庭，是完美的夫妻。

凌晨，一份详细的尸检报告传了过来。在电脑前熬红了眼睛的小郭突然大喊："彭哥，这问题我找到答案了，玉米田的死者有话说！"

04
鬼手

第四章

1

尸检报告显示，死者颈部有电流斑。

电击的位置在左耳右下方，正是颈动脉窦的位置。那里的皮肤有轻微充血症状，可见死者生前遭受过电击，是昏厥后被砍伤的。

拿到尸检报告后，彭警官去找了当年带过自己的师父吴警官，师父已退休，从"吴警官"变成了"老吴"。

没聊几句，老吴就否认了彭警官所有的思路。

"就凭着颈动脉窦这个部位受过电击，你就认为丘翎有嫌疑？"老吴拣了块牛肉丢到嘴里用力嚼着，"你当警察多少年了，怎么办案子还是这个作风？我问你，你是警察还是天桥上算命的？"

他们坐在天桥下的一家小酒馆里，早上11点钟，酒馆刚刚开始营业，后厨还没备好菜，只能先上一些冷切牛肉和螺类供他们下酒。

彭警官被问得一阵尴尬，解释道："师父，虽然我还没有拿到确凿的证据，但相信也快了。目前来看，丘翎嫌疑最大。第一，斧子上出现了他妻子的指纹；第二，他是最后一个给死者打通电话的人；第三，此人有过练习泰拳的经验，且习惯性攻击他人的颈动脉窦部位。"

老吴不屑地哼了一声，继续大口大口地嚼着牛肉，仿佛不够过瘾似的，向店家抱怨这牛肉煮得不筋道，太绵软。

他逐一推翻彭警官的推断："第一，丘翎和妻子都有不在场的证明；第二，最后一个电话是几点打的？下午2点30分，而死者的死亡时间是1点到4点，你很难说这期间死者没有接触其他人；第三……第三，你还是没有落到实处的物证啊。监控查没查？基站信息查没查？"

"查了，都查了。我正是查了以后想不通，才来请教师父的。"彭警官适时给老吴斟满酒，多年以来，遇到参不透的案子，他都会到恩师这里来找思路，"案发当日，雨太大，雨水顺着摄像头不停地淌……"

案发当日，张主任要去镇子上存一笔钱。

知道张主任有这笔现金的人不多，毕竟现在大多数人都用手机支付，现金交易只存在于一些不便留痕的场合。张主任在福利院的交易就是那种"不便留痕"的。

发现这桩地下交易，是两年前的事了。那时张主任初来乍到，凭借自己一身长袖善舞的本事和对金钱的渴望，迅速发现了这一"商机"。

她常打着"献爱心"和"捐赠会"的名义，邀请中小企业老板来做活动。一方面她联络媒体帮他们贴一些金门面；另一方面，她用睁一只眼闭一只眼的态度，放任那些人单独和女孩子共处一室。

张主任懒得去弄清真相，她只要确保结束后有一只信封塞到自己手里就好。

在她的打点下，这桩生意在福利院活跃了相当一段时间，甚至有越传越远的苗头，有些外地的企业老板也开始给她打来电话，声称要来献爱心。

事情的转折是从医生来体检开始的。

先是有个别女孩肉眼可见地"胖"了，张主任从镇上的黑诊所搬来救兵，私下诊查，为了避免惊动更多人，张主任只好组织了一场"义诊"。为了掩人耳目，各个领域的大夫她都联络了一些，搞得像模像样的，趁机排查还有哪些女孩子有问题。

她没想到,这场义诊还能惹出祸来。

那个獾镇新来的牙医临走前曾告诉她,有个女孩子的牙齿不太对劲。她也没多想,毕竟她只是想确保哪些女孩子是健康、"好用的",至于牙齿有没有问题,这不属于她的"售后服务"范围。

她敷衍地听着,答应牙医再带女孩子们去镇上的诊所拍个片子检查。可是,很快牙医就离奇死亡了。牙医诊所也失了一场火,据牙医那位伤心的助理说,诊所里的很多重要资料也在火灾中损毁了。

"钱呢?"老吴还是大口地嚼着牛肉块,腮帮子鼓起圆圆的一块,像一只年迈的仓鼠。

彭警官思量着如何才能避免这件事看起来像个笑话,他实在不想再被师父哂笑了。

"钱……是当天傍晚在一群孩子过家家的道具里发现的。家长看到是真币,数额还不小,吓坏了,报了警。"

张主任的尸体被人发现后,警方很快就去了福利院调查。和张主任关系不错的几位工作人员都说,张主任当天中午说要去镇子上的银行办点事儿。她们都知道张主任有这个习惯,几乎每半个月都会去一次银行。至于张主任去银行做什么,她们支支吾吾讲不清。

警方查看了张主任生前的宿舍和办公室,在床褥下发现了一本红皮账本,账本里只有日期和数字,而账本下面还压了三封恐吓信。

"恐吓信?"老吴放下筷子,表情变得郑重起来,"带来了吗?"

"物证科带走了。"彭警官赶紧说,"都是报纸上剪下来的字,一个指纹都没有留下。内容很简单,第一封是'我都拍照了',第二封是'照片可以给你,但你必须取消查寝计划',第三封是'你想和牙医一样吗'。"

"查寝计划是什么?"老吴皱起眉头。

"自从牙医被警方怀疑猥亵儿童带走后,福利院被封了一段时间,进行彻底的自查。"彭警官困惑地说,"有些孩子特别反对查寝室。其实呢,大多数孩子是没有自理能力的,就那几个智力正常的孩子,对于清查宿舍非常反抗。带头的是那个叫燕子的,丘翎很喜欢她,据说她长得像丘翎的亡女……"

"也就是说,丘翎的妻子曾举报丘翎是恋童癖,还递交过照片资料,但是很快又声称是夫妻矛盾,说照片是从牙医那里二次拍摄的。然后牙医意外死亡,很快张主任也遇害了,而遇害前,她的查寝计划被燕子反对过,燕子长得又非常像丘翎的亡女。"老吴理着思路。

彭警官以为得到了师父的认可,激动地补充说:"最关键的地方在于,张主任的脖子上有电击伤,而电击点是可以致人昏迷的颈动脉窦。我不止一次地发现丘翎有攻击他人颈动脉窦的倾向……"

"你以后出去办案别说是我教的。"老吴咂了一口酒,辣得挤眉弄眼,"说是天桥上算命的教的就行。证据,证据,证据。丘翎和妻子已经有了不在场证明,基站信息也证明了他们当天不在獾镇,而你手上没有切实的物证,那你的猜测就是浮云,就是啤酒上的泡沫,拌牛肉上的芫荽,没一个顶饱的。"

"我有!"彭警官被师父说得脸红,激动地喊,"头发,死者手里还有握着的头发!"

2

头发是不会骗人的。0715这样想。

当彭警官和师父在小酒馆里据理力争时,0715正奔波在送餐的路上。

穿过天桥时,旁边商场外墙上的巨幕电视吸引了他,电视上正在播放一则本地新闻。

新闻说,本地多名男子被骗,嫌疑人是一文盲女子,租赁了豪车和奢侈品衣物,伪装成集团老总的女儿行骗。她以投资、车祸、外汇等种种理由，在短短几个月内累计骗取的总金额超过百万元，有几位受害人甚至被警方联系后依旧无法接受现实，依旧坚信自己的"未婚妻"是豪门女子。

0715 看着庭审视频，在人来人往的过街天桥上迸发出一阵大笑。

他对识人有一套自己的看法：观察头发。

电视里的那名女子，身材高大，五官明艳，气势十足，即便是在法庭上，也不得不让人承认确实有几分富家女的派头。而 0715 注意到，她满头的黄发蓬乱干枯，毫无光泽，发尾更是毛躁，一看就是常年浸在村镇街头小发廊的劣质烫染剂中。

这是他多年进出监狱练就的本事，在那里面，他发现，身高、体重、肤色、神情都能骗人，但是头发不能。

赌棍大多会有一头油腻的头发，这是他们贪欲熏心、思虑过重的后果；嫖娼进来的家伙则大多是鬈发或者有一头胆小怯懦的细软发；而那些暴力犯罪者，要么是锃光瓦亮的秃子，连着一只短而堆起肉褶的脖子，要么就顶着一头过于厚重粗硬的短发，像穿破头皮的怒意，随时准备挣脱理智，和对方拼个血流成河。

死者手里抓握的头发，黑且顺直，有一个拇指肚那么长，断口平整，没有毛囊，不像挣扎中连根拔起的，更像是死者生前预知到了危险，想办法用指甲划断的。

"你说的那个嫌疑人，是这样的头发？"老吴总算认可了彭警官的看法。

"对，我去他家和他聊过，当时特意观察了一下，跟他的头发非常接近。头发检验结果应该很快就出来了。"彭警官的五官舒缓，带了些眉飞色舞的神采，能得到师父的认可不容易，他继续说，"这些年案子办得多了，我发现不同犯罪类型的人，从头发上就有根本的区别。"

老吴撇撇嘴，不接徒弟的话。作为一名曾经办错过案子的老刑警，他现在相信的只有切实、明晰的物证。

"除了物证，嫌疑人自己的行为也会说话。甚至说，只要这个人做了违法的事，他的一举一动一定有异常之处。"彭警官为了博得师父的认可，仔细观察着老吴，"师父，你是早上被师母骂了赶出来的吧，一夜没回家？"

老吴瞪大了眼睛，低头看看自己身上的衣着，惊讶地问："你小子和师母通过电话？"

"不是。一是因为师父您眼里全是血丝，说话反应还慢半拍，很可能一宿没睡；二是咱们到这里来的时候还不到11点，师父您就在喊饿，可见早上压根没混上顿饭；三是因为您一直在咀嚼硬物，咬牙切齿地嚼着熟牛肉，也不嫌腮帮子酸，一般来讲，越是有隐藏的愤怒，人越是偏爱嚼这些有韧性的东西。而师父的脾气我是知道的，一般人谁能给您气受？也就是师母吧……"彭警官扬眉吐气，一个上午了，他总算能看到师父心悦诚服的表情了。

"说吧，师父，您一夜没回家干什么去了？"小郭发来消息，说头发的检验结果也快出来了，彭警官感到前所未有的轻松，和师父开起玩笑来。

老吴嘿嘿一笑，告诉他自己和棋友下了一夜的围棋，越下越有瘾，抬头一看，已经早上6点了。

"围棋还能下一夜？不就是黑子吃白子，白子吃黑子吗？"彭警官调侃师父。

老吴说，他遇到了"鬼手"。

同一个大铁锅里炒出来的辣炒回锅肉被分成了两份，一份装盘，直接端上了彭警官和老吴的桌；另一份打包进餐盒，放在柜台前等候外卖员取餐。

0715匆匆忙忙跑进来，拎起袋子要走，可是他的脚步仿佛被粘住了，余光里，他看到了一个熟悉的侧脸——那天在楼道里和苗苗谈话的警察。

他有几秒钟的慌张，想到自己戴着头盔，这才平复下心情，尽量保持步调的稳定。

04

他暂时还没有弄清发生了什么事，只是觉得这个警察出现得过于频繁。光他看见的，苗苗就已经和这个警察接触过两三次了，难道他和姐姐的计划被发现了？

走出店门的时候，他还在安慰自己，应该不会。苗苗似乎从来没有向警察检举过他的存在，某种意义上，他认为自己和苗苗是同谋。

"鬼手，是围棋上的说法，一般是指巧妙冷僻的着棋，落子之前无人知晓。"老吴刚刚迷上围棋，瘾正大，仔仔细细地给彭警官解释，"你看什么呢？"

他顺着彭警官的眼神望过去，那里有个外卖员正翻身上车，融入车水马龙之中。

"没什么。"彭警官若有所思，觉得自己漏掉了些信息，但一时还没有找出到底是什么。

手机响了，小郭发来了头发的检验报告。老吴来了兴致，要和彭警官打赌。

"赌就赌，100块钱。"彭警官毫无畏惧，"我赌丘翎。"

"我赌另有其人。"

彭警官点开报告，把屏幕朝向师父，说："师父，您来看，是谁的。"

"是……"老吴抓起放在一旁的老花镜，把手机拿过来，上上下下滑动翻看，咽了一下口水，告诉彭警官，"你也遇到了鬼手。"

检验报告上写着，头发成分为聚酯纤维。

"死者生前藏在手里的证物是，假发。"老吴艰难地说。

3

没有人知道，那个倾盆的大雨天，张主任不是去存钱的，而是去自首的。

事情的起因是一顶假发。

她早就发现了那个孩子有问题,叛逆、不听话、顶撞她的次数越来越多。她想整那孩子很久了。

那桩让她存款余额节节蹿高的生意,最近似乎越来越不好做了。不少老客反映说,离开福利院后,会收到指向不明的敲诈短信。他们大多数选择了息事宁人,按照要求把现金放在了指定地点,有的则倔强地给自己惹了一些麻烦,导致警察找上了门。

张主任自己也颇不踏实,总是能感觉到福利院中有双眼睛在冷冷地盯着自己。那双眼睛不该属于这群无依无靠的孩子,那双眼睛太像夜里的猫头鹰了。

那次查寝活动,是张主任有意为之的。她要找出这群孩子里谁在偷偷用手机联络外界,谁在偷偷地拍照敲诈。

令她意外的是,她没有找到手机,却发现了假发和一抽屉化妆品。

假发有三四顶,最显眼的是赭红色的波浪鬈发,这顿时让张主任想起街边那些流里流气的女人。

当时,她身旁还跟着其他同事,福利院的领导也在打量着她们翻出来的东西。

张主任厉声问那个孩子,小女孩儿该化妆吗?

谁知道那个孩子竟然用唇语回她:"小女孩儿该受着那些大人胡作非为吗?"

张主任气得手发抖,恨不得一巴掌打在那个女孩子脸上。幸好其他人都被她宽厚的背影挡住了,别人看不到那个孩子挑衅的唇语和张主任恼火的眼神。

张主任拍拍女孩儿的后颈,在别人看来,这动作像一位耐心的婶子抚慰自家淘气的侄女,实际上,这几下是拍畜生的打法。獾镇人挑牛、挑驴的时候,才会这样拍拍它的后脖颈,想看看这家伙到底有多硬气。

"信我收到了。"张主任用唇语回她。

女孩儿耸耸肩,直接说了出来:"看来你想和他一样。"

04

张主任知道她说的是那名惨死的牙医。

其他同事不明就里，继续跟着张主任查寝。张主任却在心里盘算着，这个女孩子太能生事了，得抓紧让她滚蛋。

又一轮的排查开始了。

顶着"命案必破"的压力，彭警官推翻了自己过去的所有推测，带着小郭，穿着便服，重新回到福利院调查张主任的人际关系。

他要求福利院把所有孩子的资料，以及近三个月进出福利院的人员身份信息登记簿全部整理出来。

经过一整天没日没夜的翻阅后，助手小郭发现，有七八个孩子的资料不见了。

福利院存档的资料大多是收留孩子时登记的年龄、家庭情况、健康情况，缺少的几份资料都是那几个智力正常或者轻残的孩子的。

"最近有人动过这些资料吗？"小郭问。

负责管理档案的人急得满头汗水，往手指上"呸呸"地吐着口水，试图从泛黄的纸堆里找出遗失的几份资料。她说："不会呀，一般没人动。这些资料也就是有收养人认领孩子的时候能用上。"

"前几个月……"她抬起头茫然地说，"丘太太看过这些资料。"

苗苗在刚发现怀孕时动过收养燕子的心。她见过丘翎望向燕子的眼神，她从小到大都没有被人那样看过，她曾以为那是父亲对女儿的眷恋和怀念。她想通过燕子来唤醒丘翎对孩子的渴望。

尽管这个提议被丘翎否决了，她还是私下联系了张主任，请张主任查看一下燕子的资料，确定是否适合收养。

接到电话时，张主任心里咯噔一声。她清楚这些孩子和丘翎一类的企业老板是什么关系。她打着哈哈同意了，随即把这件事抛在脑后。每次苗苗问起来，她就以"档案室上锁了""资料查阅需要走流程"等理由来拖延。

直到那次捐赠仪式上，苗苗坚持要去查看档案，张主任只好临时把燕子的资料抽出来，再笑眯眯地把那一堆档案盒塞到苗苗怀里，任由苗苗自己翻阅。

当时，张主任匆忙中瞥到了燕子的资料页，潜意识里已经发现了哪里不对，但是她忙着应酬媒体和企业方，并没有细想。

当燕子在查寝事件中明里暗里和张主任对抗时，张主任才想起来，燕子的资料页里分明写的是"中重度智力障碍"。

那个下雨的清晨，张主任在黑暗中坐起来。

自从她坚持查寝并没收了燕子的假发后，隔几天她的门缝里就会塞进来一张照片。那些照片都是拍摄的她的那桩"生意"。

照片里的成年人像沾满黏液的巨型八爪鱼，毫无顾忌地在昏暗的小房间里兴风作浪。这些房间是孩子的寝室，是张主任查寝的地方。

照片里的孩子被八爪鱼作弄，看不清表情，而旁边站着的孩子就是燕子。她咧开嘴，露出呆滞的表情，像个真正的智力障碍者那样。没有人会对这样的孩子设防，而张主任心里清楚，燕子什么都知道。

想到燕子的资料，张主任来不及开灯，趿拉着拖鞋跑到档案室。

档案室是常年上锁的，她来不及找管理员要钥匙，顺手抄了个黑色发卡撬开了那个老式门锁。

燕子的档案还放在那一盒资料的最上方，是上次张主任看苗苗走了之后，随手塞进去的。

档案只有薄薄的一页，张主任捧着却像拿了块烫手的铁块——上面清晰地写明了燕子原名徐晓燕，中重度智力障碍，5岁时被父母遗弃，到小星星福利院已有6年了，目前11岁。

资料里的照片拍摄于徐晓燕5岁时，黑白照片里的徐晓燕，和"燕子"一样是童花头，两只大眼睛里空荡荡的，木讷呆滞地盯着镜头外的世界。

外面的雨越下越大，张主任在档案室心惊肉跳。

她可以十分确定地说，那个处处和她对着干的"燕子"，绝对没有智力障碍。那这个孩子是什么时候混进来的？

张主任胖大的手掌拍打着自己的脑门，她慌了。

过去，小星星福利院还没有建成操场的时候，护工们常带孩子去那块空旷的农田玩。她们把孩子带到田间地头，就三五成群地开始聊天、说笑，任由孩子们在龟裂的土地上傻傻地站着。也许就是在某一天，另一个叫作"燕子"的孩子悄然混入了那群呆滞的孩子中间，学着她们的样子，咧开嘴笑着，让口水一直垂到脖子上。

那真正的徐晓燕呢？去哪了？

档案湿了一块，张主任这才发现是自己掌心出的汗。

自首是她唯一能想到的出路，她夹上包，那里还有她没有存的现金。她打算和资料一并交给警察。

从福利院到獾镇是有一段距离的，好在门口的道路上常有拉客的黑车。

张主任连伞也没来得及带，慌里慌张拦了辆车就要上。而一个清脆甜美的童声喊住了她。

是披着青灰色雨衣的燕子。她穿着成人的雨衣，帽檐垂下来遮住了眼睛，雨衣太长，一直拖到地上。每走一步，就刮得地面咝咝响。

"雨大，带把伞。"她扔给张主任一把尖柄伞。

张主任木讷地接过来，下意识地夹住胳膊之间的包，那里面是徐晓燕的资料。

也是那个下雨天，吃过午饭后，杀鱼人发现放在自己石头柜台下的黑色塑料袋不见了。

他无所谓，反正他是个哑巴，什么也说不出来，只要有人按照规矩给他留下 200 块钱就可以了。

他把手伸到鱼桶里，那是早上刚刚放进桶里的鱼。那条肥胖的鱼完全失去了反抗的能力，他捏住鱼的脖子，像捏一只大牲口那样，强迫它张开嘴巴，从里面掏出塞进去不久的 200 块钱。

然后他把鱼放在案板上,用刀一下一下砍鱼的后颈,砍得它皮开肉绽。

从玉米田看完热闹回来的人说:"嘿,就是这样,是的,那个女人也被砍成这样。"他们站在一旁满足地看着他砍鱼,像这一天得了极大的便宜。

很久以后,那片玉米田被征收修路时,才有人从田里发现了一具骸骨。这具骸骨来自一名叫徐晓燕的孩子,她一生没有被人善待过。

她死时,有个"女孩"曾和她四目相对良久。那个女孩也是刚刚从一场灾厄中逃出,眼里只有仇恨和迷茫。徐晓燕看到她拿着一只黄气球,正在对自己招手。

那只气球像一只迷途的黄鹂鸟,带着徐晓燕飞到了密不透风的玉米叶之间。

她看到一个女孩子在流泪,这个女孩子看起来年龄比她大不了多少,一边哭着一边抱歉地说:"是他们先对不起我的,我没有地方可以活了。把你的名字借给我,好吗?我会……替你过不一样的生活。"

这一切发生时,她的看护者在有些远的地方说笑打闹,她的伙伴们呆若木鸡。

4

丘翎被彭警官从公司请走的时候,苗苗正躲在那座办公楼的仓库中。

张主任的死在苗苗心中布下了疑云,她比任何人都知道为什么凶器上会有自己的指纹。令她想不通的是,凶手为什么要用那把消防斧去杀人,为什么要把凶器留在现场。

她在一份当地报纸上读到,张主任被害时,身上有接近两万的现金。凶手拿走了她的包,但是似乎对包里的现金毫无兴趣。警方最终在一群孩子过家家的玩具里发现了那些纸币。

丘翎也和她读到了同样的内容。

04

那是在餐桌上,她被孕吐折磨得什么都吃不下,只能勉强吞下一些白吐司当早餐。她对丘翎声称自己只是胃病犯了。丘翎点点头,非常自然地接过她手里的报纸看着,任由苗苗一个人冲到洗手间蹲在马桶前发出干呕的声音。

苗苗回来时,站在丘翎背后看了很久。她发现这个人连一点过去瞧瞧她的意思都没有,更别提起身帮她接杯水,扶她回座椅休息了。这个人只是怡然自得地跷着二郎腿,一边侧头看着报纸,一边享受着盘里的煎蛋和熏肉。

他的早餐是苗苗准备的。描了金边的欧式骨瓷盘里不时散发着熏肉油腻的味道,像千万只小手抓挠着苗苗的胃,而丘翎对此毫无察觉,两片薄嘴唇上下翕动,一副满意极了的样子。

"真是奇怪啊。你说他为什么把那东西留在那里?"苗苗扯开椅子,重新坐下。

丘翎仿佛被惊了一下,含糊不清地说:"可能,他也不知道那斧子来自哪里吧,觉得带着是个累赘,就丢在那里了。"

苗苗的眼睛黑白分明,她歪歪头,做出天真又妩媚的姿态,带着近乎夸张的喷笑问道:"什么斧子不斧子的?我是说新闻上那个中彩票的男人,他怎么把获奖的彩票落在彩票站了呢?你说的是哪条新闻?"

"啊——"丘翎做出被噎到的样子,支使苗苗倒一杯柠檬水,"你说的是哪个?我看看,呵,中奖数额还不小呢。"

丘翎像默剧表演者,最大幅度地伸开右手臂,把报纸摊平,埋头到字里行间,认真寻找苗苗所说的与彩票相关的新闻,一个字一个字地默念着。而苗苗看着他,心一点点下沉。

她知道,玉米田杀人案一定与丘翎有关。

在"猫鼠游戏"的指示下,苗苗藏到了丘翎公司的仓库里。

"猫鼠游戏"似乎对丘翎的医药公司了如指掌,他通过投送消息告诉苗苗,公司在每周三都会例行召开会议,那是保洁人员最闲的时候。总有一位保洁大姐会趁机溜出公司买菜,而她会习惯性地把保洁服存在自行车棚。

"偷件衣服,换个身份,对你来说应该不是难事,对吗?就像你那次冒充保险经纪人一样,事情做得很漂亮。"

0715 在信息中拿腔捏调,竭力让自己看起来成熟老到。不知道为什么,他不希望苗苗猜测到自己的年龄比她小。

"你跟踪我多久了?"苗苗一边警惕地披上那件橘红色保洁服,一边快速地单手在手机上打字。

此刻,0715 正在车棚的另一面。他倚着墙壁坐下来,迎面望着下午三点钟的太阳。他想自己也许跟踪苗苗有半年多了。苗苗的生活已然成为刻在他脑海中的纪录片。

他清晰地知道苗苗每周只有周二、周三、周五需要外出教课,知道苗苗最喜欢白色,这个夏天里她穿过八件款式不一样的白色连衣裙。他还知道苗苗最常点哪家煲仔饭的外卖,他曾给她送过餐,隔着头盔和她对望过,但当时的她对他的存在一无所知。

当他意识到自己正在被苗苗的问题牵着走时,连忙删掉了自己写下来的消息,换成一段更沉稳更冷静的文字:"这个游戏由我主导,你没有提问题的资格。"

彭警官先苗苗他们一步来到了这家医药公司。

丘翎的公司位于本市的新兴产业园内,是一座三层小楼,地上两层,地下一层。他的公司主要生产治疗垂体分泌不足的人工合成激素。

警察到来时,丘翎并没有在开会,而是和几位研究员在地下一层的实验室里观测小鼠反应。

他复刻了生物学中著名的"老鼠乌托邦"实验:在有限的实验空间里豢养超量的小鼠,给它们提供充足的食物和水,任它们自由繁殖,自由增加数量。

04

方形金属栅栏围成的空间中,密密麻麻蠕动的都是白色的老鼠。它们肥大、呆滞,对同类充满憎恶。成年老鼠疯狂地争夺地盘,互相啃噬;幼年老鼠彷徨无依,死伤无数,因为成年鼠拒绝提供哺育和照料。

彭警官对保安和实验人员出示了证件,请他们保持安静。他站在丘翎后面,盯着这个目不转睛看老鼠的男人。

丘翎仿佛在看一出连续剧,望着拥挤的老鼠族群,神情变幻莫测。

意识到身边站的人是警察后,丘翎面不改色。他风度翩翩地向警察问好,然后请助手去取自己的围巾过来:"我要和彭警官出去一趟,天凉了,我可不想着凉。"

"你弄的这个实验,和公司生产的药物有什么关联吗?"在车上,彭警官尽量控制住自己厌恶的情绪,像聊家常一样问道。

"这个有助于我想清一些事情。"丘翎呵呵地笑起来,"和药物的关联?毫无关联,甚至可以说是全无瓜葛。就如同彭警官心里想的那桩案子和我之间的关联那样。"

"别担心。警察手里没有任何能用得上的证据。"不知道为什么,0715给苗苗发去这样一条信息。他想苗苗此刻正在阴暗的仓库中为丈夫忐忑不安。

外面的太阳正在一点点落下去,毕竟是秋天了,天色暗得很快。

0715站在秋风中,仰望着二楼的走廊。那里的灯光一直没有亮起来,他揣测着苗苗走在黑暗的通道里是否会感到害怕,他甚至做了无用功:打开手机上自带的手电筒,照向二楼的位置。

他不知道的是,苗苗比他想象的更适应黑暗。

她怡然自得地走在黑暗的通道里,黑暗就像她的故乡,她可以尽情地在黑暗中流露出厌恶、愤怒,甚至是狰狞的表情,这让她感到放松和惬意。

打开丘翎的办公室门,里面的一切一目了然,那一瞬间苗苗甚至怀疑自己的视力在夜间比在白昼还要敏锐。

实际上,是微弱的屏幕灯光照亮了这一切。

丘翎的办公室里有一个 72 寸的电视屏幕,白天看起来就像是招待宾客用的普通电视,晚上打开后才能发现,这是监视器的屏幕。

苗苗仔细地数了数,上面足有三十多个画面。每一个四四方方的画面里,都有苗苗熟悉的场景:丘翎过去的家、她和丘翎的新家、她上课的音乐教室……她的一举一动,几乎都在丘翎的掌控中。

苗苗不寒而栗地想,她每次打着上课的名义去产检的事,丘翎是一清二楚的。丘翎对她的动态了如指掌。

很快,她发现,被人监控生活的不只有她一个人,丘翎也一样被监控着——屏幕最中间的画面,正是这间办公室。

有人在远程连接监控屏幕。

那个人甚至故意选取了几个监控画面放大给苗苗看,以此来提示苗苗自己的存在。

"好了,我知道你了。"苗苗走到那张宽大的办公桌前,苗条的她沉稳地坐在丘翎的皮质老板椅上。她把一条腿优雅地搭在另一条腿上,尽管穿着肥大的保洁服,但这不妨碍她时时刻刻注意自己的仪态,"说说吧,你到底想干什么?"

屏幕里有个声音笑起来,那个声音听着像是来自于中年人,沙哑阴沉,令人难辨是男是女:"你找找吧,我就在这里面。本来呢,按照计划,那位小朋友应该直接告诉你证据在哪里。但是他不忍心。而你也确实比看起来要聪明一些。既然如此,你就自己试试吧。"

5

所有的选择,都是权衡利弊的结果。在苗苗看来,世界上不存在"一时冲动",所谓的一时冲动,也不过是大脑千万次计算的结果。

她坐在彭警官对面,办公室里的 LED 灯亮如白昼,明晃晃地打在她脸上。

04

　　三个小时了，办公桌上的笔记依旧是空白一片。她脸上自始至终都带着歉意的微笑，像是一个很笨的学生面对着循循善诱的老师，难免有些抬不起头来。

　　彭警官陪她耗着，那段录音已经放给她听了，他建议她好好想想，有没有任何和这个声音相关的线索。

　　录音是獾镇牙医的助理送来的。

　　自从牙医意外死在自动洗车机里后，那辆不祥的车就被卖掉了。助理单单留下了行车记录仪，那里面有零散录到的牙医接电话的声音、摁喇叭的声音，他每夜都是靠着这些残存的声音入眠。

　　直到前几天的夜里，对这些声音已经倒背如流的他猛然从床铺上坐了起来。他发现牙医出事当天的录音有异常。

　　在经历了十几遍降噪处理后，音频里的风声、齿轮摩擦声、喘息声被屏蔽了，一段隐秘而轻微的对话声传了出来——"好沉啊，这家伙，还在流血。"

　　听到这段录音后，苗苗面不改色，脑海中已然进行了千万次计算。

　　她的眼前仿佛出现了一个三维立体的坐标轴，坐在警察对面的自己就是原点。她的每一个选择，都像结网的蜘蛛一样奋力向前，爬出一条条截然不同的线段，指向无比遥远的未来。

　　她瞪大茶褐色的眸子，出神地看着眼前那张蛛网。

　　彭警官回头望望办公室墙壁上方的角落，尴尬地咳嗽了一声，打断了苗苗的思绪："平时忙得很，也没人管这些小家伙，不知道什么时候就结上网了。"

　　苗苗如梦初醒，含着笑说："抱歉，我没有听过这个声音，也想不起来有哪个认识的人是这样说话的。"

　　这个声音喑哑低沉，对苗苗来说一点也不陌生，她昨夜在丘翎的办公室听到过。

　　在丘翎的办公室里，她不只听到了这个声音，还在这个声音的暗示下，找到了一副假牙、几副不同颜色的隐形眼镜以及一套假发。

这些东西就放在展示柜的奖杯里，奖杯上写着"优秀青年企业家""本市十大公益人物"等字样。那些奖杯光洁如新，看得出奖杯的主人很珍视它们，常常端详，时时凝视。只是谁也想不到，当他需要变成另一个人时，他只要倒放奖杯，就能取出这一整套行头。

这些，苗苗都选择了隐瞒。

苗苗并不怨恨警察，只是她认为，警察只会做出符合查案情况的选择。至于她苗苗过得如何，也许并不能同时兼顾。这是她少时得出的结论。

那时她哭着跑到了最近的派出所，断断续续地诉说着自己的遭遇。然而一番调查之后，养父安然无恙，倒是养母暴跳如雷，骂她是个不识好歹的东西，扯起她的头发，把她和她少得可怜的行李一同丢出了家门。

她哪里知道什么是证据，她只知道那个跟随了自己十年的老旧行李箱受不了养母那样重的一击，黑色的、粗笨的拉链像一只难忍悲伤的嘴巴，哇啦一声开了个口子，让女孩子的那些零零散散的小物件散落了一地。

她跪在鹅卵石铺的人行道上慌里慌张地捡起自己的东西，旁边站了好多街坊邻居，没有人帮她，她只看得到他们黑色的、棕色的皮鞋，和养父的一样。

那些人都在议论她，她听得到。他们说"这个女娃娃谁都不要，她叔叔好心养了她"，他们说"小小年纪，校服就改成掐腰的了，一看就不正经，和她妈妈一样"，他们还说"找大人要零花钱没给，就跑到派出所诬告人，心眼坏掉了"。

她别无选择，只能像个没有脑子的女孩子那样笑起来，假装听不懂那些人话里的意思。

她跪在养父家门口，请求养父母原谅时她就决定了，以后每一个选择，都要三思而后行。

"没有，真的没有听到过。抱歉。"她坦然地对彭警官说。

04

她想好了,她已经看到那些缥缈的未来了:丘翎被警察带走,那套有着漂亮的落地窗的房子也会被银行收走,她不得不在马桶一直漏水的出租屋里生下小葡萄,而"杀人犯的孩子"这个名号将会跟随小葡萄一生一世。

想到这些,她就控制不住地发抖。

她要小葡萄有爸爸,有妈妈,有阳光洒落一地的家,有最好的教育。不用受什么委屈就可以学钢琴,学油画,学摄影,学自己想学的一切东西,成为自己想成为的任何人。

那多好呀。至于她苗苗是不是快乐,好像并没有那么重要了。

她只希望小葡萄快乐。

"我说了,这不是审讯,更不是传唤。我只希望你们配合调查。"送苗苗出门时,彭警官说,"像朋友之间那样聊聊就好。"

秋风卷起路边的银杏叶子,像卷起一阵小小的金色旋风。

苗苗放松了许多,摩挲着自己的手臂,不解地问彭警官为什么同一个案子要三番五次地找他们夫妻二人:"我已经把知道的都告诉您了呀。"

彭警官把刚刚点起的那支烟从嘴里拿了出来,扔到脚下踩灭了。他决定试试真诚,用真诚换苗苗的真话。

"昨天请丘先生来配合调查的时候,有件事我没有告诉他。"彭警官望着车流,"张主任出事的那天,獾镇有家超市的摄像头拍到丘先生了。"

那天的雨很大,獾镇人都爱穿那种青灰色的雨衣,遮住了头也遮住了脸。走在雨里,谁也不认识谁。

超市店主没打算开门,有个身材高大的人从半拉下来的卷帘门中挤了进来,丢给店主十块钱,说要给手机充电。

他站在门口一侧给一只黑色的手机充电,时不时向外张望,还把卷帘门用力向上抬了抬,风刮进来好些雨,弄得地面湿漉漉一片。

他在那里足足充了半个小时的电,直到门外走过一个打着尖顶雨伞的胖女人。他很快就跟了出去。

"很像,真的很像,身型、走路的姿态都像。但是人脸比对没有通过。"彭警官不无遗憾地说,"还是需要完整证据链的……"

"是哪种像?双胞胎那种吗?会不会他化妆了?"苗苗笑起来,带着小女人独有的天真和烂漫,仿佛谈论的嫌疑人并不是她的丈夫。

彭警官被她这样的笑弄得不好意思起来,又摸索出一支烟点上,掩饰着自己的不自然,含糊地说:"化妆对人脸比对系统起不到影响的。系统主要是通过骨骼一类的生理特征来判定人的身份的,比如,颅骨高低、瞳距的宽窄、牙龈的厚度等等。"

他意识到自己说得有点多,收回了滔滔不绝的话语,真诚地看着苗苗:"我还是希望你想起什么时就给我打电话,以朋友的身份聊聊你看到的事情就好。"

一辆出租车停了下来,是丘翎来接苗苗了。

因为手臂受伤,最近他都不能开车。隔着一条马路,他向彭警官和苗苗在的地方挥了挥那只被石膏包裹的右手。

附近的外卖骑手很多,正值用餐时段,骑手在马路上风驰电掣,全然不顾来往的行人。刚下车的丘翎险些被撞倒,他一个踉跄,左手扶住刚刚推开的出租车门。

"他右手的伤还没好吗?"望着快步跑向出租车的苗苗,彭警官喃喃地说。这让他想起了什么,打算再仔细看看超市店主提供的那段模糊的视频资料。

"他们没对你怎么样吧?"丘翎和苗苗一起坐在后排,他关切地牵住苗苗的手。突然被警察带走的经历,让他们像一对患难夫妻。

"没有,只是问问,聊一下。"

"他们说,凶器上有你的指纹。"丘翎笑起来,"我就说嘛,不可能的,只是巧合。我相信你。"

见苗苗没有什么反应，他以为她没听到，特意用左手捧过她的脸："我相信你，你绝对不会是凶手。"

苗苗在心里冷冷地笑着。她非常想告诉他："你当然相信我不是凶手，因为你自己就是凶手。"

她还想告诉他："我知道你的那副假牙和隐形眼镜是干什么用的了，改变骨相和瞳距，让人脸识别系统抓不到你。"

但是电光石火之间，她的大脑已经做出了权衡。那指向未来的蛛网再次出现在她眼前，她在其中挑了一条最稳妥的路，微笑着说："肚子饿不饿？回家我煲汤给你喝呀。"

05

他杀

第五章

1

"好沉啊,这家伙,还在流血。"

这段录音被牙医的助理听了成千上万遍,这似乎成了他活下去的唯一动力。

意外发生不到一周,他们的诊所就起了一场火。火势来得莫名其妙,是在一个很安静的夜里突然起的火。

路边的监控形同虚设,只能看到黑暗中几个孩子东奔西跑,他们手里拿着的东西亮晶晶的,依次从窗口甩进诊所里面。

火很快就烧了起来,从小星星福利院带回来的体检资料被烧得只剩了些边边角角。

听到这段录音后,助理干脆把家搬到了派出所旁边。他租了间房子,随时等候彭警官打来电话。

当苗苗和丘翎若无其事地坐上出租车后,助理愤慨地冲了出来,拦住了彭警官。

"警官,警官,为什么?就这样让他们走了?"他一把揪住彭警官的袖子,像溺水的人抓住救命稻草,"你听见了呀,车上有人在说话。那不是意外!"

彭警官耐下心来，好脾气地把那段重复过无数次的话再次对他解释一遍："是这样的，这段录音里的声音非常嘈杂，目前也只是经过个人电脑的降噪处理，车上到底有没有人说话，到底说了什么，现在很难下定论。我已经把录音提交给技术科的同事了，等他们用专业设备分析后我们再来验证。"

助理气得整个人都哆嗦起来，指着出租车远去的方向说："这个人，就是这个人，出事的前几天他来过我们的诊所。进来就翻翻找找，那会儿我们都在忙，他就自己进了办公室开始翻抽屉。我们把他赶了出去，很快警察就找上门了，说发现了亵童照片。这难道还不够明显吗？"

彭警官沉默地望着这个激动的男人，任由他的脸色从焦黄变得惨白，任由他松开手，无助地大哭起来。

这些天，彭警官已经说了太多太多的话，他安慰不了这个伤心的人，只能蹲在路边，抽了很久的烟。

路对面的街边花园里，也有一个人在抽烟。

0715仰面躺在石椅上，看着一点点变暗的天空。他把手里殷红的烟头对准月亮，看起来像是给月亮烫了一个缺口。

对面那个男人哭的声音并不大，但在0715的耳边挥之不去，像把他的耳膜也烫出了口子。

他在等待姐姐打来电话。

他和姐姐一直是单线联系。

每隔几天，外卖平台就会收到几个莫名其妙的单，收货地址大多是那些无人居住的拆迁房、城中村。餐送过去也没有人取，打电话问，对面就会冷冷地说"下错地址了，你自己吃掉吧"。

唯有0715抢到单时，对面的人才会和他说几句话。

姐姐通过这样的方式和0715保持联系，因为外卖平台可以生成虚拟号，任何人都很难掌握他们固定联系的证据。

这次，姐姐的声音一反常态："她怎么可能没把证据交出来？"

"是的。没有。她应该是什么都没有告诉警察。我看到那个警察和颜悦色地送她出来了。丘翎接的她。"

对面沉默了很久。

过去的每一步，都在姐姐的运筹之中。姐姐总是能料事如神地"掐算"出丘翎和苗苗的反应，而这次，她失算了。

"她还不够恨他，不够害怕吗？"姐姐的声音像是在自己问自己。

0715回忆着苗苗的表情，说："不是。她非常害怕，也非常厌恶丘翎。她脸上的表情我看得出的，她的嘴巴在笑，但是眼睛在生气。"

"那她还包庇他？她只要把假牙、假发交出来，那个警察自己会明白的。那个警察我见过，不是个笨人。"姐姐愤愤地说。

"也许是因为她还爱他。"0715给出了自己的解答，当说到"爱"这个字的时候，他格外小心翼翼，好像怕读错了。

在他短暂的人生里，没有人给他说过这个字，他也没有对任何人说过这个字。从监狱出来后，他发现人们到处都在说这个字。人们为了这个字发狂，为了这个字发疯，为了这个字心甘情愿被别人欺骗。他觉得这个字有趣极了。

"她爱他？"姐姐的声音瞬间失控，咄咄逼人地问0715，"你知道你在说什么吗？那个女人会爱他？那个女人就是谁都可以圈养起来的金丝雀，你明白吗？那不是爱。"

姐姐怪笑起来，好像听到了什么令人捧腹大笑的笑话。她告诉0715，苗苗和丘翎的相识本来就是一场"捕猎"。

"你知道吗，在认识丘翎之前，每一场慈善活动她都会参加。哦，不对，不应该是每一场，是那种媒体、企业家都在场的慈善活动，她才会参加。"姐姐意犹未尽地回忆着，"她只往名车跟前凑。她远远地看准了才走过去，打量车主的外形，估量车主的身份和收入。"

苗苗认识丘翎的那天，也是一个微寒的秋天。

苗苗有意穿了很薄的连衣裙，勾勒出她纤薄的背和窈窕的腰肢，让人望而生怜。

她怯怯地站在孩子堆里，只和那些天真无邪的孩子说话。若是哪个成年人走近她，她一定会不胜娇羞地躲一下，然后才满脸歉意地笑起来，眼睛湿润而明亮，像一只胆小、柔软的白兔。

当她看准了丘翎所在的位置后，躲到背人的地方，用力掰断了自己高跟鞋的鞋跟。

"然后？然后她走到丘翎的车门前，'一个不小心'摔了一下，鞋子坏掉了。优秀的企业家扶起满面窘态的灰姑娘，忍不住请她上了车，为她揉着受伤的脚踝，再带她去买了新的鞋子和防寒的围巾。故事就这样开始了。"姐姐带着嗤笑的语气说。

可是，故事还得继续下去。

小葡萄已经十周了。在苗苗心里，小葡萄的胎心比任何奏鸣曲都美妙，她想将这首曲子安安稳稳地谱完，想有朝一日和穿着体面的小葡萄坐在一起四手联弹。

她不想让任何人干扰她的选择，包括丘翎、彭警官和0715。

为了她的这个选择，她最近常常煲汤给丘翎喝，汤里放了大量的褪黑素和安神助眠的中药，比如龙眼肉、百合、酸枣仁。

丘翎没有怀疑，谁让她本就是"贤妻"呢。

丘翎的睡眠时间延长了，他的入睡时间提前了一个小时，醒来的时间也晚了许多，早上不得不靠苗苗将他叫醒。

他早睡晚醒的这几十分钟，是独属于苗苗和小葡萄的。

晚上，苗苗会站在镜子前，快速地解下缠在腰间的束腹带，心疼地和小葡萄说会儿话；早上，她温柔地缠上那该死的带子，继续藏起小葡萄的存在。她做好一桌早餐，再叫醒丘翎开始新的一天。

"很快的，时间过得很快的。我们再等一等好吗？等到你月份再大一些，谁也不能把你从我身体里轻易带走了，我就把这些缠住你的东西丢掉好吗？"她向小葡萄解释。

她本以为，只要她像骆驼一样，在风暴到来之前跪下去、闭上眼，把脑袋伏在沙地里，风暴就会饶她一命。

但是她忘记了，风暴要的是生灵涂炭。

那个晚上，0715接受了新的计划。

"杀了她。让他杀了她。或者做成他杀了她的样子。"姐姐在电话里轻描淡写地说。

自从他出狱后，姐姐第一次和他讲这么久的电话。她甚至很详细地关怀起他的生活来，嘱咐他秋凉了，钱别光攒着，给自己置办身新衣服。

这个计划，其实在很早之前就有了。姐姐早就制定了这个备选计划，但是0715从来都没有拿它当真。

"你放心吧，一切我都会安排好的。不会给警察留一点线索。他们找不到你的。"姐姐以为他是在怕，大胆地鼓励着他。

"好。"

路灯灭了，石凳上的人走了，佝偻着肩，两手揣兜，像一只失魂落魄的野鬼。

走出很久以后，他摊开手掌看看，那个火红的烟头被他无意间摁在了手掌里，在右手掌心上留下了一个永远的疤。

2

过去，对于每一个人的死，姐姐总有自己的理由。

獾镇的牙医，姐姐说他在福利院伤害了很多孩子，罪有应得；福利院的张主任，姐姐说她参与亵童交易，本就该遭天谴。

0715认可姐姐的观点，尽管他自己入狱的罪由就是"亵童"。

以这个罪由入狱，是0715的选择。

那年，他刚刚二十一岁，已经成为拘留所、看守所的常客。他厌烦了那种进去待上短短数月就被放出来的日子，他想住得久一些。因为他害怕自己随时都可能在一个阳光灿烂的日子里冲到警察面前，跪下来告诉他们："我……们杀了人"。

他知道自己不能这么做。

所有人一起守护这个秘密已经十五年了，"三哥"死了，但是"大姐""二哥""四姐"还活着，他不能因为自己难以承受的负罪感而把其他人的正常生活全部打乱。

他在小镇图书馆里翻到一本《刑法》，手指在法条上逐一滑过，他找到了一条他认为可以拿来"用一下"的罪名："聚众或者在公众场所当众猥亵儿童，将处以 5 年以上有期徒刑。"

五年，0715 算了一下，等他刑满释放后，正好离那件事发生过去二十年了，已经过了刑事追诉期，那么活下来的人都安全了。

当法官宣判他的刑期时，0715 当庭露出了满意且意味深长的微笑。

这让那几名男童的家属出离愤怒，要不是法警拦着，他们一定会冲上来要 0715 好看。

跟家属擦肩而过时，穿着囚服的 0715 不停地默念着"对不起，对不起"，他发自内心地感到歉疚，尽管他实际上什么都没做。

姐姐没有告诉 0715 杀掉苗苗的理由。

他站在音乐教室门外，隔着一面玻璃墙看着苗苗的一举一动。

小葡萄已经快三个月了，苗苗有了一种奇怪的心情：既害怕别人知道，又希望别人知道。

她盼着和那些年龄足以做她母亲的富太太们聊聊，她想听她们用过来人的姿态对她谆谆告诫。她的生活里并没有可以分享这件事的人，于是苗苗的脸上常有一种落寞的神态。

为了小葡萄的安全诞生，她只能守口如瓶。

苗苗的心思全部流淌在琴键上，没有课的下午，她花大段大段的时间坐在钢琴前,每弹几个音就要停下来静一会,她在感受小葡萄传回来的反馈。她乐此不疲地猜测小葡萄是醒着还是睡着,是不是随着音律在羊水中摇摆。

"你别被她的这种姿态欺骗了,想想你自己的母亲。还不是一样自己逃跑了。"姐姐这样鼓励着0715。

0715在音乐教室外盯了苗苗三天,都没有把那条写好的消息投送出去。

"村里所有人都知道,你才三岁妈妈就跑了,到南方过好日子去了,不是这样的吗?"姐姐循循善诱,"你以为教室里那个女人和她能有什么区别?我们迟早要处理掉丘翎,那个孩子的下场不会比你好太多。他也会和你一样被他的妈妈像甩包袱一样甩掉的。这种女人我见多了,只管把孩子生下来,至于孩子这一辈子活成什么样,她们是不管的。我们这里全是这样的孩子……"

0715也是成年后才明白,父亲是一个没有生育能力的人。在周围人的风言风语中,他逐渐知道母亲和父亲的结合是怎么一回事。

作为小镇上最漂亮的女子,母亲是带着将近六个月的身孕与身材矮小的父亲匆匆结合的。这种结合没有让任何人感到幸福,0715的出生也没有给任何人带来幸福,相反,他的到来加速了这个家的分崩离析。

父亲在外不苟言笑,沉默寡言,然而回到家就开始控制不住地高谈阔论,母亲做任何事情他都能上升到道德的高度批判一番。他的声音从胸腔里喷出,刚正有力,字正腔圆,像极了广播里高亢兴奋的播音腔。若是外人听到了,会很难理解为什么这样瘦小的身材可以发出这样高的音调。

那个时候0715还小,但是"废物""没人要的""不知羞愧"这些词简直把他的耳朵磨出了茧子。

母亲跑掉以后,0715就成了父亲的教导对象。

父亲一直拿极高的道德标准要求他:"对你严是为你好,如果我再不管你,你以为你能比你那个娘好到哪里去?"

认识姐姐的那个夏天,父亲第一次对他动了手。起因是一件小事,他偷拿了一枚硬币去买了支雪糕。

父亲从不允许他吃任何零食,六岁之前的他连糖块是什么滋味都不知道。如果有哪位好心的婶婶、大娘塞给他水果糖一类的东西,父亲会用阴郁的眼神盯着他,直到他主动把糖还回去。

可是那个夏天太热了,湖边的虞美人像火一样红,湖水都快被煮沸了。他整日整日和"二哥""三哥"泡在水里也不觉得凉快。

别的孩子都买那种奶油雪糕吃,他真的忍不住了,在父亲的抽屉里找到了一枚又圆又凉的东西。

这枚东西,为他换来了五分钟的甜蜜和耳膜穿孔。

想到那个令自己头晕目眩的耳光,0715清醒了过来。

父亲当着全村人的面打他。他被父亲从湖里赤条条地拎起来,连短裤都没来得及穿上,就被提到了晒玉米粒的街口。

"看看,都过来看看,才六岁就敢偷钱。"父亲出离的愤怒,又发出了他最憎恶的播音腔。

不容他辩解,巴掌已经落下来了。他半边脸麻了,耳朵里发出巨大的轰鸣声。

谁也不敢安慰他,他也无处可去。

"您家那边好像着火了。"人群里有个女孩子大声地喊。

父亲望向冒黑烟的地方,气急败坏地朝家跑。

那个女孩子就是姐姐,在他们之间排行老大,他们都叫她"大姐"。

姐姐把他揽在怀里,有条不紊地用冰凉的井水给他敷脸。其他几个大孩子都傻傻地站在一旁,手脚都不知道朝哪里放。

他闻到姐姐脸上雪花膏的味道,凉凉的,淡淡的,和妈妈一样。他怔住了,连哭都哭不出来,耳边惊天动地的轰鸣声把整个世界和他隔离开。

05

"你想这个世界上再多一个像你那样遭罪的孩子吗?"姐姐继续问他。

他摇摇头,发出了那条消息。

"保单已经交上去了。他仿冒了你的签字。"

看到这条消息的苗苗毫无反应。时间好像被定格在那里,她依旧端坐于琴凳,只有秋日下午的阳光徘徊在她及腰的乌发上。她手上的动作流畅依旧,连一秒钟的凝滞都没有出现。

和姐姐预测的截然相反,姐姐以为苗苗会怀疑,会痛苦,会无可抑制地激怒丘翎。

"相信我,不用你动手。只要他们的矛盾加深,丘翎会控制不住动手。"姐姐志在必得,"他的躁郁症加重了,服用的药量是之前的两倍。"

0715 站在马路对面看了苗苗很久。

他带点傻气地幻想着,如果他们素不相识,如果他们从来没有过交集,他一定要洗干净脸,换上干净的鞋子,走进这间音乐教室,问问她在弹奏什么曲子。

《水边的阿狄丽娜》。那个下午,苗苗重复弹了它足有一百遍、一千遍。

她的手指好像已经不是她的手指,好像被另一种更有力量的东西掌控了。身体一动不动,手指疯狂地在琴键上敲击,这首曲子被她弹得越来越快,她整个人都要被这再熟悉不过的旋律撕裂了。

丘翎也在通过监控看着苗苗。

办公室里的假发和假牙被人拿走了,他猜得到发生了什么。只是他还没有想好,要拿这个陪他度过三年春夏秋冬的女人怎么办。

杀了自己的妻子也不是很难的事,他又不是没那么做过。

音乐教室的监控在钢琴的正对面,他看到苗苗一刻也不停地弹奏着,手上的动作越来越大,越来越快。他把画面放到最大,画面正中间的苗苗垂着头。他疑心她在哭。

她却突然抬起头来,盯住监控,张开嘴巴,露出牙齿,原本面无表情的脸上出现了一个非常，非常甜美的微笑。

3

结婚三年，苗苗都没有发现丘翎是左利手，正如丘翎也一样没有发现苗苗是一个记忆力和模仿力超群的人。

这与生俱来的本领被她在不经意间用到了很多地方，比如模仿开锁师傅撬锁，比如在数码城短暂地转了一圈后，一字不漏地记住了如何替换监控视频文件的方法。

原本对电子用品不那么擅长的她，悄无声息地蹲在音乐教室的机房一下午，更改了丘翎窃取的接口权限。她知道，从此丘翎看到的视频全部是过去一年的"存货"，以及她刻意录制好的内容。她可以让自己的身影在任何"该出现"的时间段，毫无破绽地出现在丘翎的监控画面里。

想到这儿，阔步走在人行道上的她忍不住面露微笑。

在丘翎的监控画面中，她一如往常地待在教室练琴。而真实世界里的她，已经穿上了假制服，备好了一整套的伪造证件。

她在彭警官面前做过两次笔录，做笔录时，她常常发呆，好像在望着哪里放空。实际上，墙上挂着的警员资料、路过的女警胸牌以及彭警官出示过的证件，全部像照片一样被她留存在脑海中。

此刻，她不再是娇弱又优雅的音乐老师苗苗，而是腰背笔直、姿态刚正的女警员。踏进保险公司大楼时，她从玻璃门的反光里确认了自己的仪容仪表，收起了微笑和眼神里的彷徨、柔弱，让自己从神情到仪态，彻底贴近那个带有几分男子气概的女警。

苗苗的模仿是十分成功的。她模仿彭警官的样子，用食指和拇指捏住警官证，在保险公司经理面前晃了晃，然后若无其事地把证件丢回口袋里。

她声称，多年前的一起车祸涉嫌骗保，需要查验当时投保人的保单。

05

经理还想多问几句，苗苗像个男人婆一样用力搨搨他的肩膀，公事公办地告诉他，这件事很可能涉及刑事案件，警方不方便透露太多消息。

保险是在车祸发生的半年前买的。被保险人那里写着唐冉的名字，受益人写着丘翎的名字。

唐冉的字迹纤细瘦长，和丘翎潦草到近乎跃出纸面的签名截然不同。苗苗耐心地比较着其中的横点勾画，确认这个签名不是丘翎伪造的。

保单之下，是唐冉的个人资料和死亡证明。亲属关系那栏里，详细记载着唐冉父母的姓名、去世时间。苗苗一行一行默读着，指尖变得越来越冷。

从资料里看，唐冉五岁时就失去了父母，和后来的养父母也没有办理合法的收养手续，她被法律认可的亲属只有丘翎一个人。

苗苗想起合照里唐冉模糊的面貌，她是那样一个普通的女孩子，她不敢打扮自己，留短发，以素颜示人，只敢穿中性的外套和牛仔裤。她没有亲人，她死了，丘翎就是这个世界上唯一掌管她一切信息的人。

"和我好像没有什么区别。"苗苗自嘲地想，"但是我有小葡萄了。丘翎不是唯一……"

这个念头，让她意识到了这份资料的不对劲。

她若无其事地问："这资料不全吧？丘翎没给孩子买保险吗？"

"孩子？"经理凑过来，在亲属栏的位置核对，"没有孩子呀。这个被保险人没有孩子，他们就是夫妻两个人。"

"孩子"一直是丘翎和苗苗之间的禁忌话题。每次提起，丘翎必谈及自己对亡女的思念，表现得痛苦非凡，似乎那是一块不可触及的伤疤。

为了丘翎的这份痛苦，苗苗付出了很多。她辞掉了小学教师的工作，因为丘翎说那里全是和他女儿同龄的孩子，想到那里他就难过得发抖；她拿掉了他们之间的第一个孩子，因为丘翎说他没有做好重新当父亲的准备。

"以前一直没有问过,"在那个晚上,苗苗平淡地开了口,"你之前的女儿叫什么名字?"

问这话时,她正在厨房准备食材,尽管丘翎已经告知了她不在家吃饭,她还是按部就班地准备着晚餐。

已走到门口的丘翎愣了一下,快速地说:"她叫小凤。"

"她出生前,你们一定是望女成凤的吧。"苗苗接着话,手里的活一样没停。她要把干贝和蘑菇剁得细细的、碎碎的,这样入汤才能充分释放滋味。

丘翎尴尬地咳了一声,快步走出门。自从把苗苗的保单交上去之后,他经常"逃"出这个家。

茶几一侧还放着一份保单合同,不用细瞧,苗苗就知道那张是新的、假的,不过是丘翎放在那里掩人耳目的。保单上的序号不一样,和苗苗一直拒签的那张差了几位数。这些细节逃不过苗苗的眼睛。

丘翎"逃"出这个家的理由都很合理:公司开会,应付检查,去外地参加展会。

无论他给出怎样的理由,苗苗都是无辜地睁大眼睛,信赖地点点头,还会嘱咐他不要太累,也会在他晚归的时候在砂锅炖盅里为他留一份滋补的汤。

每当丘翎望见厨房里带有余温的砂锅时,他总是心生愧疚。在他的想象中,那些漫长的黑夜里,苗苗只开着厨房的一盏灯,站在炉火前为他煨着汤。

实际上,苗苗愿意花大量时间待在厨房的原因只有一个:这是整个家唯一没有安装监控的地方。

听到电梯载丘翎下楼的声音后,苗苗松了一口气。她倚坐在橱柜之上,一手抚摸着腹部,一手快速地在手机上输入她能想到的一切关键词。

她找出了有关当年那场车祸的新闻,无论是报纸新闻,还是一晃而过的电视新闻,都没有提到有关孩子的事情。

05

电视新闻只给了几个镜头,那时的丘翎比现在年轻一些,不像现在这样疲倦。他双眼通红,站在镜头前说:"我刚刚出差赶回来,没有想到妻子发生了这样的事。我们是青梅竹马……请一定严惩醉驾司机!"

那是发生在五月的事情。

五月,这座城市已经很热了。视频里的丘翎不时用左手擦着额上的汗,苗苗有意摁了暂停,放大了画面。她仔细观察着他脸上的表情,包括瞳孔里的倒影,她坚信那里一定会流露出他得意、窃喜的样子。

然而并没有,她只是看到他的左手洁白、干净,食指和中指间没有那种微微焦黄的痕迹,和现在的手指截然不同。那场车祸后,一定发生了什么事情,让丘翎开始大量地抽烟。

苗苗继续翻找有关车祸和丘翎女儿的信息,她甚至给丘翎过去居住的小区物业打了电话。

物业对丘翎这一家人是有印象的,他们说这一家三口感情还是很好的,买早餐,买菜,散步,出门上班……几乎都是在一起的,很少见哪一位是单独行动,连交物业费都是一起来。

"哦,对了,我听说小区这边的入托、入学信息都由物业统一登记,当年的材料还有吗?"苗苗不动声色地问着,语气一如往常。

对面有窸窸窣窣的纸张摩擦声,过了片刻,物业略带惊讶地告诉她,丘翎从来没有登记过有关孩子的任何信息。

苗苗挂断电话,在记忆里搜集着她所看到、听到的全部信息。她不相信一个小女孩可以凭空消失。

她蓦然想起,医院留存的档案里,也没有任何与"小凤"相关的救治记录、死亡证明。

她闭上眼睛,让那份档案出现在一片黑暗的眼前。她回忆起了唐冉遍体鳞伤的尸体——她的小腹光滑平整,全无生育痕迹。

4

张主任的死，为福利院的女孩子们带来了片刻安宁。

在这之前，燕子只能一遍遍地警告她们："记住了，做任何事情都要在一起。"

她想不到别的能保护她们的方法了。成年人的世界不是她能对抗得了的，她的身高还不到他们的胸脯，她只能看着他们腆着肚子走进女孩子的寝室，然后再道貌岸然地走出来。

燕子很想对那些女孩子多说一些话，但她们只要吃饱了就很快乐，像羊群一样聚集在一起晒太阳，寝室里发生的事情并不会让她们的生活变得更糟糕。

最开始，燕子想过求助福利院的其他成年人。但她很快就意识到，事情远没有表面简单。

对于张主任的行为，大多数职工是睁一只眼闭一只眼的，她们都说张主任"背后有人"。

燕子也尝试过对这些视而不见，催促丘翎尽快办理收养手续带她走："你不知道这里的情形，下一个很有可能就是我了。"

丘翎却表现得不慌不忙。

三年前，他给她的借口就是"年龄差距不够，单身男性无法收养女童"，按照他的规划，他需要有一个妻子，建立一个家庭，这样才能合法地收养她，给她一个崭新的身份。

她默默地看着他接近苗苗，看着他们举行婚礼，看着他们日复一日的恩爱生活。

烟草是她排遣痛苦的唯一渠道，她会在每天下午四点爬到福利院屋顶的天台上。那里竖着一根老去多时的旗杆，光秃秃的，旗子已不知所踪。

旗杆下面垫了好些残破的红色砖块，她数过，共有64块。砖块的缝隙里有蚂蚁进进出出，它们在这里建起了自己的堡垒。

她的世界也在这里，砖块的凹陷处，用油纸包起来的是她的两只手机，以及丘翎每次偷偷带给她的药和香烟。

对她来说，这些烟是救她命的东西，也是差点暴露了她真实信息的东西。牙医先是看到了她牙上的烟渍，才格外关注她的牙齿情况，最终在体检表上写下"恒牙全部萌出，左上及右上有斜生智齿"。

这不是燕子"处理"掉牙医的唯一理由。

另一个理由是，牙医帮张主任做了一场不该做的手术。

在小星星福利院里，如果说燕子有什么谈得来的朋友的话，"灵儿"算一个。

"灵儿"不是那个白化症女孩子的本名，她的本名叫李秋女。燕子对这个名字不屑一顾，她告诉灵儿："你爸妈老早就想丢掉你了，这份心思都在你名字里了。姓李，秋天生的，女孩，他们连个像样的名字都懒得给你想。"

灵儿听到这话，只是嘿嘿地笑着，仿佛并不明白这话有多刻薄。

燕子偷看过她的档案，里面写着"轻度智障"。

她被福利院这一年的清汤寡水养得人高马大，身材老早就抽了条，胳膊是胳膊，腿是腿，每一个部位都发育得毫不吝啬。

她是燕子的"重点保护对象"。但是她对寝室里发生的事情毫无畏惧，像个过来人一样告诉燕子："不就是那个事吗？我知道的。来福利院前，我有个男朋友。"

燕子对少男少女的故事没有兴趣，很凶地叫她闭嘴。

她对燕子的怒气毫无感知，依旧嘿嘿笑着跟在燕子屁股后面，喋喋不休地说她的男朋友答应她了，过几年就接她离开福利院。

灵儿来到小星星福利院之前，有漫长的流浪史。

白化病让她严重畏光，她只能在阴雨天和晚上才走出来讨要一些吃的。

獾镇上的那个男孩子给了她一件旧雨衣，青灰色的，又厚又重，却能遮蔽日光。她从此把他视为自己的男朋友，一直念念不忘他待自己的"好"。

"他还带我去宾馆看电视。"灵儿坚持不懈地告诉燕子,燕子在一旁吞云吐雾,对她的话充耳不闻,可这不影响她自说自话,"他带我看《仙剑奇侠传》,我最喜欢灵儿。"

燕子悲哀地看向她,这个女孩子通体雪白,脸颊被下午五点钟的阳光照得几近透明,她一脸无邪地问燕子:"你说的那些坏人叫我去寝室的时候,也会给我放电视吗?"

燕子没法回答她这个问题,只是告诉她,无论发生什么事,都不要落单,一定要通知自己一起过去。

灵儿弄不懂其中的意思,歪着头说:"我男朋友有好多朋友,他们也会带我去宾馆看电视。他们都知道我喜欢《仙剑奇侠传》……"

"你别说了。"燕子拿出一个烟头,"你长大了想起这些事的时候,要是觉得心里过不去,就可以抽这个东西。"

"我已经长大了。"灵儿倔强地说。

燕子几乎不给灵儿落单的机会,唯一一次是丘翎来找她的时候。

那次她发现了苗苗怀孕的事,整个人的心智都被这件事缠绕着。她在房间里对着丘翎大吼大叫,用手上有的一切来要挟他。

要挟他这件事情,她做得太熟练了。她发现,恨意不可能消弭,只能隐藏。稍微一点火苗,就可以把她强迫自己藏在记忆深处的那些事烧成燎原之态。

"你并没有想收养我,对吗?你想的是让我和唐冉一起死,对吗?如果我不是躲在了这里,当时你是不是就要追过来把我扼死在水里?"燕子声音沙哑,"那很简单,新闻里不过是多了一个溺水身亡的无名少女罢了!"

丘翎沉默不语,任由她发出狂风暴雨一般的指责。他以为,这次和过去无数次一样,她愤怒,他道歉,然后反复地告诉她,当年只是意外,然后就会放他一马。但是这次不一样。燕子用来要挟的,是他最在意的东西。

"你别忘了公司是怎么发展起来的。"她冷冷地笑着,挑着眉毛,姿态像是在挑衅他,时刻提醒他不要忘记他的公司并不光彩。丘翎的医药公司是做仿造药起家的,一直模仿海外药厂的配方,如果被人追究,他将被罚得倾家荡产,随时会面临牢狱之灾。

燕子还在劈头盖脸地说着,他的公司,他的名头,他渴慕已久的商业帝国……这些都是她躲在他背后一点点搭建起来的,只要能让他甘心俯首称臣,她不惜摧毁它们。因为她知道,只要他跟苗苗有了孩子,她渴慕已久的收养就会遥遥无期。

"如果当年真的是意外,如果你真的想带我回去,那就是现在。"燕子把语气放平,像暴风雨前短暂的平静,"我不能再等了,那个牙医已经发现我有问题了。"

燕子张开自己的嘴巴,黑漆漆的口腔里是白森森的牙齿,"智齿,看啊,这东西基本是成年人才有!他已经知道了!"

"我能怎么办?我总不能现在就杀了她!"丘翎也在崩溃的边缘,他的躁郁症加重有段时间了,情绪稍有变化,心率值就会直升到 100 以上。他感到自己的胸膛快炸了。

"你当然可以啊!"燕子也在咆哮。

警察的到来中断了他们的争执。孩子们被叫去问话,燕子不得不站在队伍中,看着丘翎和怀有身孕的妻子远去。她仿佛被痛苦席卷,压根没有发现灵儿一整天都没出现了。

那场手术是牙医做的,张主任再三恳请他接下这个活。

"就当是帮帮孩子。这里都是没爹没娘的女娃娃。"张主任说得冠冕堂皇,又递上了极有分量的一只信封。她猜得到,眼前这个异乡人是缺钱的。

她借着义诊复查的名义,把个别孩子带出福利院,悄无声息地做完了手术再送回来。

那场手术让灵儿接下来的一周都是昏昏沉沉的。

张主任懒得再请医生或者护士过来,她不希望这件事传得太广,毕竟麻烦总是多一件不如少一件。按照牙医的指导,她自行给灵儿输液。

前几天,灵儿是有一点好转的,甚至能在退烧后的夜里回到寝室,和其他女孩子说几句话。

直到那天张主任带回来一种叫作青霉素的药。

那天苗苗站在操场上,看着警车停在福利院的正门。而在后门的一间北向的小屋里,昏迷已久的灵儿突然睁开眼睛,喊了一声"妈妈",然后永远地睡了过去。

燕子是在晚上才找到灵儿的尸体的。她掀开五六床被子,看到灵儿身上蔓延的红色皮疹,她立刻反应过来这是药物过敏。

气愤和惊恐让燕子忘记了取证,当她和张主任对峙时,灵儿的档案和尸体已经完全消失,仿佛从来没有存在过一样。

张主任听她问完那个问题,不慌不忙地给自己冲了杯红糖水,然后抱着杯子问周围的人:"咱们这里有叫李秋女的孩子吗?"

没有人接话,大家好像都在忙自己的事情。

张主任慈爱地摸着她的头,告诉她,出现幻觉不要害怕,很多低智孩子都是这样的,没有必要自卑。

"你以为这样就能让一个人和你的罪凭空消失吗?"燕子冷冷地问张主任。

张主任鼓起被红糖水滋润得异常鲜艳的嘴唇,用唇语轻轻回答她:"不然呢?"

先是牙医,再是张主任,丘翎感到自己已被燕子彻底绑架了。

爱并不能紧紧地拴住两个人,只有恨才能。在观察小鼠实验的时候,丘翎常有这样的想法。

他看到那些白老鼠迅速聚在一起,又迅速分开,诞下来的粉色小老鼠是任何一方都懒得管教的。小老鼠只要生下来就好,至于怎么活,活成什么样,那些密密麻麻蠕动着的白色东西个管。它们彼此之间仿佛从来没有接触过,从来没有认识过。

倒是恨,让那些老鼠念念不忘。只要哪只老鼠抢了另一只老鼠的食物、地盘,那另一只老鼠一定要追着它不放。

丘翎感到这些事有趣极了,唯有这些事能让他忘记白天盘踞在他脑子里的阴影。

第二次被警察叫去调查后,他的躁郁症越发严重,医生把药量加了又加,并小心翼翼地建议他住院治疗。

他拒绝了。他知道他不能消失,他消失不起。

可以说,他的一切都是燕子给的。公司是燕子一手建立起来的,公司的技术核心人员也是燕子,燕子把这些光环都给了他,任由他享受鲜花和光环,她躲在他背后的阴影中。

燕子对他唯一的要求是,陪伴她,服从她,爱她。

一旦燕子发现他消失了,那么他顶在头上十几年的达摩克利斯之剑就要落下来了。

为了守护这个秘密,他们都失去了太多东西。

这把剑,会让他失去现在的生活。他会失去自己的名字,失去承载他全部梦想的公司,也会失去妻子,甚至失去自由之身。

只是,燕子百般恳求,百般威胁,他还是下不了决心。他好像无法像"处理"牙医,"处理"张主任那样去"处理"掉苗苗。

他浮萍一样柔弱的妻子,正在小心翼翼地守护着他们的孩子。他一想到这件事,就会忍不住想等一等,再等一等。他期待命运替他做出选择。

在监控里,他看到她时常独自一人念念有词,对着肚子里的孩子说话。他看到她气喘吁吁地拆下绑在肚子上的束腹带,爱怜地抚摸着腹部。这一切他都心知肚明,但是他只能装出一无所知的样子,这对于目前的情况来说,是最好的选择,他猜。

只不过他没有想到的是,他并不是燕子唯一的"处理"方案。

凌晨两点,丘翎接到了苗苗打来的电话。她从来不在这个时间给他打电话。

苗苗站在阴森的消防楼道中,只穿了一双绿绸软拖鞋和睡衣。楼道里的窗子坏了一扇,从窗子里看得到遥远的毛月亮。

她怯生生地告诉丘翎,家里好像进人了。

5

电话里,苗苗的声音惊恐而压抑。

她站在昏暗的楼道里瑟瑟发抖,唯恐惊扰到藏在家里的那个人,暴露了自己的真实位置。

这个求助电话很快就挂断了,丘翎听着里面传来"嘀嘀"的余音,把手机丢在实验台上,并不打算真正做些什么。

他想象着明天的电视新闻里会出现苗苗的尸体,主播会用略带悲哀的声音告诉观众,本市一名青年女子死于入室抢劫。这条新闻不会占用观众太多时间,很快就会让位给热闹的娱乐新闻和奢侈品广告,就像当年唐冉车祸的新闻一样。

这样的想象让他感到一阵轻松,他再也不用当坏人了。接着,他感到一阵麻木的钝痛。

他猜测藏在家里的那个人会对苗苗做什么,是用绷到极限的细麻绳勒住她的脖子,还是用手捂住她的口鼻,直到她像被风吹倒的稻草人那样摔在地上?

手机里"嘀嘀"的余音似乎变成了心跳声,心跳的速度越来越快,如同鼓槌一样跃动在他的胸腔里,敲打着他的肋骨。

麻木的钝痛在四处蔓延,他找不到是哪里在痛,好像每一个毛孔都在喊疼,但是他根本没有力气去安抚它们。

他只能在实验室里转着圈踱步，大口大口地喝水。嘴唇干裂到像吞下了整片沙漠，而心跳声大到让他怀疑有个巨人正站在公司外面捶打他藏身的屋顶。

丘翎颤抖地跪在实验台前，额头抵住特制的金属笼子，艰难地吞下医生开给他的倍他乐克和奥氮平，这两种白色的药片可以减缓他过速的心跳，缓解他的躁狂症状。他压根记不得自己吃了多少颗药，只记得小白鼠用红彤彤的眼睛盯着他，他眼前全是一粒粒殷红的血点子。

时间以极其黏稠的速度缓慢流逝，在凌晨四点的时候，丘翎终于感到好了一些。

他抓过手机，翻看通话记录。从那个求助电话挂断之后，苗苗没有再打来任何电话。

他回拨了过去，里面传来漫长的回铃音。他自己也说不清，到底是不是希望还有人能接到这个电话。

接电话的是彭警官。他告诉丘翎，苗苗安然无恙，几个女警正陪着她。

"家里我们查过了，已经没人了，就是有天然气泄漏的味道，看样子是厨房里煲的汤忘记关火溢了出来。"彭警官在电话里告诉丘翎，"你来一趟吧，她精神状态不是很好。"

苗苗像是刚从一场噩梦中醒过来。

昨晚，她沉浸于搜寻有关小凤的信息，满脑子都是照片上小女孩的脸。

砂锅里煲的汤汤水水她热了一遍又一遍，并没有喝下去的胃口。她很清晰地记得，关掉火和天然气后，门口响起了哭声。

起初那个哭声气若游丝，苗苗还以为是没有熄掉火苗，特意检查了一遍各类开关，然后才走出厨房，站在客厅门口。

门外的哭声忽远忽近，苗苗把耳朵贴到微凉的金属门上，似乎听到有个孩子在小声说："阿姨，救救我。"

紧接就是一阵脚步声和重重的喘息声，苗苗心里一慌，把门拉开了一条缝隙。她听到那个女孩子的声音是从楼道里传过来的,声音已经变得很小,断断续续地飘过来:"阿姨,救救我。"

听彭警官复述了这些,丘翎的喉头艰难地滚动了一下,他迟疑地问:"是一个小女孩?"

彭警官打量着他晦暗的脸,摇摇头说:"什么都没有。楼道的角落里有人丢了一支录音笔,在播放录音。"

那支录音笔还录了婴儿的哭声,哭得急促且绝望,在秋风乍起的凉夜里撕扯着苗苗的心。

她来不及细想,甚至连拖鞋都没有换就朝楼道的方向跑。当看到角落里丢的只是一支间歇发出哭声和"阿姨,救救我"的录音笔时,苗苗意识到事情不妙了。

黑暗的楼梯间像藏着某种怪物,苗苗三步并做两步地往回跑。昏黄的感应灯随着她的脚步声一一亮起,影影绰绰,让苗苗的脚步越发颤抖。

临近门前,她敏锐地发现哪里不太对劲:电梯上的数字变化了,变成了她家所在的这一层。

苗苗的脑子瞬间清醒了,她反应过来,刚才一直有人站在门口播放录音,并故意制造脚步声引起她的警觉,一直引诱她出门。在她出门后,那个人换乘了电梯,进入到她的家中。

"和您太太确认过了,没有财物遗失,应该不是简单的入室盗窃。"彭警官给丘翎展示了几张照片,"那个人的目的现在很难讲清,没有留下指纹,应该是戴了手套,有备而来。但是他留下了足迹,46码的鞋印,巧不巧,和你的一样。"

"丘先生?丘翎?"彭警官说完后,发现丘翎似乎毫无反应。他叫着丘翎的名字,丘翎过了一两分钟才反应过来,脸色苍白地说着抱歉。

"不好意思。我一直在服精神类的药物,有时会反应迟钝。"丘翎从公文包里拿出药片,向嘴里倒了两颗,"心率也不太正常,总是过速,老毛病了。"

05

彭警官点点头,继续告诉丘翎,这个入室者不只是鞋码和他一样,连回家的路径都一样:"那个人租了一辆车,型号和你的一样,车牌是仿造的。他成功骗过了地库的门禁系统,把车停在你的车位上,按照你回家的习惯,在车上停留了五六分钟后上的电梯。"

"那个时候我在实验室。"丘翎辩解说,"公司的监控都能查的。彭警官,你们大可以现在就去看看。这分明是有人想杀害苗苗然后嫁祸我。"

彭警官拍拍他的肩膀,让他冷静下来,然后说:"这个我们警方自然会查的。其实那个鞋码……我们已经知道是对方特意购买了和你鞋码一致的新鞋,正常鞋子穿久了都会有磨损痕迹,他留下的足迹里左右脚鞋子的边缘非常完整和对称。而且,丘先生,你是左撇子吧,平时也是左边的躯体承受更多重量,如果我没猜错,你现在脚上的鞋子应该就是左边的磨损更严重。"

丘翎下意识地把左脚向椅子的方向收了收,尴尬地道:"我不是左撇子。这个问题警官您之前问过我。"

彭警官笑了笑,没说话。他注意到,刚才丘翎吞服药物时,也是使用的左手。

这个问题目前来看并不重要,让彭警官真正生疑的是,连警方都暂时没有确定那个不知名的入室者究竟有什么目的,为何丘翎的第一反应是"杀害苗苗",然后嫁祸给他?

警务室里,这对夫妻的会面也让彭警官百思不得其解。

妻子苗苗在生死边缘走了一遭,从未知的入室者手中逃过一劫,此刻还惊魂未定,然而她见到丈夫,只是微微一笑,理了理垂在耳边的碎头发,对他说:"你回来了。"

丈夫丘翎也是拘谨地坐到了她对面,客客气气地问她是否一切都好。

彭警官把手机还给苗苗,随口说:"昨天发现那个录音笔后,你先给丘先生打的电话求助?"

"啊，不是，那时很晚了，我就是问问他什么时候回家。"

"不是，昨天回家晚了，忘给太太请假了，她打电话问我……"

这对夫妻异口同声地回答道。他们相视一笑，妻子伸出手贤惠地为丈夫整理衬衫领口的褶皱，丈夫也摸摸妻子的发鬓，以示安慰。

彭警官眨眨眼，无法理解这对完美夫妻的所作所为。

天亮了，警察需要的消息也记录得差不多了，彭警官让苗苗和丘翎放心地回家，警方和物业最近都会格外关注那个片区的安全问题。

丘翎挠挠头，像突然想起来什么似的，说："一听到苗苗的事，我就从实验室赶过来了。其实有个实验还在紧要关头，研究员都在那边呢，我得过去看看。"

苗苗也温声细语地说："没耽误正事就好，快回去吧。我来不及给你做早餐了，别光顾着忙，你胃不好，多少买份热粥。"

目送丘翎的车辆驶出，苗苗脸上那体谅、温柔的小娇妻情态立刻消失了，她的嘴巴还保持上扬的姿态，只是眼睛里完全没有了笑意。

"彭警官，你信吗？就是他。"苗苗冷冷地说。

彭警官一时没有适应这样快的变化，沉默不语。

"他想杀我，想很久了，连意外保险都买好了。昨天如果我进了那个家门，今天他就可以申请赔付了！"苗苗情绪激动起来，白皙的脸颊因愤怒而变得通红。她剧烈地喘着气，整个人像在朝阳中灼灼燃烧。

"你有证据吗？"彭警官知道这句话很无情，但是他不能凭着一个女人的猜测就去抓走她的丈夫。

"证据，证据……"苗苗怪异地笑起来。

年少时的遭遇浮上心头，恐惧、羞耻、不被信任的无力感包围了她。她快要笑出眼泪了，指着丘翎驶离的方向，然后再指指自己的脸，说："我经历了什么，我比谁都清楚。我说的话都不算证据，你们警察还想要什么样的证据？"

助手小郭也走了出来，他劝苗苗："这不是什么都没发生吗？你说的

05

顶多只能算是一种'感觉',一种'推测',我们办案子哪能只凭这个?"

"所以呢?所以只有我变成一具尸体躺在那里的时候,你们才会真的相信他是凶手对吗?"苗苗摇摇头,不屑地甩起头发,"彭警官,之前几次会面,我都认为你是个挺厉害的警察。现在,我知道你是草包了,你们都是。要证据对吗?好啊,我来找给你!"

苗苗拒绝了小郭送她回去的建议。她披头散发,穿着睡衣睡裤,趿拉着绸面软拖鞋,大步走在早高峰的人海中。

小郭惊讶道:"这个苗苗……这是小白兔要咬人了啊。"

彭警官叹息道:"我很能理解她。当年师父带我的时候,事事都要我讲证据,我比她现在还恼火……不说了,回去查案去!"

6

如果说有谁真正为苗苗的死里逃生而高兴,那就是0715。

昨夜,他按照姐姐的计划准备好了衣物、橡胶手套、便携氧气瓶、细麻绳和工业胶带。

"如果她反抗的话,你先用胶带封住她的嘴,再用绳子隔着衣服绑住手脚。记住,别封太长时间,不要让她窒息,要做出天然气中毒的样子。"姐姐嘱咐说。

0715在车上应着,他很紧张。他从来没有开过车,也从来没有杀过人。

这辆车是姐姐租的,租车公司按照网上订单的要求把车送到了离0715最近的停车场,钥匙还留在上面。

和钥匙放在一起的,是一份打印出来的租车协议。协议上的名字0715感到有些眼熟,但是他对不上号,心想大概是和某个狱警或者狱友同名的人。

他换上了姐姐留在卖鱼老头柜台下的伪造车牌,成功地骗过了地库门禁系统。

在车里，他抽了好多烟。

他暗暗期待苗苗不在家，但是姐姐说已经连接进苗苗家的监控了，她正在家，就在厨房里，已经一两个小时都没有出来了。

厨房里那份苗苗煲了一两个小时的汤，0715 忍住了没有尝。他静静地藏进橱柜里等待。

按照姐姐的计划，如果一切顺利，等苗苗睡着后，0715 就戴上手套，重新打开天然气开关，调整火苗，让它介于熄灭和燃烧之间。0715 需要一直守在那里，确保鲜浓的汤汁再次沸腾，顶起锅盖溢出来，然后扑灭火焰。

"要耐心，知道吗？"姐姐循循善诱，像小学教师在教孩子一道数学题，"耐心地等她睡着，耐心地等天然气逸出……"

0715 的耐心等来了警察。他没有想到，苗苗出门后就没再回来。

大概一个小时后，楼下闪烁起警车上的红蓝光。

0715 夺门而出，直奔顶层。

当警察搜遍苗苗家的每一个角落的时候，0715 刚刚敲开顶楼那户人家的门。

"是您订的餐吗？"一身外卖服的 0715 热忱殷切地问。他的裤子有些长，完美地遮盖住没有穿鞋的脚。

"不是。"

"可是地址写的就是您这儿。"0715 嘟囔着，拿出一张纸看着。这张纸是姐姐画的这个小区的监控位置图。

"弄错了吧，几点了，乱敲门！"门砰的一声关死了。如果这户人家好奇一些，接过"外卖袋"看看的话，就会发现里面是一身刚刚脱下的西装、一双鞋，以及可疑的细麻绳和工业胶带。

"她真聪明。"趴在楼道窗户上，看着苗苗被警车接走时，0715 由衷地感叹。他开始庆幸自己没有成功，但是在姐姐面前没有表露丝毫，他只是沮丧地告诉姐姐，这次被苗苗逃脱了。

很快，在音乐教室窗外，0715发现苗苗比自己想象中还要更聪明一些。

那是个飘起了秋雨的午后，苗苗已经明显胖了一些，腰肢也不如过去灵活。她从琴凳上站起来，走到窗边，像是在活动坐麻了的腿脚。

玻璃窗上起了水雾，苗苗出神地在上面写着什么。

她的神情天真又自然，任何一个过路的人看到了，只会以为这是一个在雨天神游的女人。

可是0715清晰地看见，苗苗在窗户上写的是"../-./././-../-.--/---/..-"。

藏在人群中的他落荒而逃。

回到租住的民宅，他翻出从旧书市场淘来的摩斯密码表，一个一个比对着。

苗苗在对他写：I NEED YOU（我需要你）。

06 Chapter
弃子的背叛

06

第 六 章

1

0715 并不打算回应苗苗的合作请求。

他对女性的印象依旧停留在父亲那日复一日的抱怨和谩骂中,他以为女人都会像他的母亲一样贪得无厌,怯懦笨拙,也都像他的母亲那样走近他,给他温暖,然后弃他而去。

对他来说,和其他女人都不一样的只有姐姐。

姐姐在 0715 的心目中,永远是初见的样子:洋气的童花头,眼睛又黑又亮,很少笑,但是每一句话都讲得让他们这群野孩子心服口服。

他们五个人的照片 0715 一直保留着。照片还是姐姐刚从城里来到乡下时他们拍的。

姐姐见多识广,迅速成了他们之间的孩子王。他们模仿大人的样子,跪在山神庙里结拜。

姐姐年龄最大,是他们的大姐;二哥丘翎和三哥虎子的年龄不相上下,身型也差不多,他们为了谁当老二、谁当老三还打了一架,就在山神庙外的泥地里。

那天的雨下得很大,雨水顺着山神庙的屋檐向下滴。丘翎和虎子在泥里摸滚跌爬,他们像小兽那样嘶喊咆哮,空气里都是他们扯碎的青草的味道。姐姐抱着膝盖坐在山神爷的泥塑像下，微笑着看着他们打架。四姐唐冉害怕极了，站在斑驳的红柱子后面，捂着0715的眼睛，不叫他看那两个"小疯子"打架。

最后，丘翎和虎子在泥地里站起来，满头满脸都是野草枝和泥浆，根本分不清谁是谁。是丘翎先大声笑起来，露出一口白牙。他说他赢了，他要当二哥。

照片上的他们，按照年龄大小依次站成一排。

13岁的姐姐站在最右边，尽管她比他们都矮一截；然后是12岁的二哥丘翎和三哥虎子，他们都偷偷踮起了脚，想压过彼此一头；四姐唐冉8岁，那是她第一次照相，紧张极了，手只敢背在身后；而0715站在最左边，那时他只有6岁，什么都不懂，整天只知道拿着木头刀剑跟在二哥和三哥后面疯疯癫癫地跑。

那个雨水丰沛、野草疯长的春天，成为了0715一生中最快乐的一段时光。

这张照片陪伴了他接近二十年，他自己也记不清有多少个夜晚是抚摸着这张照片度过的。

照片上的风景都模糊了，孩子们纯真懵懂的脸庞也模糊了，0715渐渐记不起姐姐、二哥、三哥、四姐的样子，可是他始终记得他们望向彼此的眼神，那是他从小到大唯一享受过的一点温暖。

夏天来临后，虞美人大片大片绽放，0715的童年戛然而止。

湖里断断续续传来孩子溺亡的消息，村里人说，那红艳艳的花不祥。千百年来，它们都在诉说别离。有它们在，这里还会继续出事的。

于是有人带头把虞美人花田烧掉了。

黑烟四起的时候，0715正和父亲坐在开往县城的火车上。

他趴在窗口看着妖娆的虞美人化为灰烬，父亲一把拧过他的耳朵，厌烦地说："收收心吧你，到了县城，你就要上小学了。别和你妈一样，整日惦记花花草草、吃吃喝喝，脑子里斗大的字都记不得一个……"

06

后来，0715 再也没有和哥哥、姐姐们见过面。

他们四个像有了某种默契，竭力躲避彼此，对花田里发生的那件事闭口不谈。

年龄越大，0715 越是无法原谅那个袖手旁观的自己。他一直幻想着，如果当时没有被妖艳的虞美人吸引，如果当时他像往常那样跟在二哥、三哥身后，如果他有胆量阻止他们那么做，是不是所有的事情都会不一样？

他找不到答案。

望着手里这张珍藏了很久的照片，0715 难过地想，照片上的五个人，早就背叛了彼此。

二哥丘翎害了三哥虎子，而四姐唐冉竟然嫁给了这个杀人凶手。唯一没有背叛任何人的，只有姐姐了。

0715 小心翼翼地把自己和姐姐从照片上裁下来，放进贴身衣物的兜里。他吹着口哨，用打火机把其他人的照片烧掉了。

他为自己一时的摇摆感到不齿，姐姐从来没有背叛过他，他也绝对不会背叛姐姐。

第一次杀害苗苗的计划失败后，姐姐有段日子没有联系 0715。

他们之间一直是单向联系，姐姐只有在时机合适的时候，会通过外卖平台的虚拟号码联络他，他是绝对不被允许拨打那个姐姐曾留给他的电话号码的。

"我们两个人的计划，绝对不能被第三个人知道。"姐姐在每一次通话中总会提醒他，"如果你被警察抓到，你要怎么说？"

"我就说是我一个人的所作所为，我和丘翎、苗苗素不相识，只是觊觎他们的财富和美色……"这句话 0715 已经背了无数遍。

0715 不知道的是，姐姐所在的福利院已经被严格管控起来了。

警察重新盘查那些孩子和老师，因为牙医助理提供的一份情报里显示，福利院登记在册的有 42 个孩子，而牙医生前留下了 42 份义诊口腔检查报告，其中只有 41 个孩子和 1 个成年人。

2

彭警官在福利院的调查并不顺利。

最初，他的关注点在那些职工身上，谈到张主任、牙医，这些职工就支支吾吾，几乎给不了任何他想要的线索。

而眼前这些孩子又难以沟通。要么对警察的话毫无反应，要么会突然地尖叫或者捶打墙面，偶有几个智力正常的孩子也目光躲闪，语焉不详。

那几个智力正常的孩子格外抗拒成年男子的接触，当彭警官请来的牙医试图重新给她们做口腔检查时，有名孩子甚至因惊恐而癫痫发作。

"最近出的事情比较多，孩子们状态也不好。要不，还是做一段时间的心理辅导，再给她们检查吧。"福利院领导的额头上眼见着就要滴下汗来。

小星星福利院有亵童者进入的消息传了一段时间，甚至有些捕风捉影的媒体已经放出了报道。再加上接连两起命案的发生，这里俨然已成为高压之地。

彭警官静静地打量着手足无措的院领导，同意了他的这个说法。但是，彭警官提出来，要和那几个智力正常的孩子聊聊："当然，我们会安排女警在场。"

院领导当时就慌了，一迭声地说："这些孩子看着正常，有时候也是会说胡话的。您知道的，但凡送到这里的孩子，有几个是真正常的？而且该调查的也调查过了，我们这里干净得很，哪有那种乱七八糟的事情……"

彭警官没有耐心听他废话，做了个"请"的手势，把院领导从福利院的办公室赶了出去。

最先进来的是一个童花头的女孩子。

06

彭警官对这双眼睛有印象，这是一双非常大胆的眼睛。别的孩子见到穿制服的人来，总是低着头沿着墙走路，而这双眼睛坦荡泼辣地把他们每个人从头瞧到脚，像是在审视他们是不是合格的成年人。

"我记得你，丘翎经常来看你。"彭警官请燕子坐下。

燕子沉默着，并不打算回答彭警官的问题。她提出来，请女警以及旁边记材料的小郭都出去。

房间里只剩下彭警官和燕子时，燕子走到他身边，拉住他的袖子，手指状似无意地扫过他的手背，然后抬起那双又黑又亮的眼睛，急切地问："叔叔，你可以收养我吗？"

接着，她拿出了一沓照片，全部是亵童事件发生时拍摄的证据。

丘翎有段时间没听到燕子提起收养的事了。

那个疲惫的清晨，他从警察和苗苗面前匆匆逃离，仓皇回到公司。

公司的大理石地面被保洁阿姨拖得光洁如新，灰白色的地面像镜子一样反射人影。他第一次觉得公司里的人多得可怕，仿佛前后左右统统都是人。胸腔里那颗疲劳的心脏蹦得厉害，他下意识地捂住嘴巴，像是在担心心脏和秘密一起脱口而出。

有员工提醒他脸色不太好，他从地面的倒影里看到，自己脸庞浮肿，毫无血色，眼里全无神采，像挤在鼠群中的白色老鼠。

更加糟糕的消息接踵而至，秘书告诉他，公司被境外的医药公司起诉了，因为他们生产的几款重组激素类药物涉嫌仿造，侵害了境外公司的专利权，很可能面临巨额索赔，并需要将药物召回、销毁。

丘翎不耐烦地点点头，他只能看清秘书的嘴巴一开一合，耳朵里全是嗡嗡的响声。

自从唐冉和"女儿"的车祸发生后，他们的公司在药品方面再无创新，一直在吃仿造药的"老本"。实验费用和公司运营费用节节攀高，销售额却一再下滑。目前公司售卖的老款仿造药的弊端已十分明显，会给患者带来亢奋、失眠、脱发等一系列副作用。丘翎对此心知肚明。

实验室里的小鼠注射了这些老款的激素类药物后，会明显地出现攻击性，并热衷于在鼠群中争夺头领的位置，组织追随者与其他族群撕咬，争夺更多的食物与空间。

办公室里硕大的显示器已经打开了，窗户也敞开着。丘翎关紧门窗，拉上窗帘，对着四个角的监控器痛苦地问："昨天苗苗差点被人杀了，是不是你？"

他问了几十遍、几百遍，监控器亮着红灯兀自转着，没有人回答他。这么多年来，一直都是这样，她随时可以掌控他的生活，但是他不能。他只能仰视和听从。

丘翎无力地瘫倒在办公椅上，抓出医生开给他的药，往嘴里倒着。

"你这个服药量，很快又要去找医生开处方了吧。"那个沙哑的嗓音响了起来，她不急于回答他的问题，而是只说自己想说的。

丘翎精疲力竭地笑笑，还是和过去一样，所有的话题都只能由她主导。

药物正在他体内发生反应，他感到自己的大脑里有一只钟，钟上飞速旋转的分针和秒针猛然停了下来，变得很慢很慢，眼前的一切都是白花花一片。

沙哑的嗓音还在悠悠地说着："是你自己干的吧。仔细想一想，你是不是早就想杀掉她了？除了你自己，还会有谁呢？毕竟她对你来说毫无价值。而且有了那张保单，你特别希望她可以意外死去。要知道，对于公司来说，几百万的赔款是一笔非常及时的流水呢。"

"可是，警察说足迹不是我的。"丘翎闭上眼睛揉着太阳穴。昨晚的回忆忽远忽近，他明明记得自己是看着小鼠的眼睛过了一夜，而脑海里那些红彤彤的眼睛一会变大，一会变小，像他自己的眼睛，又像苗苗哭红的眼。

"是你。"沙哑的嗓音十分笃定地说，"你就藏在厨房里，所以她打电话向你求救时，你根本无法发声。你自己就是凶手，怎么会去救她呢？"

06

丘翎瞪大了眼睛，张主任临死前的面孔，牙医那辆从洗车机里缓缓滑行出来的无人轿车，一一浮现在他眼前，挥之不去。

"不信的话，看看你的保险柜里，那双和你鞋码一致的皮鞋是不是就放在那里？除了你自己之外，谁还会知道那个保险柜的密码呢？"沙哑的嗓音对丘翎循循善诱。

丘翎从椅子上猛地站起来，像狗一样向保险柜扑去。输密码的时候，他迟疑地停下来，说："还有你，你也知道密码。"

一阵怪异的笑声传来，对方说："你知道的，我现在根本出不去，更何况我只是一个任你拿捏的废人，我能做得了什么事？"

通信结束，办公室里静了下来。

显示器上，是整整齐齐三十六格监控画面，里面有他的实验室，他的员工，他的家，他的妻子……

如果他头脑清醒一些的话，他会看到他妻子的身影同时出现在了家和音乐教室里。在家里的那个她，披头散发，光着脚坐在地板上，整个人蜷成一团，肩膀剧烈起伏，看不出是在大笑还是痛哭。而音乐教室里的那个她，娴静一如往常，在白色的钢琴前垂首弹奏，画面安静又美好，仿佛看得到窗外翩翩起舞的阳光。

他应该意识到其中有一份监控被做了手脚。但是他并没有，他只是被保险柜里崭新的皮鞋吓呆了。

那件事发生后，苗苗度过了几天不眠不休的生活。

她发现自己多了一个本领：装作睡着。不论是风多大的夜，她都能安然在榻，发出绵长、柔软的呼吸声，不论丘翎站在旁边盯着她看多久，都不会发现她是一个装睡的人。

只有她自己知道，她的大脑完全清醒，时时刻刻处在一级戒备的状态，家里的任何一点风吹草动都能让她一阵心慌。

她还学会了只在心里哭的本领。不论她心里的那个小女孩怎样泪如雨下，她的脸颊始终干爽光洁，像一位幸福的太太该有的样子。

　　她喜欢这张柔软的黑色真皮大床，喜欢浮夸的太阳女神像，喜欢俗气做作的黄铜烛台，她喜欢这个曾像避风港一样的家。她实在是受够了在一个又一个家庭里飘摇不定的生活了，如果可以的话，她原本想和小葡萄在这里生活一生一世。

　　为了这份喜欢，她在心里进行了千百次的权衡，做了无数个选择，直到那件事发生，她才知道，她从来就没得到自己想要的任何一样东西。

　　想通这件事的那个夜里，她第一次感受到了胎动。仿佛有一只幼小的蝴蝶正在亲吻她的腹部，那破茧成蝶的力量让她当夜的装睡失败。

　　她坐起来，想了许久，在微雨飘摇的早上来到了音乐教室，然后在玻璃上对 0715 写下了"../-./././-../-.--/---/..-"。

　　I NEED YOU。

3

　　一周过去了，苗苗发出的合作信号无人应答。

　　她尝试用蓝牙搜寻"猫鼠游戏"，以往这个似乎无处不在的神秘人彻底销声匿迹。她经常走着走着路就突然回头，想在人海中发现那一直藏在黑暗里的人。

　　可周旋在她背后的只有灼灼的阳光和飞舞的银杏叶。天空湛蓝，南飞的燕穿过丝丝缕缕的白云，人间仿佛从来没有过什么离奇的阴霾。

　　苗苗踌躇着拨打了彭警官的电话，只说有些东西要交给他。

　　那副假牙和假发被苗苗放在珍珠白色的小包里，任何一个人都看不出这位心事重重的女士正背着一个巨大无比的秘密。

　　她不知道彭警官和自己年少时见过的警察是否有所不同，她只知道她再也承受不了带着嘲讽意味的眼神和绝望的等待。

　　在派出所门口，她见到了那个蹲着吃盒饭的男人。

那是牙医的助理，他们曾有过一面之缘。他正蹲在花坛的石阶上，捧着一份盒饭，吃几口就抬起来头机警地扫视身边的一切。

苗苗对这个人有印象，知道他是牙医的弟弟。她记得这个人曾是一个体面白净的南方人，不太能听懂当地方言，听到别人说话总要下意识地轻轻歪过头想一想，然后再慢吞吞地作答。

而此刻，她在这个人脸上看到了她一直在寻找的疯狂。他的两颊已经完全凹陷下去了，胡子支棱起来，可疑的饭粒和油污藏匿其间。他的两眼通红，眼角完全烂掉了，而眼珠子依旧精光四射，处于那种极度亢奋又极度悲怆的状态。

"你来找警察吗？"牙医的助理放下盒饭，抬起头打量苗苗。

"对，我发现了一些东西。"苗苗垂着头说，不知道为什么，她不敢和他对视。

呸的一声，牙医助理从嘴里吐出一条细骨头，用大拇指不屑地抹掉嘴角堆叠的口水，"没用。我告诉你，没用。凡事得靠自己。"

他站起身来，逼近苗苗，和苗苗几乎是脸对脸了，苗苗可以闻得到他身上酸臭的气息。他小声说："我早就发现凶手是谁了，也早就告诉警察证据了。有用吗？没用。他们什么都不信。"

苗苗抬起头，迫切地问他："凶手是谁？"

"是你！"牙医的助理嘿嘿笑起来，泛黑的手指扯住苗苗背包的珍珠链条，歇斯底里地说，"是你，就是你和他。我什么都知道，证据全被我拿在手里了！"

如果不是彭警官出现得及时，苗苗怕是要被这个半疯的矮小男人撕碎了。

彭警官强行拉开他们二人，又叫了其他同事带牙医的助理去洗个澡。他问苗苗，是发现什么证据了吗。

苗苗出神地看着那个被拖走的男人，石阶上还放着他吃了一半的盒饭，蚂蚁很快就闻讯而至，黑压压地来了一大片。

她在恍惚中摇摇头，推说自己来是为上次临别时的鲁莽道歉。

彭警官提醒她，她在一个小时前打电话说有东西要交给警方。苗苗梳理了一下头发，把珍珠白色的小包重新夹在肘下，含着笑说："那您大概是听错了。我和他一样的，不是本地人，讲不好本地话。"

"我的背后空无一人，而小葡萄的背后还有我。"苗苗这样想着，做好了打算，要在警察发现之前，找到丘翎是凶手的线索，然后用这些线索和丘翎谈判。

她想要的不多，一间小房子、一笔数额不太大的钱，只要够她和小葡萄开始新的生活就好。她想好了，她相信自己是一个守约的敲诈者，得到想要的一切后，她会毁掉所有的证据，再离开这座城市。

那个吃盒饭的男人溃烂的眼角总是浮现在她脑海里，她强迫自己丢掉一刹那的心软，她反问自己："别人的苦难和我有什么关系？我受苦受难的时候，他们也是一样享用一日三餐，夜夜好眠。"

为了这个想法，她不得不做出十分健忘的样子，继续好脾气地容忍丘翎的行踪不定，继续在深夜里为他煲好汤汤水水，无论他会不会喝，她都像往常那样等在厨房。唯一不同的是，她再次买了一把小型消防斧，放在床侧与墙壁的夹缝中。夜里听到一丁点的风吹草动，她就会把手伸向斧柄。

丘翎的频繁出差给了苗苗机会。

境外公司的起诉让他疲于奔命，他要前往多个城市处理退货、赔偿的问题。苗苗从来没有问过他出差的原因，她脑海里反复想的都是"唐冉出车祸前，他刚好出差了，有了不在场证明"。

她强忍着作呕的感觉为他整理行李，他从卧室里向外丢着要穿的衣服，风衣、西装、领带、袜子……而她蹲在地上一件件拾起来，默不作声地叠好放进行李箱。

能支撑她忍受这一切的原因是，她在行李箱中发现了一张处方单。

06

苗苗一直都知道丘翎在看精神方面的医生，他的解释是自己对于那场车祸无法释怀，有创伤后应激障碍。而处方单上分明写着他是重度躁郁症，且发病时有躯体反应。丘翎的医生也肯定了这件事。

苗苗循着处方单上的签字，找到了丘翎常看的那位精神科专家，以一个怀有身孕、颇为不安的妻子的身份来咨询这个问题。

专家告诉她，这种病与遗传高度相关，除了要关心未来孩子的心理状况，目前更需要注意的是患者的个人安危。他好心地提醒苗苗，丘翎近期的服药量一直在增加："三四年前有位患者和他的情况差不多，也是发病时有心脏方面的躯体反应。那位患者是心跳过缓，有段时间擅自停药了，一直没再来，后来才听说因车祸去世了。"

听到车祸，苗苗一凛。她马上追问专家，是否还记得那位患者的名字。

专家想了想，告诉苗苗因为患者太多，一时记不清了，他只记得那位患者是复姓欧阳。

"问问丘先生，他应该有印象。当时他们总是前后脚来，还会一起交流病症和用药……"专家回忆着。

苗苗微笑着，直到专家提醒她问诊时间结束了，她才礼貌地道别。

她已经隐约看到自己要找的东西了：唐冉车祸案里的肇事司机，复姓欧阳。

尽管这条消息是用微小的白色字体在屏幕下方播报的，但在苗苗的脑海中依旧清晰可见。

回到音乐教室，她立刻搜索当年那条新闻，除了肯定了她的记忆之外，她还发现了一处微妙的细节。

新闻里，有一段视频是肇事货车上高架前的监控录像，因为视频极其模糊，只能看到司机晃动的身影，看不清具体的面貌和细节动作。但是苗苗注意到，司机会不时在脸前挥一下左手臂。

她已经无心继续接下来的课程，立刻给学员打去了致歉电话，声称因身体不适，取消今日全部课程。

她通过模糊的视频资料，找到了那辆小型货车的型号。在车友论坛中，她看到有五六成的帖子是反馈车辆空调问题的。这种车型的空调，在气温超过 30 摄氏度时，几乎就是个摆设了。

她又查阅了事发日的气温。那年夏天来得特别早，5 月 6 号气温已经达到了 33 摄氏度。

她放下手机，缓慢而坚定地想到了一件事：司机频繁挥动左手是在擦汗，他和丘翎一样，都是左利手。

苗苗在钢琴前冷冷地笑着，胳膊肘无意压到了左边的低音区，教室里立刻响起沉闷有力的回声，仿佛置身万里深海之下。

她任由这一连串雄浑的琴音悲鸣，隔壁教室的老师探过半个身子，问她是否一切还好。苗苗粲然一笑，告诉她非常好，好得很。

她心里升起了一个大胆又清晰的念头，她仿佛明白了这是怎样一场车祸，这一切都比她最初想的复杂一些。

彭知幸警官办案时，有记录办案日记的习惯，一些零零散散的细节和想法被他手写在册。

他的那本黑色封皮的日记里有这样一条记录。

9 月 21 日

福利院的调查在正常地推进，我发现了很多意想不到的事情……这些事情都比我最初想的复杂一些，甚至可以说是过于离谱，以至于最初我走偏了方向。

目前，这一切还在验证中，这些事一旦落实，大概要牵扯出许许多多的人。现在我无法和任何人谈及这件事，包括师父。

今天上午，苗苗突然闯进了福利院。当时我也在现场，正和燕子在一起。

她对我的存在视而不见，只是微笑着走向燕子，直截了当地问："小凤，是不是你？"

4

苗苗曾以为，自己已无限趋近于真相。

她本不是一个冲动的人，可一联想到燕子可能有过的遭遇，她就头脑发热，一刻也等不下去，必须马上赶往福利院确认这件事情。

她几乎是热泪盈眶地挽过燕子的手，蹲了下去，平视燕子的眼睛，然后说："不用害怕，那些事情都过去了，我知道你是小凤。是他把你藏在这里的，对吗？"

在她的理解中，丘翎长期猥亵孤女小凤，在妻子唐冉发现后，丘翎设计了一场车祸，让唐冉永远地沉默，然后把小凤送到福利院来躲避风头。

燕子像怕痒似的向后躲，不论苗苗说什么，她都笑嘻嘻地不回应。

苗苗拉住燕子的手，向燕子许诺，无论燕子遭遇了什么，她都会百分百信任燕子的话，并会帮燕子讨回公道。

"就算那些穿制服的人不信你，我也会信你。我们一起把丘翎绳之以法！"苗苗真诚地说，感到心中有些滚烫的东西在涌动。

燕子一脸无辜地左顾右盼，仿佛根本不明白她在说什么。苗苗抬头的那一瞬间，与燕子对视，燕子漆黑浓郁的眼睫毛下，是一双很深很深的眼睛。那双灵活的眼睛在探究，在考量，在思索，像要层层剖析出苗苗这些话的含义，毫无一丝感情涌动，完全没有苗苗预料中的悲伤或愤怒。

苗苗怔住了。

几个和燕子差不多大的小女孩过来，扯过燕子的手跑开了，在窗边停下，将燕子护在最里面，然后警惕地看向苗苗。

彭警官和助手小郭还站在原地，手里拿着几个牙线盒。彭警官向苗苗解释，这些孩子现在对陌生人极其不信任，自己也是花了几天的工夫才让她们肯同自己讲话。

"这些孩子的牙齿确实问题很大，她们现在拒绝牙医接近，我就让小郭带了些牙线来，先教她们用着。"彭警官晃动一下手里透明的线，"你来的时候，我正在教燕子用牙线。"

"我一直当彭警官很忙,原来是把时间用在这样的琐事上。"苗苗抿着嘴,带些嘲讽意味地摇摇头,她问彭警官,"如果我说我有重大发现要告诉您,您有空听吗?"

彭警官沉默了片刻,在小郭耳边说了些什么,然后高声回答:"好的,好的,我来送你出去。"

在福利院的门口,苗苗情绪激动地告诉彭警官事情的来龙去脉。

"就是这样,他过去的那个家里,完全没有'小凤'婴幼儿时期的照片,唐冉也没有生育痕迹,而且最关键的是,保单上面也没有这个孩子的信息。如果您有时间,有兴趣去关注一下当年那起车祸的话,您也会发现,那起车祸里似乎并不存在'小凤'这个孩子。"苗苗特意强调,"小凤"在仅存的几张照片里,和燕子几乎一模一样。

她很少这样不顾仪态地和人讲话,因为过于激动,连方言都冒了出来,好些话彭警官是皱着眉费了些力气才听懂的。

彭警官一直默默听她说完,然后艰难地挤出一句话:"所以你还是没有任何强有力的证据?你说的这些事,其实都是可以讲得通的……"

苗苗像是被噎住了,上下打量着彭警官,像是第一次认识这个人。她笑起来,一连声地对彭警官道歉:"抱歉,耽误您的时间了。您就当我是在胡说八道吧,真是太不好意思了。"

彭警官沉默地点点头。他摸索着掏出烟盒,想点上一支烟,却发现烟盒早就空了。

"彭警官,"苗苗优雅地挥挥手,准备打车离开,"上次您在楼道里说,我可以用一个朋友的身份和您聊聊。我本来以为,我们真的可以成为朋友的。"

"你也说过,你没有朋友的。"彭警官把烟盒丢在脚下,回答苗苗。

苗苗失望地笑笑,坐上了一辆黑出租。

"苗苗,"彭警官走到车前,不动声色地记住了车牌号,铿锵有力地说,

06

"你要说到做到,你是没有朋友的。从现在起,不要相信任何人,不要接近任何人,更不要把任何人看作你的'朋友',并且,不要再来猎镇和这个福利院了!"

彭警官以为自己说得语重心长,然而苗苗砰的一声关死车门,差点挤到他扶住车门的手。

黑出租扬长而去,留下彭警官站在扬起的灰尘里。

犹豫再三,丘翎还是在出差前再次来到了小星星福利院。

他和燕子有段时间没见面了,这是燕子的要求。燕子告诉他,最近警察来得异常频繁。

他发现,不只是警察来得多了些,福利院里有些职工也莫名其妙地不见了。

他开玩笑般递给保安几支烟,打听那些人员的去向。保安讳莫如深,憨厚地笑着,大口大口吐出烟雾。

他见到燕子时,彭警官和小郭正准备走。他们互相打了个招呼,在台阶上擦肩而过。彭警官也许是踩空了,险些扑倒在他面前,丘翎赶紧伸手扶住他。

彭警官吃力地摁着丘翎的左手站了起来,自嘲地说:"最近案子多,没休息好,眼花缭乱的。对了,丘先生,骨折什么时候好的?"

"啊……"丘翎抽回胳膊,讪讪地笑,"有段时间了。"

彭警官像老熟人那样,向上推了推他右手边的衣袖,盯着他手腕上黑色的表盘惊讶道:"好家伙,黑水鬼。看来公司生意很好。"

丘翎赶紧把袖子拉下来,笑道:"假的,假的,充门面的。"然后他逃跑似的大步走进厅里。他莫名地觉得这警察热情过了头。

丘翎找到燕子时,燕子正在天台抽烟。

"不怕被人看到?"他问燕子。

燕子朝楼下运动场扬扬下巴,教员零星地坐在一旁聊天,一群女孩散漫地在那里晒太阳。她说,如果有人要接近天台的话,女孩子们马上会变换队形,她第一时间就可以发现。

丘翎心中残余的愧疚减轻了一些,他告诉燕子,公司出了很大问题,他要频繁出差,收养的事大概又要拖一段时间了。

对于公司的问题,燕子并不惊讶。她举起烟头,饶有兴致地吹掉上面的烟灰,像小女孩在吹手里握不紧的蒲公英。

做错了事情,是要受到惩罚的。她很高兴看到丘翎沮丧的神情。看来,那几封发到境外公司的举报电邮起了作用。谁让丘翎私自放缓"处理"苗苗的计划呢?

"拖到什么时候?拖到那个女人生完孩子?"燕子歪着头打量着丘翎。

"上次的事情后,警察盯得很严。我一直没再找到机会……"丘翎闷声说,不敢抬头看燕子的眼睛,他知道那里面藏着几十个计划,只要他愿意,马上燕子就会告诉他下一次该如何"处理"掉苗苗。

燕子潦草地拍拍他的头,像应付一只丧家犬。

"警察的事你不用担心。这个警察我差不多可以解决了。你要担心的,是你心爱的太太。"燕子怪笑起来,很遗憾地说,"她盯上唐冉的车祸了,也猜到小凤和我是同一个人了。"

丘翎像吞下了一块四四方方的铁块,肋骨被撑得一阵剧痛,劳累不堪的心脏在突然扩大的空间里发疯似的撞击。他下意识地要从包里拿出药来服用,燕子的手像八爪鱼一样扣住他的手腕,丘翎毫无防备,那只白色的小瓶子被燕子用手指弹落在地,滚出很远。

燕子沙哑着嗓子告诉他:"我说过,你不要再吃药了,你的服药量太大。"

接着,她附在他耳边轻声说:"收养的事你不用管,这个警察要收养我了,手续办了一半了……"

5

天色暗了一些，小巷口的灯亮了起来，淡灰色的地面上像长出了几朵淡橘色的蘑菇。

巷子很窄，前后排的房子相隔不足两米宽，相向而行的人不得不侧身通过。

路灯下，几个孩子在那里跳着皮筋，嘴里欢快地念着歌谣。

"大兔子病了，二兔子瞧；三兔子死了，四兔子熬；五兔子买药一去不回来……"

0715 饶有兴趣地听了一会儿，他喜欢这片城中村。这块地方常被视为城市里久未清除的顽疴，乱搭乱建的房屋随处可见，天空逼仄，地面泥泞，三教九流的人在这里出没。但这里也给了初出监狱的 0715 第一个家，他习惯了在晚饭后看着孩子们嬉笑打闹，看着穿校服的女孩走过巷口。

很快，那几个孩子吵闹起来，他们为到底是二兔子死了还是三兔子死了争辩不休。0715 瞧着那些涨红了的小脸，感到有趣极了。

他的童年非常短暂，他所有的童年回忆都和那个夏天里的哥哥、姐姐有关。和他们分开后，他似乎再也没有这样无忧无虑地玩闹过。

孩子们在吵闹中结束了一天的游戏，很快就开始勾肩搭背，然后一路笑着回家。0715 看着渐渐消失在巷子深处的影子，无比思念姐姐。

除了送餐之外，他好像很久没和人说话了。姐姐似乎忘记了他们的计划，也忘记了藏匿在城中村随时等待她指令的 0715。

0715 并不知道，他已经是姐姐眼中的弃子了。

"记住，没有用的东西及时丢掉，有用的东西才能留下。"燕子正在对那些半痴的女孩子们谆谆告诫。

这些女孩子视燕子为头领，尽管燕子矮她们一截，但是燕子聪明，见多识广，不尿裤子，吃饭不用人喂，还能隔三岔五给她们搞来一些少见的零食和饮料,这就足够了。

燕子教她们要及时丢弃宿舍里用过的纸巾、卷成一团的牙膏皮、缺了齿的塑料梳子,这些女孩子带着钦佩的眼光看燕子一遍又一遍地演示如何把废物丢进垃圾桶。

燕子相信,自己很快就能离开这里了,很快就能再次拥有宽大的床铺、独立的睡房以及名正言顺的名字和爱。

她打听过,彭警官的妻子因公受伤,昏迷已有一年多了,一直住在疗养院。他完全符合收养人的条件,而且看起来比丘翎好控制多了。

这个人直爽、木讷,更完美的一点是,他几乎不会再拥有自己亲生的孩子。

过上三五年,他也许会发现燕子的秘密,也许会和多年前其他收养人一样,再次遗弃燕子,但是那有什么关系呢?燕子有这个自信,她总会找到新的"宿主"。

确诊垂体性侏儒症时,燕子只有十二岁。懵懂的她知道自己抽中了一张下地狱的签,而且这一生都找不到爬回人间的梯子。

最初,她除了痛苦之外,还有歉疚。她为自己的病感到抱歉,她以为自己把整个家庭都拉入了地狱。后来,她才发现下地狱的只有自己一个人。

当父母带着惶恐的笑,在一个大雪天说要带她去郊区的野生动物园时,她就隐约猜到会发生什么了。

那些不眠的夜晚,她又不是没偷听过父母躲在卧室里的谈话和对骂。父母间相互的指责和谩骂总会指向一个点:这个养不大的孩子怎么办?

他们在一轮轮的脏话和泪水中达成了一致,甚至都没有明确地把那句话说出来,燕子只是从他们零散且语焉不详的对话中做出了判断。他们会在清晨或者睡前反复向对方确认:"春天的衣服带不带?夏天的呢?留多少钱合适?"

渐渐地,燕子就把歉疚戒掉了。

06

第一个收养她的家庭是动物园里一对无子的清洁工夫妇。

他们一辈子都在和动物打交道,能分得清老虎是不是在装睡,看得出猴子有没有发情,弄得明白斑马不吃干草的原因,但就是搞不懂为什么"六岁"的养女总是在梦里发出野狗呜咽一样的哭喊声,每夜每夜声嘶力竭,直到喉咙出血才会惊恐地醒过来。

他们想尽一切办法对这个养女好,教她识字,给她散发着皮毛气息的纸币当零花钱,从猴园里克扣下爆米花和橘子给她吃。他们不信这个孩子天性冷淡,不信这个孩子是养不亲的种,连鳄鱼都能养熟,一个小女孩儿还能养不熟?

如果不是动物园的兽医无意间发现燕子已经长了两颗智齿,燕子怕是要和那对清洁工夫妇生活很久很久。

这对父母像是开了一个头,燕子除了被命运丢下了地狱,还被那些她叫作爸爸妈妈的人们丢进了"送养—遗弃—送养—再遗弃"的轮回。

最后一次被遗弃时,她已经十八岁了。

那是她的第三对养父母,他们一直以为看起来像六七岁的燕子只有十三岁。他们养了燕子三年,去了无数家医院,中药、西药、针灸、电击,一切能做的都为燕子做了,甚至还请过神、作过法。

燕子不爱他们,但也不恨他们。是他们跑了无数门路,给燕子办下了人生中第一个户口簿,在上面给燕子留下第一个像样点的名字:葛晓凤。在那之前,燕子一直被很随意地唤作招娣、丫儿、小妮。

当这对父母带着燕子熟悉的那种心慌意乱的笑容,对燕子说"回姑婆家过个暑假吧,爸爸妈妈忙完来接你"时,燕子马上心领神会地点点头,请爸爸妈妈放心去忙,自己一切都好。

她早就知道这天要来,只是没想过这对父母愿意带着她折腾这么久。他们看起来似乎比她还不能接受这个病是"死不了的绝症"。

燕子始终记得那个初夏,阳光白茫茫的一片,她站在乡间公路上,看着养父母的车消失在远方。她心里说不上来是什么感觉,只是很饿很饿,很想马上填饱肚子,野草也行,雨水泡过的泥块也行,田鼠也行,只要塞满她的胃,不让那里那么空荡荡的就行。

然后她回过头,看到了田野里对着她露出灿烂笑容的四个孩子。

现在,燕子认为是时候彻底和那四个孩子说再见了。

她其实从未停止过和他们告别,她亲眼看着他们沉入水底,坠落海面,精神崩溃。

唯一剩下的这个,就是0715了。他在她心里一直是小孩子的模样,瘦弱得像棵黄豆苗一样,头发乱蓬蓬的,遇到事情就只会拖着鼻涕大哭,一边哭一边跑着喊"姐姐",连凉鞋都跑掉过一只。

0715出狱后,燕子见过他许多次。

每次他来獾镇,燕子都在暗中观察着他。她有时躲在孩子堆里玩着泥沙,有时就站在卖气球的人身后,让那飘摇的彩色气球挡住自己的脸,只在五彩斑斓的缝隙中望向他。

0715早就不是小时候的模样了,他已经是个大人了,颧骨方正,眉眼深邃。别看他时常耷拉着眉毛,露出一副怯懦又温和的神情,实际上,如果有谁无意间踩到他的脚或碰到他的肩膀,他立刻会下意识地摆出一副凶相,像被铁链条拴住的恶犬。

燕子还在他的眼里看到过更多的东西,比如他把那张通向死亡的洗车优惠券递给牙医,并劝牙医洗洗晦气时,再比如他把张主任湿漉漉的尸体抬到那片玉米田时,他的眼里都闪烁着那种恶犬才会有的冷且硬的光。

他不再是那个需要她保护和照顾的小男孩了,他早就在监狱里磨炼成了一条恶犬。

如果不是在警察那里留下了太多线索的话,她倒真想把他留在身边,训成个防身用的看家犬,像过去的丘翎那样。

6

彭警官发现，他手里的大多数证据都指向了那个减刑出狱的男人。

为了避免暴露行踪，每次骑车去獾镇前，0715 都会谨慎地把手机留在出租屋，但是他似乎忘记了自己总是会在国道旁的一家小超市停下给车子充电。

当超市的老板看到彭警官手里拿的照片时，一眼就认出了 0715，并极其配合地协助警方调取了监控。

除此之外，交通部门反馈回的视频资料里也出现了 0715 的动态影像。并不会开车的他，对交规一无所知，他驾驶那辆仿造了丘翎车牌的 SUV，被摄像头抓拍到了七八次。

视频里的 0715 满面慌张，耸着肩膀，头向前伸着，几乎贴到前挡风玻璃上，每当身旁有水泥车、工程车呼啸而过时，他总要哆嗦一下，像被无情的庞然大物吓了一跳。

彭警官坚信，如果 0715 的副驾驶座有人的话，一定会看到 0715 沁出冷汗的额头和止不住哆嗦的膝盖。

那辆左摇右摆的车在视频中断断续续地出现，最后停留在丘翎的车位上。彭警官在视频里看到，那时的 0715 已经换上了和丘翎相似的衣物，下车后拿着钥匙反手在车门上捅了一下——这是他锁电瓶车时留下的习惯，他忘记了这辆车是电子锁，压根没有锁孔和金属钥匙。

"他为什么要这样做？如果是受人指使，他又是为了谁而做这些？"助手小郭问彭警官。

但实际上，他们两个人心里都有个模糊的答案，现在不说出来，是因为还没有到收网的时候。那条鱼很狡猾很狡猾，对付这样的鱼，只能投下更狡猾的饵。

几份纸质检验报告装在密封的纸袋中，沉沉的、硬挺挺的，很有分量，像是藏了许多条理分明的秘密。

吴警官是在棋桌旁把这个纸袋递给彭警官的，他对当年的这位学生抱怨："你小子搞什么神神秘秘的？怎么还做起 DNA 检验了？你师母嫌你催得紧，冲我好一顿发火。"

吴警官的夫人在医院工作，前段时间受彭警官所托，把几份样本送到了 DNA 检验室。

彭警官没回答师父的话，嘻嘻哈哈地拆开纸袋，越是翻看，脸上的笑越是挂不住，最后只剩两撇皱在一起的眉毛。

他送检了五份样本，这五份样本均来自他在福利院教孩子们使用的牙线。尤其是在教那几名智力正常的孩子使用牙线时，他有意让牙线棒刮擦到口腔内壁，蘸取更多的口腔上皮细胞。

采样完毕后，他第一时间将这些样本交到吴警官夫人手里，并反复催促师母，一定要在一个小时内送往 DNA 检验室。师母被他催得一阵恼火，倒是明里暗里对吴警官发了好几天脾气。

检验室对这些样本进行了全基因组测序，把结果汇总成这样一份厚厚的文件。文件上，出现了一行彭警官预料之中的文字：女，A 型血，33~38 岁（依据 DNA 甲基化程度判定，本报告年龄仅供参考），垂体性侏儒症……

在基因组测序面前，人类没有秘密。

最逼真的假发，最精湛的化妆技艺，最能以假乱真的义齿……任何伪装都瞒不过基因。基因像树的年轮，真实残酷地记录着一个人的过去、现在、未来。

彭警官继续读着，寻找这行字究竟来自哪一份样本——果然，是一号样本，徐晓燕。

燕子天真的笑容浮现在他眼前，她热烈地笑着，手指滑过他的手背，指尖很凉，像雨林里坚硬健壮的爬行动物，比如蜥蜴或者鳄鱼。她急切地问："叔叔，你可以收养我吗？叔叔，叔叔……"

吴警官气恼地拍下手里一直握热了的棋子，念叨着："这就是三劫循环啊，没法下了，不下了。"

见徒弟还看着资料发呆，他指着彭警官说："知幸，你干吗呢？你不是私底下验了嫌疑人的基因吧？"

彭警官一时没反应过来，支支吾吾敷衍着师父。

吴警官不满地站起来，一把抢过纸质报告，扫了几眼就大概猜出了是怎么回事。他朝彭警官的膝盖踢了一脚，把他拽到一旁，远离那几位下棋的老伙计，厉声问他："你真这么干了？违反程序了吧？"

彭警官咳了一声，坦荡地说："是的，师父，我是拿了几个人的基因去测序了。"

"你小点声！有手续吗？"

彭警官一摊手："没有，我可不是测的'嫌疑人'的基因，我是测的未来'女儿'的。"他对吴警官顽皮地笑笑，压低嗓门继续说，"我要收养福利院的孩子，托熟人做个基因检测，看看有没有遗传病，怎么，这违规了吗师父？"

吴警官想骂他两句，却不知何从下口，只能恼火地问："那你怎么不自费测呢？光明正大地多好，我让你师母骂得狗血淋头……"

彭警官嘿嘿一笑，挠着头说："我不是没有经费吗……"

当彭警官把目光投向燕子时，苗苗也开始了对丘翎的调查。

当年唐冉的车祸成为她的突破点。她通过互联网搜集一切可以搜集的信息，发现了一件很奇怪的事情：丘翎和唐冉的人生轨迹几乎完全重合，从少年到青年时期，他们可以算得上是形影不离。

相同的初中、相同的高中、相同的大学，丘翎寸步不离地跟唐冉在一起。从保险单上的身份证号数字判断，他们的出生地也相隔不远。

而在丘翎口中，他很少提及和唐冉的过去，仿佛唐冉只是一个突然出现在他生活中，又突然死去的普通人。

大学时，他们都学的药剂学专业，苗苗通过学校和姓名的组合，找到了当年的毕业照。

照片里，男生和女生依照身高各站一排，丘翎的位置明显是刻意调换的，在人群中高出一截，十分突兀。他站在唐冉身后，意气风发。然而苗苗注意到，丘翎的左手用力摁在唐冉左肩上，以至于唐冉整个人在照片里有轻微的倾斜。

照片上所有人都在开怀大笑，只有唐冉的目光飘向镜头一侧，像是在慌张地看着摄影师背后的某个方向。

不只是这一张照片，被互联网保存下来的同学合影中，丘翎始终和唐冉在一起，也始终有一只手控制着唐冉的方向。不论是围桌而坐的同学聚会，还是外出踏青的班级活动，他们两个人从来没有分开过，像连体娃娃一样，总是和合影中的其他人略微保持一段距离。

更让苗苗无法理解的是，唐冉完全没有任何社交媒体的注册痕迹。

她和丘翎读大学的那个时代，大多数学生都有了 QQ 号、博客、校内网账号，就连丘翎这样的人也曾在古老的博客上留下过只言片语。而唐冉是一个在互联网上彻底失语的人，苗苗找不到有关她的一丁点蛛丝马迹。

她似乎没有亲人，也没有朋友，偶尔有同学提及她的情况，也只是在丘翎的博客留言里轻飘飘地问一句。

丘翎从来不回复这些问题，也没有人会继续追问唐冉的近况。她这个人彻底变成了电视新闻里一条无足轻重的字幕，在喧嚣嘈杂的背景中一晃而过。

苗苗有说不出的难过和庆幸，她总觉得，如果早认识丘翎的那个人是自己，那么唐冉的下场，就是她的下场。

丘翎出差的这段时间，像什么事都没发生似的和苗苗保持正常联系。他一如既往地控制苗苗的外出时间和路程，询问苗苗的行程以及为他人授课、谈天的细枝末节。苗苗也事无巨细地进行汇报，那些她编撰的日程和虚拟的对话已经可以脱口而出。

过去很长一段时间里,苗苗都把这些理解为是因爱而生的控制欲,现在她才意识到,如果唐冉生前肯在行程和时间上做一些手脚,那么也许就可以与死神擦肩而过了。

把唐冉撞下高架的那辆货车隶属本市一家货运公司。苗苗带着伪造的相关证件,不费吹灰之力就拿到了肇事司机欧阳的资料。

提起那场车祸,货运公司的经理满腹委屈。他告诉苗苗,那辆货车已经完全报废了,事情发生后,欧阳的家属还来闹过三四回,公司不得不出于人道主义又赔偿了好些钱。

"冤枉得很,那天欧阳根本没有货运任务,谁知道他就这么开车出去了。而且欧阳过去是从来不喝酒的呀,怎么从海里捞起来后又测出是酒驾了?这下可好,保险公司一点都不承担费用,全是我们自己赔的。"经理搓着手,站在检阅资料的"女警"面前。

苗苗抬起头盯着这个束手无策的男人,沉着地问他:"你是说,他酒驾的事情有疑点?"

"不是不是,"经理下意识地举起两只手来,"我完全相信警方的判断。只是欧阳来公司十几年了,谁叫他喝酒都不去的,说是心脏不好……"

苗苗打断了他的辩解,问他能否想起事发当日欧阳的状况:"以及,有没有一个叫丘翎的人来找过他?"

经理望着天花板,茫然地摇摇头。但是他留给苗苗一个信息,来闹事的家属是欧阳的妻子,一直在做些零散的小生意,好像是给人运送蔬菜和肉类。

"如果说欧阳有什么朋友的话,她应该更清楚。"

07
三劫循环

07

第七章

1

三劫循环，是围棋里的"三劫局"，常被人看作不祥的预兆。

一旦出现这种局面，棋盘上会同时出现三处关乎全局胜负的劫争，如果双方互不相让，那么这盘棋永无胜负，可以无休无止地下下去。

初学围棋的吴警官原本兴致正浓，现在被这样的局面搞得棋兴全无，站在车水马龙的路边，听徒弟彭知幸讲一直以来的困惑之处。

"找到了究竟谁是藏在福利院的那个成年人，事情就好办多了。"彭警官望着日落的方向，那里风谲云诡，太阳逐渐隐匿到浮云之下，"她手上有一些'东西'，和当地的保护伞有关。那边的同事查过了，事情应该是属实的。我不确定她手上到底还有什么，她也精明得很，任何证据都是一点一点向放外，像小鸡啄米似的。"

"这件事你现在不方便说的话可以不说。"吴警官是几十年的老警察，一看彭警官的表情就大概猜到了情况，"之前我在想前面那几件案子里一定藏了个'鬼手'，那个'鬼手'在保护伞里吗？"

"不在。"彭警官的困惑之处就在于此，"那是一个非常普通的人，毫无背景，在本地也没有亲属关系，刑满出狱不到一年。他的资金往来查过了，社会关联也查过了，福利院周围有二十多个摄像头，我们把近三个月的视频全看过了,他完全没有来过福利院这个地方。那这个人怎么会被引诱进来的?"

"也许不是引诱。"吴警官顺着他的方向,看到夕阳完全坠入阴云之中,"是自愿。"

0715很久没有接到那种送餐到无人之地的单子了。

过去,每有这样的订单到来,他总是会兴奋异常,那是姐姐要和他取得联络的前兆。

0715掐指算算,他和姐姐有接近半个月都是处于失联状态了。

自从上次潜入苗苗家的事情失败后,姐姐似乎对他失望极了。在睡不着的夜里,他辗转反侧地回忆那天的细节,懊恼自己没有再果断一些。"早知道她会跑,我应该从厨房里冲出去,直接捂住她的嘴,把她拖进来的。"在灯完全熄灭之后,0715恶狠狠地想,但是他不敢想自己当时为什么没有那样做。他只是停不下来地责怪自己没有让姐姐满意。

姐姐是他和这个世界的唯一关联。

尽管次数少得很,但他很享受姐姐在电话里和他谈起那个夏天。他们四个的样子都活在姐姐嘴里,姐姐清晰地记着每一个人的脾气、习性,很多他已经忘却的往事,都在姐姐的描述中重现在眼前。

那个夏天,姐姐的到来像在一汪死水中投下一块浑圆的、美丽的鹅卵石。姐姐比他们任何一个人都会玩,带着他们在村里的孩子群中占据了一席之地。

村里的孩子都愿意去那个湖边玩,过去他们四个是"不配"的。想想吧,二哥丘翎的父母在国外,已经五年没回来了,只有个半瞎的奶奶在家;三哥虎子是矿工的孩子,那个矿工的粗鄙和暴躁在村里远近闻名;四姐唐冉的父母抱养了个来路不明的儿子,躲在城里几乎不再现身;自己就更不消说了,妈妈走了,父亲又胆小怯懦,还偏偏要装作清高,谁知道村里人天天在背后戳他脊梁骨?

07

湖边绿树成荫，夏天里的蝉和黄鹂鸟叫得人心痒难耐，湖水里的红鲤鱼也屡屡闯入他的梦中。姐姐到来之前，那个湖被其他孩子严防死守，禁止他们踏近半步，他只能在三哥虎子的帮助下骑上树枝，远远地看着其他人捕蝉、钓鱼。

他搞不懂姐姐脑袋里为什么会有这样多的计谋，在姐姐的指挥下，二哥和三哥冲锋作战，他和四姐摇旗呐喊，很快就夺回了领地，把湖畔彻底占为己有。

那时还不是虞美人花开放的季节，它们隐藏于苍苍野草之间，花茎纤弱，随风飘摇。

他站在含苞待放的花海中，看着自己瘦骨伶仃的手臂和双腿，天知道他多么想像二哥和三哥那样为姐姐争夺地盘。

姐姐对自己是有恩的，0715这样认为。

姐姐到来后，他身上那些新旧不断、大大小小的伤总算有了人照顾。姐姐会小心翼翼地给他的伤口涂上红色的药水，那药水涂上后很痛，但是涂药的时候可以坐得离姐姐很近，近到能闻得见雪花膏的味道。

他一直没有忘记，妈妈用的就是这种雪花膏。

0715对于母亲的记忆已经很模糊了，但他始终记得，妈妈离家前的那个早晨，坐在镜子前一遍遍地往脸上涂抹雪花膏，像是铆足了劲要把那一整瓶都涂完。

他站在妈妈旁边，只比凳子高一点点，傻傻地看着镜子里自己皲裂的脸。

妈妈回头看看他，对他很温柔地笑起来，捧过他的脸，小心地把带着冷香的雪花膏涂在他的颧骨上。他一动都不敢动，生怕稍微一动，就打破了那个梦。

那时的他还不明白，成年人想打破孩子的梦是很容易的。就像那天一样，妈妈还是站起身锁上门走了，雪花膏的盒子也空了。

家里再也没有过那种香气，因为爸爸说，那种香气会"腐朽人的心智，摧残人的智慧"。妈妈成为爸爸一生的污点,长大后的 0715 很快也步了他的后尘。

0715 决定,做一些事情来弥补那天的错误。

他在丘翎居住的小区观察了好几天,确认丘翎已经离开了这座城市,每天独来独往的只有苗苗一个人。

苗苗变了许多,她每天行踪不定,早出晚归,去音乐教室的时间明显少了起来。四下无人的时候,她的眼里总是闪着兴奋的光,与过去那个规矩、听话的女人截然不同。

她外出时会有意换乘两三种交通工具,像是察觉到有人在尾随自己,刻意给 0715 的跟踪制造困难。

但 0715 还是摸清了她出门的规律,一周以来,她奔走于这座城市大大小小的渔市、菜市。她总是兴致勃勃地闯进去,然后两手空空地回来。

这一天,城市里大雾四起,苗苗在清晨就赶往医院进行产检。

雾气打湿了 0715 的头盔面罩,他不得不摘下头盔,在医院门口等苗苗出来。与他一起等的,是外卖箱里的一把消防斧。

还是苗苗给了他灵感,当苗苗从包里拿出那把同样的斧子时,他就爱上了它,小巧便携,银黑色的斧刃光滑锋利。

昨天夜里,他知道第二天有雾后,就一直在磨这把斧子了。斧子和磨刀石相互啃噬,在这沉闷的摩擦声中,他似乎有了幻听,总觉得好像姐姐打来了电话。他们就在这样的啃噬声里,欢快地谈起那个夏天。

夏天里扑向面颊的风声、小伙伴放肆的笑声、树上无穷无尽的蝉鸣,好像都随着越磨越快的斧子回来了。

如他所愿,苗苗很快就失魂落魄地出来了。她站在医院门口,徘徊片刻,好像在思索是否要更改今日的行程。她几次拿起手机,几次拨号,几次又干脆地放下。

0715 察觉到,苗苗和自己一样,与这个世界并无太多关联。

07

他并不知道，苗苗始终没有放弃向他求助，一直在搜索"猫鼠游戏"的信号。在她心里，那个惹出整个故事的神秘人是唯一的合作伙伴了。

再次搜索无果后，苗苗叹了口气，坐上了一辆出租车，背离音乐教室和家的方向，一路向雾的深处驶去。

0715紧跟其后。

2

想在大大小小的市场里找到一个送货的女人，无异于大海捞针。

欧阳的妻子是闽南人，货运公司只知道她的名字和老家，至于现在具体给哪个市场送货，货运公司也讲不清楚。

苗苗只能凭着这个名字来寻找，这个名字成为她游走在各类市场的通行证。她像一个真诚、悲怆的寻亲者那样，停留在琳琅满目的水果摊和阴湿泥泞的冻肉摊前，看着小贩在称重、装袋、找零的间隙里抄起手机，拨打出一个个号码，呜里哇啦地用各地方言向同行询问是否认识那个闽南女人。

这些集市和苗苗常去采购的便利店不同，这里嘈杂、肮脏，一不小心就可能迈进一摊混杂着鳞片和血迹的浑水中。这里也和音乐教室不同，一切不成章法，毫无韵律，你争我抢的叫卖声、顾客和摊贩为了块儿八毛的争执声，以及家禽咕咕唧唧的私语声成为了这个世界的背景音。在这个世界里，苗苗没有透露过真实姓名，她自称唐冉。

"我不过是活着的唐冉罢了，而她不过是早早死去的我。"苗苗这样想。

没有人喜欢在这里久待，这里来来往往的都是着急离去的面孔。而苗苗会刻意拉长自己停留在此的时间，除了打听那个女人的名字，她还喜欢和小摊贩聊最近的菜价，听顾客抱怨鸡蛋不够新鲜、西红柿不够水灵。最让她流连忘返的是香辛料市场，在里面多绕上几圈，出来时，发丝、耳畔、裙角就会夹带各种香料的气息，八角、红辣椒、胡椒，像是在人间烟火中痛痛快快打了个滚。

她怕自己成为下一个悄无声息消失的女人,她宁肯离开的时候沾染一身辛辣呛口的味道。

在这个有雾的早晨,医生告诉她,小葡萄的情况不算太好。她看不懂太多数据,心神完全被检验单上"高风险"两个字摄去了。

"这个呢,也不代表孩子一定就是唐氏儿,后期还是要做检查的。"医生告诉苗苗,她可以做羊水穿刺或者无创DNA检验来确定孩子的情况,"如果确实是的话,早发现,早准备。"

"准备什么?"苗苗茫然地问医生。

医生顿了一下,严谨地回答她:"一般我们是不建议这样的孩子保留下来的,对家庭、对社会都是很大的负担,孩子自己也痛苦。你和孩子父亲可以先商量一下,看看到时怎么办。"

苗苗垂下眼帘,躲开医生同情的眼神,用手指摁住了"高风险"三个字,下意识地摩擦,好像她认为凭借手指的力量就能彻底抹除这几个字。她喃喃地说:"我还以为是宝宝现在遇到了什么风险,不是就好。"

医生以为她没听明白,再次提醒她,如果确诊的话,这样的孩子又称为先天愚型,很大可能一辈子都没有自理能力。

苗苗沉默地点点头。

医生有些错愕,她很少见到这样平静的孕妇,以往拿到高风险报告的孕妇,总是在这个时候就提前和家人抱头痛哭了。她一边为苗苗写病历本,一边问他们夫妻备孕时是否接触过辐射或者是否有不当用药。

"不当用药?"苗苗迅速打开手机相册,那里有她偷偷在丘翎行李箱里拍下来的药品。她告诉医生,孩子的父亲长期用药,备孕期间也没有停过。

医生看看药品名,再看看苗苗,措辞相当谨慎。她告诉苗苗,先天愚型胎儿的成因非常复杂,遗传、环境、不当用药都有可能是诱因……

"要或者不要都很正常。你还年轻,手术后再过半年就可以继续备孕了。"医生语重心长地安慰苗苗。她却发现,苗苗脸上自始至终都带着那种含义不明的微笑,像是根本不为这个问题忧心。

"我从来都没有考虑过'不要'。"苗苗笃定地说,然后蹒跚走出门。

苗苗知道先天愚型的孩子是什么样的,她在小星星福利院就见过,扁平的脸颊、宽眼距、鼻梁低矮……那些孩子不论长得多么人高马大,智力都永远停在两三岁时期,一辈子需要人不离左右地照料。情况好一些的孩子,只是面容奇特、智力低下而已;情况不好的,连能否顺利活到成年都是问题。

她花了远多于过去几倍的时间才从诊室走到医院门口。远方起了厚重的雾,整座城市像被浓稠的牛奶淹没,行人和蚂蚁都在其中挣扎,谁都喘不过气。

她翻看通讯录,手指滑过几十个名字,却发现连一个可以聊聊的人都没有。毕竟这些年,她全部的时间都拿来做丘翎的好太太了。

一辆出租车停下来,苗苗几乎是飞奔过去。她迫不及待地要回到集市,回到那个喧嚣但是热闹的世界里。

早一些的时候,有小贩告诉她,今天过来送货的女人也许就是她要找的那一位。

苗苗是在面摊上看到那个女人的。

因为有雾,来这个蔬菜批发市场的人不多。广播里说,有些道路封起来了,出租车司机连连抱怨,接苗苗这一单太不划算,他要绕很远的小路才能回去。

那个女人的三轮货车停在集市口,她像个男人一样穿了件货运公司淘汰的工装,还戴上了暗红色的袖套,大口大口低头吃面。

苗苗安静地等她吃完,然后花了几分钟的时间才让她弄明白自己的身份。欧阳的妻子似乎对那场车祸印象不深了,眯起眼睛看了苗苗很久,十分小心地确定了苗苗不打算追讨什么赔偿金,然后才敢开口说话。

在欧阳妻子的回忆中,欧阳确实和一位病友私交甚密。他和这位病友都是躁郁症合并躯体反应发作,唯一不同的是,那个人是心率过速,而欧阳是心跳过缓。他们常挂到同一位专家的号,一来二去有了点难兄难弟的意思。

欧阳问诊时,那位病友常坐在一边听着,不论是病理还是用药,他都十分关心。问诊结束后,他还会特意捎带欧阳回家。

"不过,他肯定不叫丘翎。"欧阳妻子斩钉截铁地说,她抬起脸,颇费力气地回想着,"对,姓名是三个字的,肯定不叫丘翎。"

苗苗找出当时的采访视频,指着丘翎的人像和下面的名字让她辨认。

欧阳妻子的脸红了,说自己不识字。但是她很确定的是,视频里的人就是欧阳的病友。

"我见过他,他常送欧阳回来。"她嗓门粗大地说,"我想起来了,他说他用'丘翎'的医保卡挂号,但是他不叫这个名字,他的姓名是三个字的,很难念,我念不好,他还拿出身份证让欧阳比对着和我一块念,我们两个人都是从闽南来的,讲不好这里的话,念不出来。他还笑话我……"

她的脸变得更红了一些,也不知是热腾腾的面汤熏的,还是因自己不太标准的普通话而惭愧。

苗苗怜悯地看着她。这个女人个子很小,腰身粗壮,坐在面摊上像一块石磨盘。她的脸被刚刚结束的夏天晒得黑里透红,和苗苗的苍白截然不同。

也许是多年搬运货物的关系,欧阳妻子的手指圆而粗,指甲劈的劈,裂的裂,然而手指灵活有力。她正快乐地托起宽大的面碗,坦荡地喝着汤。

"撞的是他的太太吗?"欧阳妻子眼中一片茫然,她说从来不知道那个病友是有家室的,"是不是你搞错了?"她仰头看着苗苗,碗里的汤没了,她的心事也没了。她就是那种无论多苦多累,只要能喝到一碗热气腾腾的汤,就觉得很满足的女人。

"以前刚嫁过来时,我和你一样水灵。"她站起身,对着苗苗憨厚地笑,然后坐上那辆三轮货车,把车发动了起来,"欧阳没了,娃娃还在。因为是酒驾,保险公司也没赔钱,我就得养娃娃喽。"

苗苗追上去叫住了她,把包里仅有的现金拿了出来,说是让她回去给孩子买吃食。

0715一直跟在苗苗后面,浓厚的大雾给了他隐匿身形的机会。

苗苗和欧阳妻子谈话时,他就坐在两三张桌子之外的地方吃面。他看不清苗苗的脸,但是能听见她的声音。

欧阳妻子走后,他跟随苗苗站了起来。

苗苗并没有离开这个集市,她低头拨打了一个电话,没等对面接通就挂掉了。

雾越来越大,市场里的摊贩开始提前撤走,面摊老板也收起桌椅和炉灶,准备结束这迷雾里的一天。

他堆砌的炉灶旁有只铁笼子,里面关了只黄色的瘦狗。见人们陆陆续续离开了,狗也跟着惊恐地叫起来。也许是意识到没人会带走自己,狗很快安静下来。

"以前这里是个狗肉摊,杀狗的逮来只母狗,本打算养两三天就杀的,谁知道母狗竟然生小狗了。母狗死了后,这小狗就被关在这里。摊位换了好几次人了,到我这是第四波还是第五波了。大家有口剩饭就给它点,想不起来也就算了。"面摊老板收着东西,见苗苗不肯离去,就絮絮叨叨地说着。

苗苗蹲下来,手刚一伸向铁笼,那只黄狗就尖叫起来。它的身上有疮有癣,离铁笼子有段距离的地方,是它的水盆和食盆。今天面摊剩余的汤汤水水都倒给了它,它努力把舌头伸到笼外去舔舐。

仗着雾大,0715壮起胆子走近苗苗。他看到那只狗异常的"扁"。

笼子也许只有成年男子一掌半的宽度,那只狗明显是中型犬的后代,头和臀部都紧紧抵着笼子生长。也许是空间受限,它的肩背只有正常犬类的三分之一宽,肩胛骨尖锐地向上顶起来,脊背处的黄毛早已被笼子磨秃大半。

"它从小就在里面，一直没被放出来过，长着长着就成了只窄狗，好多人来看过它咧。"面摊老板用脚尖踢了笼子一脚，引得那狗害怕得叫起来。

他准备回家了，今天这个糟糕的天气没为他带来多少食客，不是什么好日子。他听到那个看狗的女人好像在说什么。

"你是说，它自始至终都没有出来过，一直在笼子里吗？"苗苗背对着面摊老板，声音低沉地问。

"啊，是的。"面摊老板继续往车上堆放着东西。

"所以，它也从来没有躺下睡过一个完整的觉，没有吃过一顿安稳的饭，更别提被人安抚，被人拥抱？"苗苗执着地追问。

"是啊，一条狗而已嘛。要不是看它长得有趣，我也早抓出来炖了。"面摊老板说。接着，他就被苗苗惊呆了。

这个女人跪坐在铁笼前放声大哭。哭声从胸腔喷出，雾里本就稀少的行人，被这样悲怆的哭声吓得面面相觑。这样的哭声也许已经不只是哭，是嘶喊和哀号。

苗苗很久没有流泪了，她找不到自己如此悲伤的原因。她只是一想到这只狗被终身囚禁，千百个日夜都未曾安眠过，就悲从心来。

她在这只黄狗面前一声接一声地哀号，连母亲去世时她都没有这样痛哭过。那时她不敢哭得太大声，怕在亲戚里落下个"不懂事"的名声，从此了无依靠。她只敢把悲伤分成几千份，在此后许多年的黑夜里，一份一份地拿出来，躲在被子里小声啜泣。

面摊老板逃跑似的发动车子走了，只当今天晦气得很，遇到了神经病。

集市里已经没有人了，路对面的饭店、超市、理发店也一家家拉下卷帘门。匆忙回家的行人被茫茫大雾遮挡住视线，几乎看不清擦肩而过的人。

路上热闹不再，车辆不再，苗苗喜欢的香辛料和果蔬的味道也烟消云散，只余下大雾里来路不明的呛人气息。

整个世界都安静了,只有铁笼前的苗苗一声接一声地发出哭喊声。

0715 走向她,那把小巧锋利的斧子就在他手里。苗苗哭得那样专心,连背后的喘息和脚步声都全无察觉。

0715 举起斧子,然后蹲下来,把斧柄递到了她手里。这个女人的头发和前襟全被泪水打湿,望向 0715 的时候依旧涕泪涟涟。

"放了它。"他说。

她举起了斧子。

3

浓雾遮住了市区前往郊区集市的路,也遮住了集市前的一摊血污。

彭警官依据苗苗最后拨出的那个电话定位找到了这里。

三个小时前,苗苗曾给他打过一个电话,那时他正在从獾镇赶回市里的路上,还没来得及接听,苗苗就挂断了。此后,他再打回去就一直是无人接听的状态。

他和助手小郭匆匆赶来时,道路已全部封闭,只能绕行偏远的小道。抵达此处后,集市里早已人去楼空。四周白茫茫一片,只看得到人影闪烁,却看不清面貌神情。

小郭在集市口大声喊着彭警官的名字,彭警官三步并作两步跑了过去,看到了那摊新鲜的血迹。

血迹顺着铁笼蔓延,铁笼被生生砍成两半,上面有青色的斧砍印迹。

"是……动物的血吧?"小郭艰难地说。他蹲下去,调亮手机上的灯光,仔细比对着。血迹里,赫然有几撮黄色的毛,像是犬类的毛。

关于那条狗是怎么死的,苗苗和 0715 的记忆截然不同。

在苗苗的印象里,她接过斧子,砍开了笼子,把狗放了出来。那条狗却踉跄倒地,像是承受不了这样突如其来的自由。它伏在地上急促地嚎叫，被这广袤的世界吓坏了。它从来不知道被风吹拂皮毛是这样的感觉，正如它从未体验过四只脚踏踏实实地踩在土地上的感觉。它挣扎着要重新挤回笼子里。然而它本就是一条中大型犬的后代，那个狭小的笼子连只成年京巴都装不下。它却偏偏要挤回去，直到窒息。

而在 0715 的回忆中，那条狗被放出来后，苗苗并没有停止哭泣。

那条狗久居笼中，已经不知道如何挺直腰吃食，不知道如何在土地上撒欢摇尾。它和在笼子里时一样，木讷呆滞地挺立在雾中，一动也不敢动，像是从一个狭小的牢房，换到一个更广阔的牢房而已。

苗苗拿食物引诱它，拿自己温暖的手掌召唤它，它全然没有反应，像是早就被剥夺了五感。

苗苗坚持不懈地努力了十几分钟，那条脊背又扁又窄的狗，依旧茫然无措站在那里，蹬直了四条枯瘦的腿，连尝试躺下休息一会儿的胆量都没有。

"它不知道怎么活了。"苗苗突然对 0715 说。

他们从来没有面对面聊过天，0715 一时不知该如何作答。苗苗却笑起来，一边淌下眼泪，一边哈哈大笑。

不过，这些都不重要了，重要的是，他们都认为这条狗应该死得体面一些。

他提醒她，那包她从音乐教室偷出来的湿巾就在她的背包里，也许可以拿来清理一下狗身上的伤口。苗苗气愤地打了一下他的肩膀，像早就认识了他那样。她说自己不是偷，只是节俭惯了。

"这些湿巾都还能用的，那些老师总是开封以后用了一半就要丢。做人要懂得惜物，不然就是欺天呢，少爷！"

从来没有人这样叫过他，也没有人这样又嗔又恼地和他说过话，0715 觉得新鲜极了，笑了起来。

苗苗做出恼羞成怒的样子，从背包里掏出那包被认为是偷来的湿巾，然后细心地擦拭着狗身上的伤口，每一处血污，每一处沾染许久的泥渍，

07

她都轻柔地一点点擦掉。

0715有了一种很奇怪的感觉,他想他们也许确实认识很久了,他看这一幕也很久了。

当苗苗坐上0715的电瓶车后座时,0715也认为这一幕早就发生过了。

他们像阔别已久的熟人那样,连自我介绍都直接省略掉了。他们开始谈起丘翎,谈起小葡萄,谈起獾镇里离奇死去的人。那些生和死的话,在他们嘴里就那样轻飘飘地说出来了。

"是不是你做的?"

"不是,是姐姐。她还有个帮手……"

"对,那个帮手就是丘翎。"

"原来姐姐并没有那样恨丘翎。"

他们聊得十分轻松,仿佛聊的内容已经不重要了,只要能你一言我一语地接下去就好。

在过去长达半年的跟踪中,0715早就知道苗苗不是一个真正安静的女人。

那时他总是戴着头盔,装作匆忙经过的样子。最初苗苗和丘翎形影不离,每当0715路过他们两人的身边,就能听到苗苗在叽叽咕咕地说着什么,可能是今年的青团新鲜极了,也可能是某位学员已经可以和她四手联弹了,也可能只是车上人很多,她很想他。

那时的苗苗就像他童年记忆里晒着太阳的小芦花鸡,穿着花裙子,双腿紧致又纤细,欢快且一刻不停地想和人聊天。

而丘翎总是漫不经心地捡几句想回答的来答,其他时候不是思绪放空,就是不耐烦地"嗯"上几声。

此刻,苗苗正坐在0715的后座上叽叽咕咕。雾大得真是时候,0715暗自希望这些白色的雾像墙一样把他们围绕起来,把他们和世界上任何一个人都隔开,这样就只有他一个人可以一句接一句地回应她了。

他感到自己千疮百孔的心脏正在被补丁一样柔软的、旧的、暖暖的东西填补，可是那些话语分明毫无营养。

在一处三岔路口，他停了下来。手机已彻底没电关机了，他从来没有来过这里，在雾里迷失了方向。

苗苗跳下车子，先他一步走到路口张望。她说："走这边吧。"

他马上回应："好啊。"

当他们一起把狗的尸体和消防斧埋进泥土里时，他才恍惚想起今天本来是打算做些什么的。

两人抵达市区时，雾散了。

已经是夜里九点多了，0715的肚子响起来。苗苗意识到，这个人跟踪了自己一整天，什么都没有吃。

"我请你吃煲仔饭吧。"苗苗热情地说。

0715点点头，告诉苗苗，他一猜就猜到苗苗会说煲仔饭："我知道你几乎每隔一两天就要点那一家煲仔饭的外卖。"

他已经不是那种青春年少的大男孩了，他经历了牢狱与生死，此刻却笑出了只有十七八岁的男孩子才会有的笑容，眼里干干净净地写着"你看我对你一清二楚"的自豪，满怀希冀地等待苗苗给自己一个奖赏。

苗苗心里一沉，说不上是内疚还是感动，她只知道，她今天选择那家煲仔饭，是因为那里离派出所很近。

他们在煲仔饭店门前低矮的餐桌前，谈妥了一个大计划。他们决定在不惊动警方的前提下，合作杀掉丘翎。

"本来我不想杀掉他。"苗苗爱怜地望着自己的腹部，"只是他害了小葡萄。他吃的那些药，他从来没有告诉过我。"

"我一直想杀掉他。"0715点的是一份川香煲仔饭，他在用心地刮着砂锅壁上被辣油浸透了的大米锅巴，"三哥本来不该死的。三哥只是触电昏过去了，是丘翎把三哥推到湖里去了。"

他被川味腊肠辣得满头冒汗，眼里含了委屈的泪，大着舌头央求苗苗拿一些冰可乐给他。

苗苗沉默地把可乐递给他,他又伸出手,手心向上,讨要那包湿巾。

他学着苗苗的样子,仔细擦拭可乐瓶口,然后把其中一瓶推到苗苗面前,得意地说:"我知道你顶爱干净的,喝饮料之前总要擦一遍。"

苗苗微笑着,脸上不动声色,脑海里快速分析着0715嘴里的"三哥""丘翎""触电"到底是怎么一回事。她什么也没有喝,只是看着0715一仰头喝下去半瓶可乐。

他一边打着饱嗝,一边卖关子说:"我们五个人的故事,下次我再告诉你,今天吃得太辣了,我舌头都要麻了。"

0715很庆幸,他们的合作计划过于宏大,一顿煲仔饭是谈不完的。他们站起身来,漫无目的地走在这一条小吃街上,漫无目的地聊着那个也许并不会完成的计划。

走到一座石桥前时,苗苗停了下来。她看到前面已经没有路灯了,就靠在桥边有监控的地方,告诉0715她今天走了太远的路,脚好像有些肿了。

0715也跟着她停了下来。他低头看了看,苗苗穿着平底鞋的脚背鼓起,两条小腿有明显的浮肿。

"以前不会这样的。也许是最近小葡萄沉了一些。"苗苗抱歉地笑笑,抚摸着自己的腹部。

"我们不走了吧,河对面有唱歌的人,我们就在这听一会儿吧。"苗苗提议。

景观河的对岸是一家音乐酒吧,有年轻人坐在路边弹唱,苗苗冲着他们挥挥手,像是被那莫名的歌曲迷住了。

0715并不喜欢那些嘈杂的调子,他望着她浮肿的小腿,问:"你会讨厌她带来的辛苦吗?"

"你是说小葡萄?"苗苗惊讶地看着他,"不会,怎么会呢,她也不想这样子的。这件事我是知道的。"

0715 想逗她多说一些话，他不明白为什么回到市区后，她就不像之前在车后座时那样，叽叽咕咕地和他聊家常了。他做出不信的样子，问她凭什么这样说。

苗苗听着对岸的歌出了会儿神，然后很慢很慢地说："如果我妈妈还在人世间，我是绝对不会让她受苦的，一丁点儿也不要。她对我也一样。我知道，我们两个人会拼了命保护对方。"

妈妈去世后，苗苗学会了许多讨好人的手段，比如装作乖巧地睁大眼睛，比如顺从地听大人们的安排。

做饭也是她讨好人的手段。她常常为丘翎做新鲜的贝类和笋，因为那是妈妈爱吃的东西。

苗苗的妈妈是在她上小学时去世的，苗苗一直记得，妈妈那时还很年轻，很少讲话，却经常笑。

"你知道吗？我妈妈很厉害的。"苗苗神往地说，"有一次她剥笋片，我站在旁边看着，可是笋片的汁液溅到我的棉布裙子上了，怎么洗也洗不掉。妈妈就在上面绣了一轮白月亮。"

她指指河里月亮的倒影，0715 在旁边安静地听着。

这些话，苗苗从来没有和别人说过。她有二十年没有和别人谈起过自己的母亲了，她发现，她是多么渴望妈妈也活在别人的脑海里呀！她怕有一天自己忘了，她希望有个人和她一起悼念那个最爱的人。

"我常常想，我就和天上的星星一样，周围的人很多，看上去好像到处都是星光。可是大家都离得远远的，谁和我都不亲近，我和谁也都不亲近。妈妈走了以后，这个世界上就只剩下我一个人了。"苗苗笑着说，感到自己好像流泪了，伸手摸摸，脸上热热的，和今天白天时的泪水不一样。

0715 翻遍口袋也没有找到一张纸巾，只能笨拙地帮苗苗在脸上抹了把。

苗苗躲开了，但她继续说道："后来，我突然想明白了，我还是可以有一个亲人的，就是小葡萄。我太感激老天爷把她给我了，从此我不再是孤孤单单一个人了，我什么秘密都会和她讲，她也会对我这样。我们血脉相连,这一辈子谁都分不开我们。所以,我怎么会觉得她带来的是辛苦呢?我早就盼着她来了,盼了很久很久……"

等苗苗的泪水少一些的时候,0715托起她,把她放在了石桥的桥墩上,然后脱下她的鞋子,替她揉着浮肿的小腿和脚。

河对岸的歌声戛然而止,那些唱歌的年轻人停下来,他们本想起哄,却看到0715的动作是那么纯洁。

苗苗也在打量着他,此刻的0715像一个憨厚的弟弟,也像一个忠诚的儿子。他毫无欲念,唯一的念头就是让眼前这个孕育生命的女人舒服一点。

"我妈妈也这样想过吧。"0715望着河里的月亮,再望望苗苗被泪水打湿的脸,小声地说。

其实,在半个小时之前,他还想热烈地吻这张脸。在半个月前,他还想过杀掉这个女人。

"是的。她那个时候也一定常常想,因为有了你,她不再是孤孤单单的一个人了。"这个女人好像对这一切一无所知,她不再哭了,脸上有一种近乎神圣的安宁。

"我妈妈爱过我。"0715神往地说。

"是的。"

回去的路上,地面上尽是来路不明的流水,里面混杂了油星、白菜叶、龙虾壳、辣椒面。0715却感到心里轻快极了。他干脆脱下鞋子,光脚踏在这浑水中,像是小时候那样快乐地走进一条没有尽头的溪流里。

那些唱歌的少年开始窃窃私语:"你看这个人,好像一条狗啊。"

4

同样是这个大雾天,燕子察觉到了些异常。

她没有等来期盼已久的领养手续，却等来了调换宿舍的通知。福利院新来的主任不由分说，把她换去了走廊尽头的单人宿舍。

她还发现，自己不被允许单人行动了。不论是吃饭还是例行的自由活动时间，她的身边始终会有两名护工不远不近地跟着。如果她想和某个孩子聊聊天，说说话，不出一分钟，那名孩子立刻会被护工以莫名的理由支走。

她再也没有机会单独爬上屋顶，坐在蓝天白云下遥控0715和丘翎了。

更让燕子无法忍受的是，她没有机会偷偷地躲在那面破旧的旌旗下注射外源性雌激素了。

这么多年来，她每两周就要注射一次戊酸雌二醇，这种肌肉注射的药物能帮助她维持细腻的皮肤和"小女孩"的声音、体态。

过去，丘翎会定期为她送来药物，夹杂在带给她的衣服、书籍、食品中。而丘翎已经很久没有来过了，她感到自己正在逐渐枯萎。

镜子中的自己依旧是七岁时的身高，脸还是那种圆圆的孩子脸，然而两颊已经无可抑制地开始下垂。

燕子不可思议地贴近镜子，看到镜子里的自己飞速老去，脸上长出沟壑，头发大片大片地脱落，从漆黑的童花头变成了稀疏的一片灰白。镜子里的人像个怪胎一样，干瘪的皮肤和下垂的三角眼如同七旬老妪，扁平瘦小的身体却好像永远被囚禁在七岁。

燕子发出一声尖叫，宿舍门砰地被撞开了。

彭警官闯进来时，燕子瘫坐在落地镜前，双手撑地，大幅度向后挪动身体，嘴里不停发出"别过来"的喊声，像是看到了什么令人惊恐的东西。

彭警官赶紧移开镜子，前后检查了一遍，并没有发现什么异常，镜子里只不过是穿着便服的自己和地上满脸苍白的燕子。

看到彭警官来了，燕子几乎是从地上弹了起来。她扑过去，抱住彭警官的手臂追问:"叔叔,叔叔,你可以带我走了吗?"

她的手劲很大,眼睛异常亮,这种偏执又疯狂的状态,彭警官只在毒瘾发作的人脸上见过。

他安抚燕子先坐下来,燕子不依不饶地问:"叔叔,收养手续办得怎么样了?我不想在这里待了,我想出去。"

彭警官只能含糊其词地说:"还在办理中,我'太太'最近身体不太好,所以耽搁了一些。"

"你太太不是昏迷很久了吗?还能更不好吗?"燕子脱口而出。这句话对于病人家属来说,已然十分冒犯,但燕子丝毫没有歉疚的意思,只是执拗地追问到底何时才能办妥收养手续。

彭警官一直给不出明确的答复,燕子缓慢地转动眼珠,勾勾指头示意他弯下腰来,然后在他耳边悄然说:"我还有一个证据。有个女孩子叫李秋女,她被张主任带去强制做了手术……"

她继续诱导:"你想不想找出来去做 DNA 检测?做了检测,那些人可就跑不了啦!你想不想立功?"

她每说一句,彭警官的心就沉一分。

尽管早已查清燕子是成年人,彭警官还是无法把眼前这个天真可爱的女童和年近四十的妇人联想到一起。然而此时,燕子的表情老练又冷血,俨然早已熟知成年人对于功名利禄的渴求。

彭警官点点头,做出十分感激她的样子,并向她许诺,争取半个月之内办好收养手续。

得到了想要的保证,燕子放松了。她眉眼舒展,咧开嘴灿烂地笑着,用脸颊蹭蹭彭警官的手臂以示亲昵。镜子里的她,娇小玲珑,纯洁无瑕。

"叔叔,我可以看看未来的妈妈吗?"临走前,燕子倚在宿舍门口,眨着眼睛问彭警官。

彭警官早做好了准备,拿出手机里拍下的照片,指给燕子看。

照片里,一名女子平躺在病床上,病床旁是各类监护仪。她的手上连接着输液器，护士正在帮她换药。

燕子"哇"了一声，像小女孩看到漂亮的糖果和裙子那般惊讶。她接过彭警官的手机，放大了照片，仔细看了一会儿，然后称赞道："她好漂亮呀，安安静静地躺在这里，就像芭比娃娃一样。"

彭警官点点头。

实际上，他并没有什么妻子。病床上的人，是他师父吴警官的独生女，是一名缉毒警察，因公受伤，昏迷已有一年多了。

为了获取燕子的信任，他谎称这是自己的太太，并在三天前特意去疗养院拍下这张照片，以应对燕子的多疑。

"等你带我出去后，我们一起去看'妈妈'好吗？"燕子笑着问他。

彭警官一口答应下来，快步走出去。已在雾里的他，并没有看到燕子的笑容正在一点一点地收起来。

丘翎落地后，第一时间打开了手机。

他满怀期待，希望得到燕子已被领养，苗苗已被妥善解决的消息。然而，手机异常安静，没有任何他想要听到的消息。

出差的这段时间，丘翎的睡眠很少，精神却很足，他时时刻刻处于亢奋状态。

他大声与人争辩，任何场合都精神抖擞地发表见解，声音洪亮，气势如虹。他的思维前所未有地活跃，在飞机上也抑制不住与旁边的陌生乘客高谈阔论，并对空姐坚称自己的公司很快就要上市了，到时要包机"请在座的有缘的朋友去纳斯达克敲钟"。

坐在机场大巴上，他一遍遍地给燕子打电话，却始终无人接听。他认为只有燕子能认可自己这些天马行空的想法，燕子在他眼里是生活中唯一一个算得上聪明的女人。

平心而论，最初和燕子、唐冉在一起的三人生活，并不算是多么糟糕。

燕子聪慧果断，在燕子的指点下，从初中到大学，早熟早慧的他一路遥遥领先。公司创建后,燕子更是成为幕后的研发员,为仿制药的诞生立下汗马功劳。

少年时的他,极其仰慕这份聪慧,他渴望成为能被燕子平视的人,而非受燕子照顾的幼弟。当他发现燕子永远不会长大时,信誓旦旦地告诉燕子,自己一定要读医药学,为燕子找到一款可以治疗病痛的药。也是在那个时候,他和燕子献出了彼此的初吻。

三年前的那场车祸,原本是针对唐冉的,可是他调整了时间,改变了计划,准备同时结束唐冉和燕子的生命。

随着公司越来越大,他发现自己的心理也在悄然变化。

他始终记得,那次药品发布会上美女如云,满场都是飞扬的乌发和金色的香槟。有人从他身边擦肩而过,长发丝轻拂过他的手背,一阵幽兰香气顺着手上的寒毛直扑鼻腔,他险些就要控制不住地伸出手去摸摸那头发。然而一只小手从背后探出来,按住了他躁动不安的手,紧紧地握着。这是他的"女儿",燕子。

他爱燕子,爱她的聪慧和机敏,也爱这么多年的惺惺相惜。她孩童般的身体偶尔也能让他产生怜爱的想法。但是更多时候,他发现自己越来越渴望修长的双腿,不堪一握的腰肢,渴望不必注射激素就已经足够白皙细腻的肌肤。

他想和真正的成年女子在一起。他想和一个足够般配的女人站在一起,一同出现在媒体的镜头里。那个女人必须有黑色的发和优雅且修长的脖颈,绝对不能像燕子那样,只有满柜子的假发套和顶着大脑袋的细短脖子。

敏感的燕子也察觉到了他的变化,对他的控制越发严格。他不可以晚归,不可以单独行动,不可以拥有独立的通信设备,他的每一台手机都不得不和燕子共享。如果他稍有忤逆的意思,燕子就会拿出湖边那件事来威胁他。

"好啊,可以啊,人是你害死的。你丘先生的真面目也可以让世人见识见识了。"燕子总是冷笑着这样说。

唐冉成了他们矛盾的受害者。

唯唯诺诺惯了的唐冉,第一次提出来想结束这种三人生活。她跪在地上哭着对他们两个发誓,她说自己绝对不会透露当年那件事,自己会隐姓埋名,去外地生活。

他没有做主的资格,这个家一直是燕子的天下。

燕子抱着胳膊,冷眼看着涕泪俱下的唐冉,掏出一张纸,当着唐冉的面撕碎了。

那是唐冉的研究生录取通知书。

丘翎对当时的震惊记忆犹新,他完全不知道唐冉什么时候背着他们考取了外地的研究生,更不知道录取通知书是如何被燕子拦截的。

"不只那一件事,唐冉,你还知道一件不该知道的事。"燕子幽幽地说,然后望向丘翎,"丘先生,你说呢,我们能放她走吗?"

当唐冉发现录取通知书的碎片再也无法拼起来时,歇斯底里地要和燕子拼命,并扬言现在就要去报警,大家一起自毁前程。

燕子笑笑,做了个手势,让丘翎控制住愤怒的唐冉,然后亲手给她注射了安定。

"我是真的讨厌女人闹,你呢?"燕子用手指在丘翎手里写了一个"死"字。

5

丘翎感到口干舌燥。这是他第四次向随车司机要矿泉水了。

各式各样的幻想在他脑海中闪过,他开始庆幸那场车祸燕子死里逃生,尽管他因为这件事彻底沦为燕子的傀儡。他幻想着燕子已经被警察领养,顺利地改名换姓。自己也用另一个名字开始新生活,沉在湖底的人、唐冉、牙医、张主任……这些都彻底与自己无关。也许那时,他和燕子还能重新当个朋友呢?

他上一次出现这样抑制不住的幻想,还是在苗苗拿掉第一个孩子的手术室外。

不许他和苗苗有孩子,是燕子提出来的。

接到这个"命令",他是有些窃喜的,甚至由衷地想赞叹燕子的聪慧,燕子说出了他敢想但没敢说的事情。

他记得苗苗的孕吐特别严重,跪在马桶前嗷嗷地干呕,还要他去扶她起来。天啊,她不知道自己浮肿苍白的脸有多难看吗?像在水里泡久了的人脸,他见过的。

那个夏天,他看着自己最好的朋友沉入湖中,然后惊慌逃走。此后的无数个夜晚,他都在梦里见过那个朋友。

那个朋友沉在水底,静默地看着他,透过水波传来唇语:"你偷走了我的……"

那张浮肿苍白的脸就是这个样子的。

那会儿他费了很大的力气,才克制住厌恶的心,把苗苗拽了起来,实在忍不住了,说:"你能不能梳梳头发?"

最可恶的是,她还试图要求他一起去医院。他讨厌那些挺着大肚子的女人,讨厌看到女人托着大肚子,姿态笨拙地走鸭子步。他为了让自己身边站着一个身材姣好的女人,付出了多大代价,难道苗苗想象不到吗?

想到这件事,他就有些气愤。

拿掉孩子的时候,他站在手术室外。那里有些冷,有一瞬间他想到苗苗在里面也许会冷。但是他马上摇摇头,强行克制住自己这种怜悯的念头。

这还是父亲教给他的,呵,他简直不想叫那个人"父亲",只想叫"那老东西"。

老东西告诉他,是男人,就不该有娘们似的心软的想法。

他站在手术室外，幻想着自己的公司飞速扩大，日进斗金，自己富可敌国，在世界上发号施令……这样的想法让他快乐极了。

更让他感到轻松的是，手术室门外的LED屏上显示出一行红字：手术中。

这意味着，他漂亮苗条的妻子就要回来了。

是啊，想想吧，给她买那架钢琴花了三万五千元，给她买那条羊绒围巾花了四千两百元，给她买那双高跟鞋花了八百元……每一笔开支他都在心里记着呢，他要的是得体的、温柔的、事事乖巧的贵妇人，他可不想要一个臃肿疲惫的老妈子。

苗苗虚弱地从手术室出来时，看到的就是那样一张亢奋、喜悦又轻松的脸。

临到家前的半个小时，丘翎通知苗苗，自己回来了。

打开门后，苗苗已然备好了一桌饭菜，在电梯里他就闻到了那股香气，白灼笋、蘑菇素烩、清蒸鲜螺。

苗苗也如所有的贤妻那样，早早地迎在门口，等候久别重逢的丈夫。

他把外套和包丢给苗苗，苗苗耐心地接过来，转身挂到衣架上。

看着她略显笨拙的腰肢，因循环不畅而浮肿的双腿，他沮丧又气愤地想：她还是发胖了。

08 Chapter
臆中人

08

第八章

1

  几场秋雨后,天气明显转凉。

  栖息在这个城市的动物们都加快了节奏。它们分散在不起眼的阴暗角落,各自忙碌。

  蚂蚁排起长队,把垃圾桶一角的蔬菜叶、笋丁、贝肉残渣搬运回蚁窠;老鼠不知疲倦地打通幽深的隧道,在步履不停的行人脚下建起了庞大的地下宫殿;蝙蝠躲在深夜里,捕捉那些从很远的地方传回来的声波……

  在一间背阴的出租屋里,有一面墙上密密麻麻贴满了资料。那些资料要么是从报纸上裁剪下来的,要么是打印出来的网络新闻。资料大多是与丘翎有关的,他携妻女参加媒体酒会,他的公司取得了新发展,他在福利院进行捐赠仪式,他的公司面临诉讼和巨额索赔……

  除了这些旧资料,还有丘翎最近的照片。这些照片大多是从高处或者侧方位偷拍而来,照片里的丘翎行色匆匆,充满警惕,常常是上车前一副模样,下车后脑袋上多出一顶帽子或者戴上一只口罩。

  牙医的助理站在这面墙前,严肃地审视着自己收集的资料。

  他有段时间没有去"骚扰"彭警官了。在他消失的这段时间里,他常去獾镇集市前的摄像头下做实验。

那是离肇事洗车机最近的摄像头。事发时,这个摄像头刚巧被一堆五彩缤纷的气球挡住了,只记录下牙医开车进入的样子,和一辆空车缓缓驶出的样子。

这段视频被牙医助理看了无数遍,他隐约觉得哪里不对。集市附近有几棵香樟树,均向西北歪斜;偶尔入镜的几位赶集的人,被风吹起的头发也是飘向西北方向。

他回忆起当日的天气,确实时有闷热的东南风刮来,然而镜头里的那火炬似的气球却是笔直地从下方冒出来,像鬼鬼祟祟的小偷,直到被一个个分发进孩童手中,才开始自然地随风摇摆。

牙医助理坚信,这起案件至少有三人共同参与:有一个同谋者特意握住气球柄,然后高高举起,在恰到好处的时机遮挡住摄像头,给那个别有用心的人留出操纵机器的机会;而真正的凶手躲在车上,在关键时刻推了牙医下车。

当他风尘仆仆赶到警局,准备把这个重大发现告诉彭警官时,看到彭警官正在送一个年轻人出门。

年轻人穿着外卖员的衣服,走路的样子很独特。他总是有意无意贴向墙边或者树边,个子不算矮,走起来却别别扭扭的,胳膊和腿之间仿佛谁也不服气谁,争先恐后地朝前伸。这个年轻人像是压根不能适应自己这副成年人的躯干。

这个年轻人让牙医助理感到眼熟,他有点疑心是不是某几张照片曾拍到过这个外卖员,他准备回出租屋后再好好地看一遍那些资料。

当他们望向彼此时,眼里都有疑问。

见年轻人骑上电瓶车走远了,牙医助理问彭警官是不是抓到嫌犯了。

"噢,不是,不是。这孩子没办暂住证,我们叫过来补些手续……你有段时间没来了啊,怎么样,心情好点了吧?"看得出,彭警官不想多聊,嘴上问着话,腿已经朝屋里迈了。

"他们是三个人。"牙医助理抢着说,"对,三个人。一个人遮挡监控,

08

一个人控制机器，一个人在车内作案。遮挡监控的肯定是个男人，那个高度我试过了，一般女士的身高达不到。"

见彭警官的脚步放缓，牙医助理继续跟过去说："三个人如此协调的配合，一定有密切的联系。彭警官，调一下他们的通讯记录，总能找到他们的联系！"

在牙医助理说这些话之前，彭警官就考虑过燕子和丘翎的关联，也考虑过燕子和0715的关联，但是他唯独没有考虑过0715和丘翎之间是否有合作关系。

他停下脚步，转过身看看那个骑着电瓶车远去的人，如果没记错的话，这个人去的那条路，正是苗苗所在的音乐教室的方向。

自从在桥边分离后，0715没有和苗苗单独碰过面。这是苗苗要求的。

"如果你帮'姐姐'和丘翎做过事情，那么警察一定已经盯上你了。现在开始，你和我平时就是两个互相不认识的人，像以前一样，谁也不知道谁的身份。如果有事找你，我会通过摩斯电码给你发暗号。"

苗苗的心思比0715想象中缜密得多，她反复和0715确认，摩斯电码的事情，他身边是否还有人知道。

0715想了想，带着些许遗憾地告诉她，摩斯电码是三哥虎子教给自己的，姐姐也会。但是三哥已经死在水下了，而姐姐一直没有露过面。

"丘翎看不懂吧？"苗苗小心翼翼地确认。

0715说："他看不懂，他和三哥一直有矛盾，三哥才不会把这个告诉他，这是我和三哥、大姐之间的秘密，连四姐唐冉也不知道。"

"那好。"苗苗和他约定，如果有紧急事宜需要见面详谈，她会通过玻璃窗发出信号，告诉他时间和地点。

为了这个遥不可及的"见面详谈"，0715每天都会有七八次刻意路过此处。他开始只接这附近的单，唯恐错过苗苗发出的信号。

今天早上被警察叫走时，他按照苗苗教给他的，一切都如实回答。

"记住,真话是最好的谎言。"苗苗笃定地告诉他。

他真诚地告诉彭警官,大雾的那天,他去了城郊的市集,因为那里有只"扁狗"。他老早就听说了,正好雾天的单子不好跑,他就想停工一天去看个稀奇。

这和彭警官掌握的消息完全一致,彭警官继续追问他:"那你为什么先去了妇产医院?"

0715眨眨眼睛,坦荡地说:"早上第一单是那边一位大夫下的,说是夜里有个急产的孕妇。他们紧急上了台手术,接下来还有一天的手术等着他们,所以就临时点了粥垫垫肚子。"

"怎么了,警官,有什么不对劲的吗?"0715挠挠头,像是在赶时间的样子。他抱歉地跟彭警官说手上还有单子,怕超时。

"没什么。你也是翡城人,对吧?"彭警官象征性地翻动复印好的资料,实际上,0715的情况他早就一清二楚,办理暂住证只是带0715来警局的借口,"和丘翎、唐冉的老家都是一个地方的。"

听到唐冉的名字,0715的眼眶湿了一下。他使劲转了转眼睛,想让浓密的睫毛阻挡一下眼泪。他憨憨地笑着说:"是吗?不认识。我一直生活在镇子里。有机会请警官引见一下这两位老乡。"

车子骑出去很远,他在那条种满了银杏树的长街上哭了。

桥边的夜晚,苗苗告诉他,她是因为对唐冉的车祸生疑,才去的那个郊区集市。她说唐冉的车祸很有可能不是意外,而是丘翎有意为之的。

这印证了0715长久以来的猜测,自从看到唐冉的死亡报告,他对丘翎的愤恨就增添了无数倍。

唐冉的死亡报告里,标明了脾破裂、烫伤等多处受伤情况。他猜测唐冉在和丘翎短暂的婚姻里,极有可能遭到了精神和身体的虐待。

四姐本来就胆子很小,他想,她和自己一样早就被吓坏了。自己随着父亲去了县城,四姐却留在了丘翎身边担惊受怕。自己在牢里一年年地赎罪,没想到四姐却被折磨成一只小小的盒子,为丘翎带来了百万的

08

赔偿金。

今天的路似乎格外颠，金灿灿的银杏叶上下翻飞。

0715 赶到音乐教室时，苗苗并没有教学员，她腰背笔直地坐在琴凳上弹奏。

0715 大步走到玻璃窗前，用食指轻叩窗户，发出长短不一的声音。他传递给苗苗的消息是：DEAD CAR。

0715 并不懂得英语语法，他只是想到四姐唐冉的死，决定要以牙还牙，以眼还眼。他想告诉苗苗，他想好如何报复丘翎了，他要丘翎也死在滚滚车轮之下。

然而苗苗似乎彻底沉浸于演奏之中，手上的动作越来越大，胳膊肘和指尖一同高高翘起，又一同砸落在琴键上，像是在弹一首无比激烈的曲子。

0715 以为她听不到自己的信号，把手指换成了手掌，用拍手掌的声音来传递信号。

DEAD CAR。

DEAD CAR。

DEAD CAR。

苗苗却始终不为所动，像是余光里压根没有他这个人。

戴着头盔的 0715 把脑袋贴在玻璃窗上，想看清苗苗到底有没有注意到窗外的他。然而一张面孔从玻璃窗内也贴近了玻璃，和他四目相对。这双眼睛的主人额头微向后倾斜，眉骨高挺，导致眼窝看起来深深陷下，他整个人的块头都比 0715 大一圈。

他的身体移动过来，双手摁着玻璃窗，学 0715 那种迫切向里张望的姿态，脸紧紧贴在玻璃窗上，导致五官都被挤压得变了形，像一只趴在玻璃窗上的兴奋的巨熊。

是丘翎。

他一直站在教室角落的阴影中，看着苗苗把曲子越演越烈，看着

0715的手势越来越急。

2

如果彭警官到得再晚一些,0715怕是就要被丘翎打昏过去了。

彭警官赶到时,地上的两个人扭做一团。人高马大的丘翎骑坐在0715身上,一拳一拳砸向他的脖颈、胸口、腹部,而0715用两只手紧紧摁住头盔,坚持不让它被丘翎扯下来。

一开始,0715并没有反抗,任由丘翎像拎起一只鸡雏那样,拽着他的肩膀,再狠狠地摔打。0715的脑袋在头盔里感受一次次重击,他的颧骨和鼻子迅速肿胀起来。他不知道是不是鼻梁被碰断了,一股奇异复杂的气息填满鼻腔,那是血的咸腥味、泥土味、花朵深藏于地下的腐烂味。

0715的眼泪从浮肿的眼皮间滚落,他在体会三哥临死前的感觉。

鼻血溅到了头盔面罩上,眼前是星星点点的血红色,就像夏天里夺目的虞美人花海。赤红、鲜红、暗红、血红……

在花海的另一边,三哥的鱼线甩上高压线,几乎是一瞬间的工夫,他就昏了过去,只是昏迷,但并没有死亡。

当时的三哥,也是被丘翎这样殴打,然后拖下水淹死的吗?

当丘翎第十次摔打0715的时候,0715开始反抗了。然而他瘦削的手臂并不足以格挡怒熊一般的丘翎,他只能死死护住头盔,在丘翎攻击的间隙报以毫无力道的还击。

"是你吧,就是你吧。跟踪我多久了?"丘翎阴沉地发问,0715用谩骂和诅咒来回答。

彭警官赶紧让助手小郭分开了这两个人。丘翎站起来,大口喘着粗气,鼻翼像斗场上的公牛那样大幅翕动。

看到是警察来了,丘翎重重地甩了一下头,像要甩掉什么不吉、肮脏的东西。然后他若无其事地走到玻璃窗前,放下挽起的西服袖子,借着玻璃窗的反光，举起手掌，怜惜地摩挲被弄乱的头发。

玻璃窗内，苗苗依旧娴静地坐在琴凳上，手上的曲子一刻也没有停过。

丘翎哼了一声，回首指着瘫在地上的0715，对彭警官耸耸肩膀，说："来了啊，警官，就是这家伙。把我从楼梯上撞下去的就是他，在背地做手脚想搞垮公司的也是他。"

小郭把0715扶起来，0715咳嗽了一声，头盔和脖子的交界处流下殷红的鲜血。血顺着他的喉结一直流到衣领上，沾湿了外卖平台发下来的姜黄色工作服。

"糟了……洗不掉了……"0715沮丧地说。

小郭哭笑不得，反问他："你还顾着这个？伤没事吧？头盔摘下来我看看。"

0715的手放在头盔上，刚想摘，却好像看到了什么，犹豫了一下，然后摇摇晃晃地躲闪开，大声说自己没事，只是掉了一颗牙而已，不用惊慌。

小郭回头一看，苗苗正从音乐教室缓缓离开。

彭警官安排小郭带0715去医院检查一下，他则带丘翎和苗苗回去做笔录。

临上车前，一直在和彭警官讲述自己有多么冤枉、多么气愤的丘翎停了下来，眯起眼看着孤身一人站在银杏树下的0715，气势汹汹地朝他走过去。

小郭赶紧追过去，丘翎已到了0715面前。他那两只砖红色的手掌压在0715的肩膀上，下颌凑到0715的耳边，他隔着头盔小声说："有缘再会。"

"你干什么？"小郭厉声呵止他。

"不干什么。我和这位朋友说几句话。"丘翎露出白牙笑起来，他放开0715，拿出刚才行凶的那只手，紧紧抓住0715的手，用力握了一下，朗声道："误会，误会，朋友，不打不相识，我记住你了。"

0715怔怔的,弄不明白丘翎的意思。

看着丘翎、苗苗和彭警官一同乘警车离去后,支撑了很久的0715才摘下头盔,哇的一声吐了出来。小郭在旁边默默地递过去一瓶矿泉水,0715摇摇头,表示什么也喝不下。

这个年轻人被打得鼻青脸肿,纵然有头盔保护脑袋,丘翎的重拳也让他面目全非。此刻,他的面部浮肿,皮肤被撑得透亮,双眼几乎睁不开了。他的嘴里不停吐出血沫,一颗牙齿混着污血掉落出来。

"两颗牙,算得上轻伤了。不和解的话,你完全能送他去坐牢了。"小郭扶着0715,告诉他轻伤就可以入刑。

"坐牢?让他去牢里安安稳稳待几年?不行,绝对不行……"0715再也坚持不住,一只手抓住小郭的肘部,另一只手摁住自己的腹部,双腿一软,跌坐下去。

临昏迷前,他告诉小郭:"和解,我要和解。"

小郭在电话里告诉彭警官,受害者坚持要求和解,并且否认自己掉落两颗牙齿的事实,称牙早就掉了。

"和解?"彭警官捂紧手机,快步走出办公室,继续问道,"脑震荡,脾肿大……丘翎下手挺狠啊,受害者为什么要和解?刚才丘翎过去威胁他了吗?"

小郭为难地说,并没有,丘翎和0715说"误会了",看样子也不像威胁。

丘翎仿佛早就知道这一切,坦然地坐在办公桌前,不时伸展伸展手臂,活动一下腕关节。他看起来心情轻松极了,甚至还能跟苗苗说几句自以为风趣的话。

苗苗一直端坐在椅子上,垂下眼帘,装作劳累的样子,躲闪着丘翎密集如子弹般的话语。她的余光始终有意无意地瞟向办公桌一角的那沓纸质材料。

见彭警官回来,丘翎看看手表,微笑着问:"和解对吧?警官,我都告诉你是误会了。我等下还有个会议,要不咱们今天就到这儿?"

彭警官没回答他的话,请他先出去站站,稍后就送苗苗出去。

丘翎笑起来,站起身时还有意无意地踢了一下椅子。他问彭警官:"我要不要也去医院检查一下?我肯定也有哪里受伤了……"

彭警官再也忍受不了他的嚣张,低头笑了一下,然后告诉丘翎:"那检查一下左手吧。刚才你打他的时候,主要是左手出拳吧,另外……"

他拍拍丘翎的手臂,意味深长地说:"手臂上绑过一段时间的石膏,两只手臂的颜色差异很大。在监控里看,也是挺明显的。"

丘翎举起两只手来,嘴角向下,做了个不屑的怪表情,然后说:"不知道警官你在说什么……对了,麻烦警官赶快结束和我太太的谈话。刚才进来时,我看到有个老警察在等你,他说你们要一起去疗养院,别忘了……"

丘翎重重地摔上门出去了,苗苗终于有机会大胆地望向那些材料。那里有 0715 的资料,苗苗出神地看着他的名字,在心里默念。

"原来他叫这个名字。"她很满足地想。

"那个,"彭警官缓了缓情绪,问苗苗,"说说吧,刚才是怎么回事?多亏你给我打了电话,不然,那个年轻人的伤还会再重一些。"

苗苗低下头,慢条斯理地说,丘翎对她的行程起疑,所以坚持要跟她一起去音乐教室。事发的时候,她正在弹一首曲子,弹着弹着,丘翎就冲出去和人打起来了,也不知道是怎么回事。

她泪眼蒙眬地抬头望向彭警官,像被吓坏了:"自从手臂受伤后,公司的业务也出了问题,他的情绪一直很暴躁。他经常怀疑这个,怀疑那个,今天怀疑那个外卖员就是撞伤他的人……"

苗苗发现,彭警官并没有在听她讲的内容,而是在审视她脸上的微表情。她眉毛、眼角、嘴唇弧度的轻微变化,都被彭警官扫描进了眼里。

她的嘴唇比平时要薄一些,这代表嘴唇周边的肌肉始终处于紧张状态,她在巧妙地避免自己说出不该说的话,彭警官这样想。

苗苗愣了一下,停下了自己的叙述,然后说:"警官,我知道的就是这些。"

彭警官回过神来,慢慢地点点头,然后问:"事发的时候,你弹的是什么曲子?这么入迷,连两个人起了矛盾都发现不了,是不是你们音乐家都太专注了?"

苗苗不好意思地笑笑,说自己弹的是《水边的阿狄丽娜》。

彭警官点点头,继续盯着她,似乎在等她说下去。苗苗只好作出浑然不觉的样子,天真地给彭警官讲这首曲子的来源。很久很久以前,有一位国王,雕刻出少女的石像,他每天望着这石像,想象她是真实存在的。

"孤独的国王日复一日地望着石像,把她想象成自己的朋友,与她谈心,为她歌唱。慢慢地,国王无可抑制地爱上了冰冷的石像。他只能痴痴地向众神祈祷,恳请神把石像变成真正的少女。他的真心最终感动了爱神,爱神将石像化为美丽的少女。从此,国王和少女幸福地生活在了一起……"

苗苗的声音很轻很柔,讲着讲着,她的五官放松下来,眉眼间闪烁着温润的光芒。她的发音婉转动听,像和着无声的钢琴旋律,慢慢地在这间办公室流淌。

彭警官笑了笑,然后说:"确实是个迷人的故事,难怪你弹得入了神。快回去吧,你丈夫还在外面等你。"

苗苗点点头,优雅地站起身。路过彭警官身边时,她向里推了推那些纸质材料,手指如羽毛一般拂过那个名字,顿了几秒后,温柔地提醒彭警官:"警官,这些材料还是要收好,要保护公民隐私,对吗?"

她向彭警官眨眨眼睛,天真极了,然后轻盈地走了出去。

苗苗刚走,等候多时的吴警官就闯进来了。他不满地说:"快点吧,知幸,探视时间都快过了。"

彭警官连连道歉,抓起包,带着师父上了车。

08

吴警官的女儿,是一名缉毒警察,在执行任务时受了重伤,人是抢救过来了,但一直昏迷不醒。医生说,能不能醒,完全看病人自己的意志了,医学能做的,只是保住她的生命体征。

她所在的疗养院每周只能探望一次,每次最多允许两人同时探视。

"管理严点好,严点好。"吴警官坐在后排,铿锵有力地说,"外面那么多病毒、细菌,里面躺着的都是和我家囡囡一样的人,万一带进去点啥病,那可受不了。"

"不过,就是这一周只让看一次有点太少了……我每天都不知道干啥,就指着哪天能去看看囡囡。"吴警官嘟嘟囔囔地补充。

"翠莲的情况好点了吗?"彭警官顺利赶在信号灯变红之前闯过了这个路口,然后关切地问道。

"还是那样,乖得很,躺在那里天天睡大觉。"吴警官提醒他,"哎,对了,一会到她病房里你可别管她叫翠莲啊。她听到要生气的。"

吴警官的女儿叫吴翠莲,因为父亲姓吴,母亲姓崔,两个人临近四十岁才有了这个女儿,不知如何爱惜,视若掌中莲花。

"嘿,囡囡从小就不高兴叫这个名字,嫌土气。这有什么土的,莲花呀,出淤泥而不染,多好的寓意。"吴警官谈起爱女滔滔不绝,"她高中那会儿闹着改名,我坚持没同意。现在想想我也挺后悔的,其实叫啥都行,叫啥都是我们的囡囡。早知她现在这个样子,就如了她的意了,她要是哪天醒过来,一看床头挂的病号名字,发现自己还叫吴翠莲,她得多不高兴……"

听师父的声音越来越低沉,彭警官有意说几句玩笑话活跃气氛,他提醒吴警官:"师父,你之前说过的,要把翠莲介绍给我当女朋友。一来二去的,大家都忙,也没见上面,这不把我给耽误了。等翠莲醒了,你可得给我介绍了吧?"

"想得美。"吴警官用力弹了一下他的后脑勺,"我那会儿就是为了调动你干活的积极性,师父不怕老实告诉你,压根就没打算真给你介绍,你小子配不上我们家囡囡。依我看，谁都配不上她。她醒了就陪着我这个老头子和她妈，哪也不去，谁也不跟。"

"我警告你，福利院的事调查结束后，你可不许再胡说八道了，到处谎称翠莲是你太太，你师母听说了可恼火了。"吴警官严厉地补充。

彭警官不好意思地笑笑，答应下来，心里却难过地想，以后我一定得多抽点时间陪师父来看看。

3

离这座城市仅有一小时车程的小星星福利院中，每天都有令人不安的消息传来。

她们说，獾镇那些能"管事的"，每天都离奇地少那么一两个。有人说，他们被带走调查了；有人说，福利院的张主任并没有死，而是藏在玉米田里，拎着一把斧子，随时等着把人拽进去。

事情越传越邪乎，福利院加强了戒严，取消了孩子们每日的外出活动，每日定时定点送餐到寝室。

燕子大部分时间都站在窗前，她的窗户正对着福利院门外的道路。

那条道路两旁是荒草杂生的玉米田，秋收过后，一片狼藉。昏黄的土地一望无际，残缺的枝叶聚集成堆。燕子想，农人们很快会在这里点一堆火，把那些凋零的叶子焚烧成灰。

她期待已久的收养手续似乎卡在了那里，每次彭警官来，都有不同的理由来拖延这件事。比如办案出差，比如补办他和妻子的结婚证明，比如等待公证员审查……

他待在这里的时间也逐渐减少，每次来都像带着任务，话题绕来绕去，总会谈到那些见不得光的案子。

燕子手里的证据一点一点交出去。她原以为是她在钓鱼，而在这条鱼上钩之际，她才意识到自己是鱼眼中即将被一网打尽的饵。

08

门口值守的人，早就从护工换成了女警。

别以为她看不出来，福利院的职工大多是从獾镇找来的，热衷分享和交流自己对镇子上各家婆媳、妯娌等人际关系的看法，大部分时间用来描眉画眼，小部分时间用来在孩子们中间立威风。而四五天前，聒噪的门外安静了下来。

送饭的人动作利落谨慎，小臂线条清晰，手指甲剪得浑圆，掌上有隐约的老茧。如果不是在警校训练过，是不会留下这样有力量的痕迹的。

因为她们的到来，整条走廊都变得肃穆起来，以往最是嘈杂的午饭时间，走廊里也鸦雀无声，只有各个宿舍中金属餐具碰撞的声音。

燕子拿不准门口轮流值班的两位女警到底掌握了什么信息，从她们对自己的态度来看，她们也只是在执行一个模糊的任务而已。

现在，燕子唯一能走出寝室的机会就是去浴室和洗手间。

心里燃起这个念头的时候，燕子并不着急。她有条不紊地把要用到的东西一件一件准备好。那份上面写着"徐晓燕"的纸质资料，被她粘到了一本童话书里。如果不细细翻看的话，谁也猜不到那个有关美人鱼的故事里，藏着一个无声消亡的名字。

这本书也被燕子拿了出来，她想出去时把名字还给徐晓燕。

事情发生在就寝前，那是孩子们洗澡的时间。

护工们会把那些不能自理的孩子一个个推出来，带到浴室，用花洒统一淋一遍，盖上毛巾再推回去。

趴在寝室的地面上，燕子听到管道里传来哗啦啦的水声，拍拍手站起来，端起福利院统一发的塑料小盆，上面放着玩具小鸭子、毛巾、香皂。她推开门，冷静地告诉门口的人，自己洗澡还是上周的事情，想趁着天还不太凉，再去洗个澡。

玉米田里乌烟四起时，门口的女警似乎意识到了什么。她推开寝室的门，窗外的天空被火光映得通红，连月亮都被烤得炽热。床上的女孩子安静沉稳地睡着，裹在被子中，只露出童花头的短发。

女警关上门走了出去。

走在火光中的燕子知道，要到送早饭时，女警才会发现床上躺的并不是燕子，而是戴了假发的哑巴姑娘。燕子也知道，要到女警通知福利院出事了时，其他寝室的护工才能意识到自己看守的寝室窗户大开，似乎少了一个无声无息的女孩。

燕子走了很远很远，消防车和警车在她的旁边呼啸而过，犀利的鸣笛声直刺苍穹，吵醒了一个镇子上的狗，犬吠声此起彼伏。

她连头也没回，身后的浓烟层层叠叠，像山峦，也像铺天盖地的巨浪。

晨光熹微，天气骤凉，灰白冰冷的高楼和立交桥隐隐约约地映入燕子的眼帘。她想：有风雨要来了。

丘翎一直在找那个被打的外卖员。

他多次逼问苗苗，是不是和那个人早就相识。每次苗苗都用惊恐无助的眼神望着他，问多了就潸然泪下，却一个字也不说，不承认也绝不否认。

这能阻止丘翎的追问，却阻止不了丘翎的怀疑。

苗苗发现，丘翎不再吃她做的任何东西，坚持分房并锁门，也不再开车，每日出行打车都是通过电话要求公司里不同的员工代订。

他会在出门十几分钟后猛然杀个回马枪，也会在声称出门后长达一两个小时都躲在地库的一角观察进出人员。

"都是官司惹的。"丘翎耸耸肩，这样对苗苗解释，"我心里不踏实。我就知道是竞争对手做的局，想搞垮我，对吗？"

"我……搞不懂商业上的事。真是难为你了。"苗苗也勾起嘴角，回报他一个体谅的笑容。

丘翎的公司逐渐呈现失控的状态。各地的退货和起诉让他应接不暇，中高层管理人员也接二连三地离职。他开始不知疲倦地在公司开动员大会，企图用过往的辉煌数据和慷慨激昂的语调振奋军心。他在台上挥臂

08

高呼，请员工相信他马上就要取得"突破"，并告诉员工们这是"磨练"，是"福报"，是公司上市前的短暂黑夜。而员工在台下怨火连天，甚至有人接了个电话，然后心不在焉地向他请假："抱歉，丘总，外卖到了，我出去拿一下夜宵。"

他的拳头控制不住地挥到了那个员工脸上，当员工流着鼻血倒在地上时，他才看清被他打倒的是实验组的核心成员。

实验室很快被查封了，他们之前的药品、实验资料都被有关部门带去调查。尽管丘翎一遍遍强调公司和自己绝对会安然无恙地挺过这场磨炼，辞职信还是一封封交了过来。

他待在空旷的办公室里，看着显示器的屏幕一块块黑下去。那里有他的实验室、他的会议室、他的仓库、他的员工办公室、他的家、他忠诚的妻子上班的地方……他全部的城池仿佛在一夜之间沦陷了。

他拨打着那个曾经想逃避、想远离的号码，依旧无人接听。

办公室里总是有嘶嘶的异响，最初他以为是幻听，抓紧服药。片刻过后，嘶嘶的异响越来越明显，简直要钻到他脑子里去了。他疯狂地搬动书柜，挪动无精打采的龟背竹，扯下百叶窗，四处寻找那个快要把他逼疯的东西。

最后，他在办公桌下面发现了一团肉乎乎的东西，是从实验室逃逸的小白鼠。

按照实验规定，这些小东西在完成实验后，就要被处理掉，要么使用乙醚吸入法，要么使用颈椎脱臼法。

他拎起这无辜的小东西，揣测是哪个实验员的恶作剧。小鼠挣扎着、尖叫着，尤其是丘翎的手指抓住它的脑袋和尾巴时，它叫得简直像人类婴儿的啼哭那样刺耳。它一定是见过太多同类被那样"处理"掉了。

丘翎洗洗手，在镜前看着自己发亮的眼睛，然后缓缓走出了黑暗的公司。

园区的灯一盏盏熄灭，身后好像跟着什么。他停下来，活动活动手指，然后说:"出来吧。"

一个娇小且熟悉的影子在他身后跪下了。这是相识这么多年以来,他第一次见到她以祈求的姿态出现。

4

燕子逃跑五个小时后,警方发布的寻人启事就贴遍了全城。

"徐晓燕",女,身高1.2米,于11月14号晚21点,在獾镇小星星福利院外出走失,出行时外穿红白相间上衣、黑色长裤,未携带个人生活用品。

接报警后,本市公安迅速组织警力,会同社会救援力量开展搜寻,目前暂无消息。希望广大群众共同帮助寻找,如有线索请第一时间与民警联系。

"奇了怪了,一个小孩,还能从獾镇跑到我们这边来呀?"晨练的大爷大妈们先看到了这张启事,围着议论起来。

"这启事是真的吗?没头没脑的,哎,你们看,光写了身高,也没有写年龄,名字上还打个引号。小姑娘的照片倒是有,就是整件事都怪得很,看着像是谁的恶作剧。"

苗苗站在人群外沉默不语,她本来要赶早上的地铁去上课,"獾镇"两个字让她停下了脚步。

她和讨论纷纷的人们始终隔着一段距离,让风夹杂只言片语在他们之间穿行。

寻人启事上的照片均来自监控视频截图,共有三张:燕子顺着寝室楼外的排污管爬下来;燕子警惕地盯着福利院大厅门口的监控;燕子从福利院大门与地面的空隙中仰面挤出去。

08

苗苗踮起脚,在人头攒动的间隙望过去,模糊的视频截图让燕子看起来更和丘翎的"女儿"小凤相似。

苗苗皱着眉头,总觉得这张启事上有令人不安的地方。她给彭警官打了个电话,那边很吵,警笛轰鸣。彭警官站在空旷的玉米田间,告诉她这里已经被烧得漆黑一片,满天满地都是深灰色的秸秆粉末。

"这一块没有监控,想根据足迹找人,难了。"彭警官声音沙哑,不时有人走过来打断他的通话,他告诉苗苗,"唯一录下来的影像,就是这个女……孩子朝市里的方向走了。你最好不要离开小区,能在家里就在家里。"

苗苗嘴上答应了下来,但依旧坚定地走出小区。

今天课后,是她和小葡萄的"约会"。医生告诉她,在今天的产检中,她可以看到小葡萄圆圆的小脑袋、细嫩的胳膊和纤巧的手指。就算天上落刀子下来,她也不会和小葡萄失约。

0715 也看到了这张寻人启事。他看到的时候已经是正午时分,外面日光明朗,几位妇女挤在巷子口的水龙头处冲洗蔬菜。

小白菜、尖椒、茄子、丝瓜躺在哗啦啦的水花里,积水里映着秋日蔚蓝的天,泛起的每一滴水珠里都凝结着一个小小的太阳。几位妇女的手被水冻得指尖泛红,但她们依旧互相扬着水花,快乐地开着一些男人听到也会脸红的玩笑。

0715 从她们身边经过,看到了那张被水溅湿一多半的寻人启事。

上面的照片让他觉得眼熟,他探过脑袋去看,照片里的小女孩在他的记忆中忽近忽远。他感到这个人与姐姐有几分相似,但时隔久远,他不知道要不要把这理解为巧合。

那几名洗菜的妇女注意到了他,开始拿他取乐,问他是不是要去相好家吃饭。

0715 居住的这条巷子是整座城市的洼陷处,三四十年来,周围高楼四起，地铁和高架铺天盖地地扑过来，唯独这一片没有变过。

这里的墙上经常贴着寻人启事（不是重病老人自行走失，就是小吃摊主夫妇的孩子一时不见了踪影）、寻物启事，或者干脆就是东家骂西家、张家骂李家的话语，有时还会出现洗脚房、修车店、理发店的招工广告。这里的人对人世间的悲欢离合早就习以为常，福利院的孤儿丢一个，在他们心里激不起涟漪，远不如鸡蛋涨价两毛钱带来的心理震撼大。

0715被这几位妇女调笑得落荒而逃，有个人跟在他后面大声喊："腌辣椒吃完没有？吃完了把罐子洗干净还我，进了腊月我还要腌腊八蒜的。"

受伤的这段日子，0715的命可以说是这些人救回来的。

他坚持自己一个人从医院骑车回到小屋，在屋里昏迷了整整两天。隔壁的老太太怀疑有人偷自家电，硬是敲开了他的房门。如果没有那个老太太的多疑，0715很有可能就永远地睡下去了。

那几天他对白天和黑夜彻底没有了概念，只隐约记得屋里断断续续有人走动。他们给他送来白米粥、油里炸熟的腌辣椒、火腿丁，不知道是谁还给他搞来一只鸽子炖了汤。鸽子脚上有鸽环，他被这玩意儿硌了一下牙，才意识到很有可能是他们打下了人家养的信鸽。

无论如何，他在这蛮荒之地迅速复原，像长在砖石间的野草那样，饥渴地吸收着阳光和浑水。这一切让他越发坚韧。他甚至能听到自己骨骼和肌肉里有什么东西在飞速生长，像竹林里竹笋噼啪冒尖的声音。

等炊烟燃起，香辛料和熟猪油翻炒出的勾人味道飘出，0715才放心地重新回到水池边看那张寻人启事。他忍不住把它从墙上撕了下来，对着阳光一行一行地读。

阳光把照片上的小女孩照成了半透明色，姐姐的脸在他脑海中从混沌走向清晰。他的心怦怦直跳，他放下启事，闭上眼仔细想了想，然后再拿起来对着阳光细细打量。

旁边有人推着自行车走过，0715一把抓住人家，反复确认现在到底是哪一年。

更多的记忆浮现在 0715 脑海中。洗车机发生事故的前一天，姐姐用外卖的方式给他送来一堆气球，让他在第二天带去獾镇集市。他按照姐姐说的，提前坐在獾镇集市旁，一个一个给那些气球充满气。当看到天空飘起一只黄气球时，他就把手里的气球举到监控摄像头下……

当时的他，是眼睁睁看着那辆车开进去的。车子进去的一瞬间，有个小女孩从后排爬到了副驾驶座。接着白色的水花喷出，他就什么都看不到了。

过去，0715 从来没有把姐姐、丘翎、"小女孩"联系在一起，而看到这张启事的一瞬间，他脑海里仿佛一道闪电乍起，照亮了过去从未注意到的各个角落。

他发疯似的朝家的方向跑，然后骑上那辆陪伴了他半年多的电瓶车，冲向音乐教室。

他太知道姐姐来这座城市是想做什么了。

5

小葡萄不是很配合今天的检查，一直抱着自己的脑袋，不准医生看个清楚。值班医生是个很温柔的人，笑着对苗苗说，她怀了一个有点叛逆的宝宝。

苗苗紧握着两只手，腼腆地笑笑。

医生看到她上一次的检查报告，不无担心地问她，有没有预约无创 DNA："最好还是查一下，这个数值超过临界点了。"

苗苗装作听话的样子点点头。医生不知道，她也是一个叛逆的妈妈。无创 DNA 对她来说毫无意义，不论小葡萄的情况如何，她都不会再松开小葡萄的手了。

做完检查，已临近傍晚。苗苗在小区里缓缓步行，她的腹部并没有太大，小葡萄的发育也落后一周，较其他胎儿要更小一些，但这些重量，对于苗苗的腰椎和尾椎来说已是极大的负担。她总是无意识地把手背过去托住腰部，两只脚也不得不采用轻微外八的姿势走路，这能让她腰部的压力小一些。

她看到早上的那张启事不知道被谁撕了去。所有的照片和人物信息都被撕扯干净，只余下左上角大大的"警"字。

她回到家时，丘翎一反常态地已在家中。他好像正在书房的小床下翻找什么，听到苗苗进来的声音，他猛地站起来，好像很是意外。

"有些章没在办公室，不知道是不是落在家里了。"他说。

"今天难得天气好些，我在外面走了走，太尽兴就忘了时间。"她解释。

两个人不约而同地说起自己在这个时间出现的原因，然后彼此点点头，开始一如既往地说起今晚要吃些什么。

只是苗苗注意到，丘翎走出来时，反手锁上了书房的门。

这一夜原本过得很安静，苗苗睡在主卧，丘翎睡在书房。听到丘翎咔嚓一声锁上了书房的门，苗苗也心安理得地给主卧上了锁。

金属锁扣在一起的清脆响声让她无比踏实。唯独小葡萄有些不安稳，在夜里胎动频繁，这使得苗苗不得不一趟趟去卫生间。

第四次起来的时候，已经是凌晨三点左右。苗苗把手指搭在肚皮上，在昏暗的灯下对着小葡萄说话。她好言细语地劝小葡萄乖一些。她学着电影里妈妈对婴儿讲话的语气，故意用那些甜甜的声音逗小葡萄做出回应。

她沉浸在和小葡萄的互动中，突然听到了几声稚气的笑声。频繁的夜里醒来使人迟钝，苗苗还以为是小葡萄发出的笑声。直到那笑声突然变得老气横秋，像冷笑，又似嘲笑。

她猛地拉开卫生间的门，看到客厅的沙发上坐着一个小小的人影。

苗苗发出一声尖叫，奋力捶着书房的门，告诉丘翎家里进了人。

沙发上的小人安然不动，影子却越来越大，地上的黑影如流水般蔓延，挤压着这个家里的空气，似乎很快就能将苗苗吞没。

08

苗苗持续地尖叫着，书房的门一下子就打开了，丘翎满脸阴沉地站在她面前。

苗苗指着客厅的方向，哀求他去检查一下。丘翎反手拎住苗苗后颈，像提一只幼犬那样把她连拖带拉地带到客厅，然后啪的一声拍在开关上，让所有的灯同时亮起来。

明晃晃的灯晃着苗苗的眼，客厅里所有的物品都出现了橘色的、黄色的、白色的刺目重影，一阵想吐的感觉涌上她的喉头。

"看看，看看，哪里有人？啊？我问你，哪里有人？"丘翎的声音像狮子的低吼，他在苗苗耳边一遍遍问。

苗苗怯怯地指着沙发，说刚才明明看到这里有人。

"我看你是疯了。"丘翎一把将她推倒在沙发上，一只膝盖压在她的双腿之上，"你整天怀疑这个怀疑那个，整天胡思乱想，不是疯了是什么？"

苗苗痛得说不出话，只能拼尽全力向后仰着身子。她立刻承认了错误，并哀求丘翎不要伤害自己。

丘翎抬起的手臂在空中停了一下，他的目光扫向苗苗的腹部，他知道那里有一个脆弱的小生命。但是他不认为这个素未谋面的小生命是属于自己的。

0715戴着头盔的身影出现在他的眼前，他想象着0715在自己看不见、听不到的时候，在音乐教室与苗苗私会的场景。

"我不伤害你，可是你满脑子想的都是伤害我啊。"丘翎冷笑着，并不打算放松腿上的力气，他看着苗苗在那里做无谓的挣扎，低声问苗苗，"你是不是以为你做的事、说的话，我都不知道？你们见过多少次了？"

苗苗惊恐地叫起来，一遍遍道歉，说自己不该吵醒他，不该说客厅有人，然后无助地解释自己没有见任何人，更谈不上"见过多少次"。

丘翎放松了膝盖上的力量，冷冷地看着苗苗的脸。苗苗白皙的面庞与0715的脸在他眼前快速重合，她仿佛化成了一匹温驯的白色母马，这匹母马在奔跑，在嘶鸣，洁白的脊背上沁出了黑色的肮脏汗液。

"幻觉。你满脑子都是幻觉。"丘翎恶狠狠地说,苗苗不知所措地被他拎了起来,"这个家里,需要吃药的人是你。"

眼见丘翎要把那些白色药丸塞进自己嘴里,苗苗拼命地摇着头,哭泣着告诉丘翎,自己怀孕了,不能吃这些精神类的药物。

"哦,现在想到告诉我怀孕了。"丘翎听着,铁钳一样的手捏住她两颊,猛一用力,迫使她张开嘴。

药片大把大把地塞进来,苗苗放弃了哀求,用力甩着脑袋,想挣脱那只大手:"我们的孩子已经五个月了,她叫小葡萄,我不能……不能吃这些药,会伤害她的。"

丘翎看着她挣扎,就像看着他在办公室抓到的那只小白鼠一样:"是我们的……孩子吗?"

见苗苗没有明白自己的意思,丘翎鄙夷地笑笑,用力拽住她的头发,让她的脖子不得不保持笔直的状态。他重新问了一遍:"是我的……孩子吗?"

苗苗痛苦的叫声传遍整栋楼,感应灯一层层地亮起来。黑夜里,唯独这栋楼亮成了孤独的灯塔。

丘翎用一只手控制她的脖颈,另一只手向她嘴里倒着矿泉水。

苗苗不知道有多少片药被她吞咽下肚,她只知道丘翎的死期该提前了。

客厅里的灯突然灭了,接着所有的灯都灭了。

这个家仿佛从白昼瞬间掉入黑夜,苗苗趁着丘翎错神的一刹那挣脱,一点动静都没有发出,顺着地板像猫一样爬了出去。

电梯的指示灯也熄灭了,像是有人关闭了整栋楼的电闸。苗苗跌跌撞撞向楼下跑着,黑暗里的楼梯循环往复,这一场景似曾相识,仿佛无穷无尽的噩梦。

在她的力量即将用尽时,有双手无声地从身后伸过来,搀扶住她的手臂,和她一起走出黑暗。

09
当一艘船沉入海底

第九章

1

在城市里，一个人想彻底消失是件很难的事情。

每每谈及这件事，师父吴警官总会说："你们现在办案子多舒服啊，天网、人脸比对、DNA 检验，啥招式都有。嫌疑人想逃跑也难，上车出示通行码，下车还得再刷个身份证，多容易露馅啊。我们那个年代，嫌疑人把衣服一换，往茫茫人海里一钻，想找出来，全凭自己的火眼金睛。"

吴警官说得没错，越是在大城市里，想藏一个人就越难。

彭警官组织人手查看了三天的监控，唯一能得到的线索就是燕子逃往了本市。但是她进入本市后，就像一滴水落入汪洋大海，再也没露过踪迹。

丘翎成为重点监控对象，燕子失踪的次日，丘翎新居和旧居的全部监控录像和水电使用情况就已被彭警官摸透。他初步判断，丘翎不存在杀害燕子的可能性。

倒是同一栋楼里的居民报警称，凌晨三四点钟听到过女人的哭喊声。

丘翎否认了自己和苗苗有过争吵。对于彭警官的来访，他异常热情，招呼彭警官坐下，兴致勃勃地向彭警官展示自己刚刚淘来的紫砂壶茶具。

"没有，哪舍得和她吵架呀，我最近公司事情多。她呢，怀着孩子，情绪上敏感了点，说是想出去住几天，散散心。我想这样也好，我忙得很，顾不上她。她自己在家我也不放心。"丘翎情绪高涨，从茶罐里颠出些许茶叶，请彭警官和他一起试试壶。

"公司……情况怎么样？上午我路过那边，看到只留下前台值班了。"彭警官不懂茶，端起杯子就喝。

提到公司，丘翎很明显怔了一下，然后夸张地大笑："是吗？没有的事。忙，忙得很。准备明年上市，几个管理层的我先送国外培训去了，都是跟着我起家的老员工了……"

他谈起自己的雄心壮志就滔滔不绝，彭警官出神地观察着客厅里的陈列。

地板光洁，家具上不存在掉漆的地方，沙发上的靠枕也蓬松干净，唯独钢琴旁的植物有折断痕迹。

彭警官佯装查看钢琴，走到那几盆植物附近，估算了一下折断处的高度和宽度，恰巧能容下身高 1.2 米左右的人站立。

"哦，这个叫什么来着？龙鳞春羽，仙洞龟背竹，苗苗爱养这些玩意儿。她这一出门不要紧，我浇水还碰断了些枝子，回来她又得闹情绪。"丘翎马上站起来走近彭警官。

彭警官盯着他的眼睛，问他知不知道燕子失踪的事。

丘翎哈哈大笑，指着窗外："警官，寻人启事都贴遍了，我当然知道。怎么，你怀疑我啊？"

"方便带我的几个同事参观一下房间吗？"彭警官冷淡地问。

"当然，当然。"丘翎在钢琴前的白色琴凳上坐下，一摊手，"请自便。"

彭警官和几位同事挨个检查完了房间，出来时丘翎依旧坐在琴凳上，正对着琴谱弹奏。他竖着指头，像只试图窃取蜂蜜的熊，笨拙地戳着琴键。他一边弹，一边哈哈大笑，不知道是认为自己弹得可笑，还是在笑别的什么。

彭警官出门前，丘翎还在笑，自言自语："一个人完全弹错了谱子，不好笑吗，警官？"

09

更让彭警官不解的是，苗苗也彻底否认了和丘翎的争吵。

她强调："我们关系好得很。"

她的话语和丘翎的话能对得上。在她的解释里，那个晚上她做了噩梦，总担心房子里有不干净的东西，想搬出来住几天。

彭警官没有问她住在哪里，因为他早就知道她住在0715的出租屋里。那个晚上，苗苗和0715的去向在视频里简单又清晰。

0715并不知道自己的居所附近早有警察布控，他扶着苗苗从楼梯一直跑入地下车库，在黑暗中递给她一把钥匙和一张纸条。

"你去这里，去这里住。"他把苗苗带到电瓶车前，"骑车去，比打车还要快。你说过的，我们不要共同出现在监控里，对吗？你骑车去，我走回去。天亮之前我就离开，不会给警察留下线索。"

苗苗在犹豫，0715以为她在担心自己，特意解释说："放心吧，我还有地方住。这个城市很大的，我有很多地方住。"

苗苗小声告诉他，自己不会骑电瓶车。

0715很得意能发现一件苗苗不会的事情，他一直以为她很厉害，会煲闻起来很甜的汤，会弹那么多曲子，会在丘翎的手里死里逃生……

他扶着车后座，在人行道上小跑着帮苗苗助力。

微凉的秋天早晨，他跑出了满头的汗，直到苗苗骑得越来越平稳，他才悄悄松开手。看到她渐行渐远，他快乐地摆摆手，大声喊："一会儿见呀！"

这手舞足蹈的影子在监控里有了些滑稽的意味，彭警官看着他们分头潜入那条巷子，紧蹙的眉心反而舒展开了。

巷子里的世界，对苗苗来说陌生又熟悉。

她以为自己再也受不了公用厕所、露天厨房，受不了漏风的屋顶和永远湿冷的床铺。可是她发现自己错了，人的生命力是不可估量的。在这条巷子里，那个精致的、优雅的钢琴教师，那个喜欢高跟鞋和细羊绒围巾的贵太太迅速死去了,而那个从小流连在菜市、打折商超、出租屋的姑娘再次复活了。

她迅速和周围的阿嬷、姑婆们打成一片,相互交流哪里有打折的排骨,哪里的小白菜、茄子、西葫芦、翠芹新鲜。她跟着她们一起在露天的水池里哗啦啦地洗漱,清晨新鲜的风和阳光让她的皮肤轻透又紧致,似乎比昂贵的面霜还要好用一些。

她们都拿这个皮肤白净的女人打趣,问她和0715是什么关系。她一口咬定只是0715的表姐,过来暂住一段时间。

这里很吵,可是很安全。

每个夜晚,她都听着隔壁夫妻吵架,婆媳对骂,孩子鬼哭狼嚎拒绝写作业的声音入睡。她无比安心,因为她知道只要太阳升起来后,那一家人又会紧密地在一起,他们的根深埋地下,彼此相依,一荣俱荣,一损俱损,谁也不想离开谁。

在这里,她只和0715见过一面。就是她初抵达的那个清晨,0715站在门旁,羞赧地不肯进屋。

这里分明是他居住的地方,但是因为她要在这里暂住,他觉得应该保持距离,不想这巷子里的人把她看成那种女人。

他站在门口,小声告诉她,燕子也许就是他们四个人的姐姐。

"你知道那种病吗?病人一直长不大。姐姐总是不肯让我见到她,我现在明白是怎么一回事了。"0715遗憾地说。

苗苗点点头,她的表情平静,尽管心里早已翻江倒海。难怪唐冉的尸体上没有任何生育痕迹,小凤根本就不是他们的女儿。那些年,那三个成年人就以父亲、母亲、女儿的身份生活。

想起丘翎的旧居里放在主卧的儿童衣物,苗苗就隐隐作呕。她无法想象体重近200斤的丘翎和只有1.2米的燕子在一起是怎样的情形。更让她崩溃的是,这两个人还装作父慈女孝的样子出现在她面前。在福利院,她多少次眼睁睁看着丘翎像真正的父亲那样与燕子亲昵。

09

而0715想的是另一件事，他惆怅地说："也许姐姐和你一样，这么多年一直被丘翎胁迫。"

他们都赞同唐冉一定受尽了折磨。

"我有很大把握，那场车祸不是意外。"苗苗坚定地说。

0715做了个"嘘"的手势，旁边一户人家已经准备出门，那是专门经营早餐摊的一对夫妇，他们凌晨五点就要出摊。

看着那对夫妻一起走进尚未明亮的早晨，他们两个人沉默了一会。

"那件事，我们要提前了。"苗苗说。

0715点点头，他做了个手势，拍拍自己的胸脯。

他们约定，还是和过去一样，尽量减少联系，不同时出现在警方的视野里。

彭警官找来这条巷子时，差点没认出苗苗。

不过短短五天而已，苗苗混迹在那群妇女之间，一起蹲在地上对着堆成小山的大白菜择菜。

她的衣着没有变，发型也没有变，单从外表看，谁也不能说她哪里变了。但整个人就是不一样了，过去常附着在她脸上的苍白和羞怯不见了，取而代之的是坚实的红润，像俄罗斯油画中，在麦田里扬起手臂的农妇那样茁壮和质朴。

"最近没什么异常吧？"彭警官在苗苗旁边蹲下来。人群拥挤，大白菜潮湿又清冽的气息弥漫过来。

"你说那个女人？"苗苗摇摇头。

"你知道她的真实年龄？"彭警官有些惊讶。苗苗不屑地说，从言行举止早就看出来了。

旁边的几位妇女生生把彭警官挤了出去，她们告诉彭警官，这车白菜是她们群里"团购"的，没有提前订的不能买，警察也不能插队。

彭警官苦笑着站去一旁，苗苗也跟着走了过来。她甩甩手，问警官还有没有其他事情,晚上她接了两份钢琴私教课,还要骑车去给孩子们上课。说这话的时候,她的眼神有意无意地瞟向巷子口。

0715的半个影子露了出来,又赶紧藏了回去。

几天以来,0715一直像过去跟踪苗苗那样跟踪丘翎。0715发现丘翎租了一辆车,每次都是把原有的SUV和租来的轿车轮换着开。在SUV上时,他是丘翎;换开那辆租来的车时,他整个人的面貌都变了,从发型到嘴唇突起的程度,以及下颌骨的宽度,都不太一样。

今天0715是想告诉苗苗,他发现丘翎已经整整一天没有出现过了。

吴警官的来电打断了彭警官的思路,他提醒彭警官,别忘了明天一起去疗养院。彭警官连连点头,让苗苗先走,然后一边佯装和吴警官聊天,一边朝巷子口走过去。

他发现那里什么都没有,只有几个孩子在黄昏里跳着皮筋。

"大兔子病了,二兔子瞧;三兔子死了,四兔子熬;五兔子买药一去不回来……"

2

一滴水落入大海,很可能就此不见;但是一颗石子投入汪洋,无论力量多么微弱,一定会激起涟漪。

唐冉的车祸已经过去近四年了,肇事司机欧阳的妻子从来不敢回忆那段黯淡无光的日子。

作为外来务工人员,欧阳和妻子在这座城市都没有什么话语权。他们习惯了日复一日的劳作,命运给他们什么,他们就接受什么。丈夫死后,她好像没什么机会哭,更没什么机会去思考。抚慰老人,安抚幼子,学着在货运市场和男人们抢活已经够她忙的了。

苗苗找来之后,她才意识到这场车祸的反常之处:死者家属从未出现过,也从未发过声,仿佛只是"放弃赔偿协议"上例行公事的一个名字。

09

她把当年那条电视新闻看了一遍又一遍，非常确认里面接受采访的那个人就是欧阳的病友。

那个人令她印象很深，自从和欧阳结识后，那个人三天两头就出现在他们的生活里，陪欧阳看病，跟着欧阳出车，隔三岔五约欧阳外出钓鱼。

她性格内向，和欧阳的病友交流不多，每次都是在门口匆匆忙忙打个招呼。但是她很清晰地记得，那位病友的姓名是三个字的，那三个字让彼时只会闽南方言的她很是为难，她永远念不对。

因为是录像画面，并没有声音，人们像默剧演员一样站在岸边，看着车子和亡人被一个个打捞上来。

河里还有几个黑得发亮的小孩在游泳，从身高看，也就七八岁左右。他们被家长一个个喊上来，光着脊梁，瑟瑟发抖。

坐在屏幕前的欧阳妻子也在瑟瑟发抖，她从来都没有想过，被欧阳撞下高架桥的正是病友的妻子。

仿佛有一层坚硬的外壳被打碎，越来越多的疑点从她记忆里冒出：这位病友对欧阳的病情异常关心，每次欧阳问诊时他都会陪在旁边仔细地听；他对欧阳的用药也相当好奇，甚至来家里参观过欧阳的药柜；最初结识时，他对欧阳颇为冷漠，直到知道他们夫妻二人在本地无任何亲属后，态度马上变了，和欧阳好似失散多年的兄弟……

当年的欧阳对这份突如其来的热情几乎是感激涕零，有问必答，拿出掏心窝子的态度对待这位病友。而如今欧阳的妻子回想起来，他们夫妇二人对这人的背景情况一无所知。

新闻里，再次在字幕中出现了受访者的名字：丘翎。

欧阳的妻子并不识字，她不甘心地抓过正在写作业的幼子，请他代为读出这两个字。孩子稚嫩的声音让她确信，欧阳曾百般信赖的"朋友"，是用的假身份和他们交往。

同样在寻找真相的，还有牙医的助理。

他和欧阳的妻子不一样,欧阳妻子要生存,要带着孩子在这座城市里活下去;而牙医的助理早已不知道自己是死是活,所有的精力都放在寻找真相这一件事上。

白天他像幽灵一样跟踪丘翎,拍下丘翎的一举一动;晚上则在出租屋里冲洗出这些照片,放大后挂在墙上,逐一分析。

丘翎和什么人见了面,做了什么事,对方是什么长相、什么身份,他都做了细致的记录和分析,并在照片上标明时间和地点,试图从这些细枝末节中找出另一个藏在暗处的同谋者。他发现,近一周以来,丘翎常常出没在背阴的街巷路口、中心公园等地方。

那里聚集的不是老人就是小孩儿,丘翎也不和任何人谈话,只是饶有兴致地围在那些打牌、下围棋的老头附近,听他们说些家长里短的事情。

他拍到的有关丘翎的最后一张照片,是丘翎神情警惕地走进租车公司。

看到丘翎走进去后,他马上小跑到地下车库的出入口守候。他知道租赁的汽车全部停放在地下车库,只有在那里可以记下丘翎的车牌号和确认去向。

然而两个小时过去了,丘翎似乎并没有把车开出来。这期间,有来旅行的夫妇驾着越野车驶出,有要拍照的网红开着跑车出来,也有带着儿子外出游玩的父亲,唯独没有丘翎的踪迹。

这是丘翎第一次被他跟丢。他不甘心地进入租车公司,发现有一位外卖员也在打听丘翎的动向。

那位外卖员说,有一位"丘先生"点了单,要他送到这里。他在门口等了一上午,却不见"丘先生"的踪影,想请租车经理查询一下是否有丘姓客户在这里租过车。

经理告诉他,整个上午来租车的客户并没有"丘先生"。

牙医助理忍不了了,冲到前台旁,拍打着桌面,大声说:"你仔细看看,身份证、驾驶证复印件都查查。这个人常来租车的。"

经理警惕地收起了放在一旁的客户资料,指着拾荒人一般的牙医助

09

理说,这里不准乞讨,再不走就要报警了。

牙医助理愤恨地啐了一口,忍不住把怨气撒到那个愣头愣脑的外卖员身上。他想,如果不是这小子惊动了经理,自己一定可以偷偷接近那沓资料的。

此时的他还没有意识到,自己很快就会成为这个外卖员整场计划中唯一的死士。

他们在这个中午麻木地擦肩而过,心思都在同一个问题上:丘翎能跑到哪里去?

在疗养院的吴警官注意到,徒弟今天心神不宁。

"还在想嫌疑人失踪的事?"他碰碰彭警官的胳膊,要他帮自己在病床旁摊开棋盘。

彭警官凝神看着师父在棋盘上放置出黑白相间的棋子,喃喃地说:"逃是不可能逃走的,高速、高铁、机场都没有他们的消息。车也一直停在小区没有动过。本市及邻近城市的住宿登记系统也查过了。"

吴警官已经开始迫不及待地移动棋子了。他自己和自己下棋,同时执掌黑白子:"一般来讲,在落网之前,嫌疑人都是非常坚信自己不会被捕的。尤其是你常提的这两个人,胆大妄为,自信十足。既然你没有暴露出明显的怀疑,那他们肯定不会逃。"

他顿了一下,抬头望着彭警官:"最近有发现无名尸体的报案吗?会不会是……"

彭警官摇摇头,总觉得自己可能走进了一条死胡同,就像师父摆在棋盘上的黑棋和白棋,无论怎么走,都是被同一双手操控。

"动机,办案子还是得从动机上考虑。"吴警官一边自己和自己下棋,一边对着徒弟高谈阔论,"既然一没有发现警方对自己的怀疑,二没有别的仇家,那他为什么要藏起来?你想过这个动机没有?"

彭警官强迫自己的思绪从案子里走出来,难得陪师父出门一趟,他不希望又成为一场教学课。他站起来活动着筋骨，病房里静谧安宁，仿佛能听到隔壁病床上传来的呼吸声。

这家疗养院专门收治昏迷状态的病人，无论什么时候来，这里都是万籁俱寂，悄无声息。此时，昏迷多时的吴翠莲躺在病床上，身后是血氧监护仪，鼻子里插着鼻饲管，身上还连着胃管、导尿管。那么多管子连在她身上，她不痛，也不烦，只是表情安详地闭着眼睛。吴警官坐在一旁敲打棋子，乍一看去，像是一张温馨和谐的家庭照片。

彭警官和师父开起玩笑，反问师父："这个动机我还没想清楚。师父您知道的，我愚钝得很，连您退休后沉迷下棋的动机都没想清楚。您退休前就是知名'臭棋篓子'，怎么退休后反而迷上了？"

吴警官也不恼火，抬头看一眼病床上的女儿，声音不由自主地压低了，看起来像是一位担心吵醒女儿的父亲。他说："医生说啦，囡囡就算醒了，智力也就只有四五岁了。她以前业余时间就喜欢这些东西。我一想，那行，我水平也就这样，陪着四五岁的小朋友下棋刚刚好。"

他嘿嘿一笑，把手里的棋子落下，说："我就常想，等她醒了，我们爷俩就这么下棋，这一辈子谁也别嫌弃谁，谁也别埋汰谁……"

彭警官心里一阵难过。他看到吴翠莲的手因为长期连接留置针，手背已有了轻微的凹陷变形，明明只是二十几岁的姑娘，手背上的青筋却狰狞地突起，干枯如老妪。他怕师父看了影响情绪，悄悄把被子向这边拽拽，盖住吴翠莲的手，然后坐下来，陪着师父一起下棋。

吴警官瞧着他，像是想起了一件很为难的事，低下头望着棋盘说："有件事你师母非让我骂你一顿，我也怪不好意思的……"

"但是不骂你呢，我心里也不痛快。"吴警官不给他任何反应机会，快言快语地说，"前几天你怎么自己单独来了呢？你知道探视机会是有限的。那次你师母也来了，愣是在门口被拦住了，说是刚有人探视过了。她一查，登记的是你的名字。"

"那次是我和小郭来拍照，主要是为了获得嫌疑人的信任……"彭警官刚想道歉，突然觉得哪里不对，"我们那次来，是两周前的事了，师母什么时候来的？"

"三天前。"

师徒二人双双站起，奔向疗养院的登记中心。

黑白棋子散落一地，混淆在一起。

登记中心里，彭知幸的名字赫然在册。

"你们怎么办事的？写这个名就让进啊？身份证你们查过了没有？"彭警官无法抑制自己的愤怒，倒是吴警官一直拉着他让他冷静。

登记中心的护士怯怯地拿出当时复印的身份证信息，上面的一切资料都是彭警官的，唯独照片换成了一个陌生人。

"假证。"彭警官把复印件搓成一团，丢在地上，"监控，那天的监控给我找出来。"

护士拿不准发生了什么事，推三阻四地说，看监控得有领导批准。

彭警官掏出警官证，啪地拍在桌上："警察，办案！"

监控中，一名高个男子牵着一个小男孩走进登记中心，在这里留下了名字是"彭知幸"的假证信息。

"放大，这里给我放大。"彭警官指着监控中央。

画面像素不高，但他依旧看得清，这名乔装进来的男子，完成登记后，站到门外用左手抽了一支烟。

他终于明白，为什么那天他去丘翎家调查时，丘翎会突然问他："一个人完全弹错了谱子，不好笑吗，警官？"

让彭警官笑不出来的是，监控里显示，丘翎出来时，只有他一个人。

3

雪崩时，没有一片雪花是无辜的。

当吴翠莲被确诊铊中毒后,彭警官把这一切都归责于自己。师父没有给他留下任何表达歉意的机会。在监控中看到丘翎和燕子曾进入过吴翠莲病房的那一刻,吴警官就捂着心脏痛苦地跪下了。

急救车和支援调查的同事们很快赶到,经急救医生初步判断,吴翠莲被喂食了硝酸铊。

"这种东西现在不好弄了,得查查源头。"急救医生说,吴翠莲的床铺和枕头上,有大量散落的碎发,她的后枕骨部已脱落至近乎斑秃,隐约可见淡粉色的头皮。她手背上的凹陷和瘀斑也非留置针引起,而是源于这类药物中毒。

"我知道源头在哪儿。"彭警官一字一顿地说。他握紧了拳,但仍控制不住即将爆发的怒气,"那个嫌疑人拥有一家实验室,里面进行过小鼠实验。他从鼠药或者别的药物中提取出硝酸铊不是太难的事……"

急救医生奇怪地望了他一眼,匆匆把病床上的吴翠莲转移到救护车上。彭警官听到他在和急救组的人说,病人情况危急、危急、危急,赶紧送高压氧舱。

急救医生连说三次危急,每听到一次,彭警官就感到有一颗子弹正飞速朝着自己的心脏射过来。

病床上的吴翠莲枯瘦如柴,被转移到担架上时,就像一片轻飘飘的枯叶,随时会被风吹走。

吴警官也因为突发心脏病,和女儿一起被抬上了救护车。

救护车呼啸而去,彭警官因愤怒而颤抖着。

助手小郭已经通过监控里的画面做完了人脸比对,他小声告诉彭警官,目前的影像资料并不能证明冒名来访者就是丘翎。

此时,警方已包围了整座疗养院,所有的护理人员和久卧在床的患者都来到空旷的广场集合。警方兵分三路,对这栋静谧的三层小楼进行地毯式搜查。别说藏一个人,就算是藏了一只蜂鸟,也插翅难飞。

"是他,他知道怎么乔装能骗过系统。"彭警官激动起来,"但是他骗不了我！"

有几个不明就里的小护士被彭警官突然高起来的声音吓得噤若寒蝉，她们都说疗养院里藏进了恐怖分子。

"别传谣！例行搜查。"小郭警告那些举起手机的小护士，不许把今天的视频和照片上传到网上。

他用力拉住彭警官的袖子，把脸色铁青的彭警官拽远一些，声音焦急地说："哥，我知道你心里火大。但是只有这段监控视频，是没法形成清晰证据链的。局里调了不少人来支援，你别火，事情没弄清楚之前咱不好把事态扩大化。"

彭警官所有的怒气像找到了突破口，他抓住小郭的双肩，一句接一句地质问他："证据还不够清晰？你跟这案子也有几个月了，你认不出视频里的人就是丘翎和燕子？"

小郭喃喃地说："哥，哥，光靠这段监控咱们警方是没法抓人的，你知道的……"

彭警官本想放声大骂，但是他突然记起来，一个多月之前，他也对牙医的助理说过同样的话。当时，失魂落魄的牙医助手坚称，獾镇超市录下的可疑人影就是丘翎。绝望的牙医助理以这个理由请求他们马上逮捕丘翎，他拒绝了，用的就是此刻小郭对他说的话。

彭警官把警服、警帽、警徽一件件从身上脱下来、取下来，郑重地交到小郭手里，然后如释重负地问他："那我现在可以抓人了吗？"

"哥，你这是干什么……"小郭愣住了。

"什么时候把这两个人送上法庭，什么时候能给师父一个交代，我什么时候重新穿上警服。"

在赶回市里的路上，彭警官的手机还在频繁地响起。

小郭放弃通过电话劝说彭警官的念头，而是不断地给他汇报最新进展。彭警官一条也不看，像认了死理的牛那样，一定要撞到南墙才肯回头。

一段只有声音没有画面的视频弹进对话框中,小郭说,这是事发当天吴翠莲病房里的监控录像。

彭警官一个急刹车,车子滑入路旁的麦田中,后面鸣笛一片。他匆忙拉紧手刹,点开那段漆黑的视频。

摄像头被人故意用厚外套遮住了,连一丝漏光都没有。只能听到咯吱咯吱的杂音,像是门轴转动声、脚步声和人的呼吸声混在了一起。

这样的噪音持续了十几分钟,彭警官闭上眼睛,想象着丘翎和燕子无声地站在病床前,手里拿着准备好的药物,伺机灌入全无反抗能力的吴翠莲嘴中。

而且,他们应该不仅仅灌了一次。丘翎离开时,是独自离开的。此后的几天,燕子都还在疗养院。一个外表只有七八岁的可怜人儿,穿行在疗养院安静的树荫里,如果有谁问她,她就会走到阳光下甜甜地说:"我来这里看我妈妈。"

车里的氧气似乎被人抽走了,一阵阵强烈的窒息感袭来。彭警官痛苦地寻找打开车窗的开关,也许是愤怒冲昏了他的头脑,他的手在车窗旁摸索了半天也找不到按钮。这辆开了七八年的车在此刻仿佛化身成一台冷血的机器,让他感到无比陌生。他伏在方向盘上,呼吸急促,红着眼放完了视频,那里面录到了一句极其微弱的呼喊:"爸爸,妈妈。"

如果没有丘翎的冒名来访,如果吴警官的夫人没有被挡在门外,那么此时的吴警官就不会躺在急救室里,承受一次次的电击除颤,他应该在疗养院拥抱刚刚苏醒的女儿,陪着她重新长大一遍。

时间过去了很久很久,远处的城市亮起点点灯火,暗夜里的麦田翻滚,时有惊鸟飞起。

彭警官的手机里没有再收到小郭劝他回去的消息,这条视频之后,小郭只发来了这样一条消息:哥,你想做什么就做吧,有事我罩着。

牙医助理的出租屋里,有两个人站在那面照片墙下。

为了节省电费,牙医助理只给出租屋留了一盏昏黄的灯。这灯光把两个人的脸都照得一片寡淡,模糊了五官和表情,仅余下不甘心的眼睛。

这个晚上,是彭警官主动找的他。

门打开时,牙医助理以为案情有了新进展,而眼前的彭警官似乎比他更像个孤魂野鬼,连警服也没穿,侧身挤进这间密不透风的小屋,然后对他说:"来吧,咱们一起看看你都有哪些线索。"

彭警官手机里那张拍摄于病床前的照片,被牙医助理放大到有如世界地图那样大的尺寸,然后打印出来,贴在照片墙的正中间。

照片里,病床远离镜头的一角挂着疗养院的名字,而病床旁的护理人员正在警惕地盯着拍照片的人。从护理人员的眼镜反光中,隐约能看到穿着警服的小郭和彭警官。

"就是这样她就起疑了?"牙医助理问,他的牙齿忍不住轻轻发颤。

当初在福利院给那些孩子们体检时,他是见过彭警官口中那个"小女孩"的。她乌发柔顺,眼睫纤长,还曾天真明媚地对他说"谢谢大夫"。

彭警官点点头,他无暇为自己的轻敌而忏悔。他走近照片墙,仰起头,一张张照片仔细地检查过去。

那些照片的角落中,大多都会有一个明黄色的模糊影子。

"很好。"他踢开出租屋的门,"走,我带你再去找两个帮手。"

4

镜子里这稚气的躯体,已经陪伴燕子整整三十八年了。

她有时候极恨这椭圆的脑袋、细短的脖子和短短的小手,她被它们囚禁了三十几年,像在漫长的噩梦里,怎样挣扎都醒不过来。但她也不得不承认,有时候它们也会给她带来一些好处。

正如在疗养院的这三天,没有人会怀疑一个头发稀疏、身体瘦弱的孩子。她坦荡地走在悄无声息的走廊里,遇到巡视的护士或保安,她无须惊慌，只要扬起头礼貌地问个好就足够了。这里的时间过于缓慢，她甚至在病房里读完了车祸前读至一半的《尤利西斯》。

她躺在吴翠莲的病床上，和吴翠莲分享同一只枕头。窗外日光皎洁，无声无息，消毒水冷冽的味道直扑人的口鼻。这里和福利院的喧嚣、肮脏不一样，她受够了那里不分昼夜的哭闹声，受够了自己不得不陪着那些孩子玩小把戏。在这里，她可以静静地读书，静静地思考，过上了阔别已久的属于成年人的生活。

作为答谢，燕子为吴翠莲念书。

"每一个人的一生都是许多时日，一天接一天。我们从自我内部穿行，遇见强盗，鬼魂……然而，我们遇见的总是我们自己。"

读到这一句时，燕子意识到，吴翠莲的手指轻微地动了动。

她敏捷地翻身滚到床下，直挺挺地躺在地面上，眼珠快速转动，思考着被发现后该如何逃走。然而只是虚惊一场，床上那位昏睡的女警，被一年多的卧榻生活折磨得形销骨立，就算是醒来，也手无缚鸡之力。

"来吧，再喝点饮料。"燕子站起来怜悯地说。

放在床头的儿童水壶里，是她为吴翠莲调配的"饮料"。

无色无味的液体流进吴翠莲的嘴中，吴翠莲嘴唇嚅动，喃喃地说着什么。

燕子捏住她的两颊，让她的嘴巴看起来像一个漏斗，这样"饮料"才不会呛到她。

"你也觉得斯蒂芬遇到布鲁姆好极了，对吗？布鲁姆的儿子死掉了，他刚好需要一个儿子，而斯蒂芬刚好需要一个父亲。6月16日，他们相遇了。妙极了。"燕子像望着一只可怜的小狗那样，皱着眉头，噘着嘴巴，逗弄般对吴翠莲发出"啧啧"的声音。

"如果斯蒂芬发现布鲁姆在骗他，也会这样做的，对吗？"重新在吴翠莲身边躺下时，燕子望着天花板解释。而吴翠莲在笨拙地喊着"爸爸，妈妈"，像牙牙学语的幼童。

09

"别吵,听我念。"燕子不耐烦了,伸出手来,死死地捂在吴翠萍嘴上,直到她不再发出一丁点声音。

"当时你就藏在床下?"站在燕子背后的丘翎问。

他的手里拿着一个理发用的推子。燕子从疗养院回来后,第一件事就是央求他剪掉自己的头发。他缓缓地摘掉燕子的假发套。燕子的头发已经非常稀疏,甚至已经不能固定住这款男式的儿童假发了。

"对,他们就在旁边。那个警察和他的师父。他的师父坐在旁边下棋,黑棋险些滚到床底下,我好担心他伸手来捡啊。幸好,没有,他们都跑去监控室了……"提起这件事,燕子如释重负。

丘翎则环住她的脖子,抱着她的肩膀,问她当时是不是害怕极了。

她捏住丘翎依旧抓握着电动推子的手,把运行中的推子放在自己的头顶上,闭上眼睛说:"都剃掉吧。"

镜子里的人,头发一丝一丝地被削落。

她睁开眼睛,看到了一个怪异的光头儿童,眼睛已经老了,而身体还是孩子的样子。

"我永远都不会好了。"燕子绝望地说,"我的病永远都不会好,你别骗我了,你也别骗你自己了。"

丘翎跪下来,额头抵住她的后颈。她感到有泪水滑落到她的背上。

在这间等待拆迁的荒屋内,她发自内心地原谅了他当年那场"误杀"。

城市的另一端,聚集着不打算原谅他的人。

他们四个围桌而坐,窗外的太阳刚刚升起。

彭警官先开了口,他知道是时候了,这些人一定有关键信息透露出来。

"既然他们两个都看见丘翎走进租车店了,那么那天的客户信息你有没有查?"苗苗不急于对这份热忱做出回应,她想了想,对彭警官发问。

彭警官把手机丢在桌上,屏幕里是小郭发来的客户信息照片。

"查了,一听说他进了租车店没再出来时,就已经派人去查了。当天上午就三位租车客户,留下的信息全部核实过了,全部是真实信息。"彭警官说。

苗苗轻轻蹙着眉,她记得欧阳妻子说过,丘翎还有一张身份证,上面的姓名是三个字。而彭警官提供的三份租车客户信息里,只有一位女士的姓名是三个字。

她还是不甘心:"确认不是顶替?"

彭警官点点头,他们和当天租车的三位客户全部核实过,三位客户要么是来旅行的,要么是租车拍照的,身份信息、家庭地址、工作单位全部是真实存在的。

"说说你们掌握的信息吧。"彭警官眯起眼睛。他面对窗口坐着,早上九点钟的太阳有些耀眼。

苗苗点点头,不紧不慢地说起有关唐冉车祸的疑点:"丘翎应该有一个常用的假身份,所以你们查不到他的住宿、租赁、外出消息。"

"不会。仿造的证件是过不了机器和人脸核对的。"彭警官对目前的身份识别系统还是很自信,"假的身份证能骗得过人眼,但骗不过机器。证件里的芯片很难伪造。"

苗苗抿着嘴笑了笑,不置可否。

0715沉默了很久,他甚至有种不知道该从哪里说起的感觉。他想挑最近的几件事说,比如自己是如何挡住"洗车机杀人案"的监控镜头的,再比如自己是如何扶起张主任的尸体,给她披上一件青灰色的胶雨衣,架着她走向玉米田的。

但是苗苗轻轻地叩了叩桌子。

在这之前,苗苗发出过几次信号,她在告诉他"别忘了,这人是警察"。她装作百无聊赖的样子,洁白的手背弓起,让手指做出敲击琴键的动作,然后才想起来0715并不会那么多英文单词,于是就简单地发出了一个"NO"。

09

0715 半张的嘴闭上了,他想了想,只好从那个夏天他们几个人的结拜说起。

"那时你只有六岁,他们四个带你去钓鱼。老三的鱼竿甩上了高压线,当时就昏了过去。然后是丘翎走过去砸死了他,又推下了水,做成溺死的现场,对吗?丘翎是排行第几,第二?"彭警官在随身携带的记事本上写着。奋笔疾书的他没有发现,他每说一次"死",0715 的脸色就难看一分。

坐在圆桌左侧的 0715 站起来,苗苗像是早就知道他在寻找什么,递给他一瓶矿泉水。他仰头大口大口喝着,水打湿了衣领,过了许久他才冷静下来。他沮丧地告诉彭警官,自己和三哥的感情最好,三哥被害后,他花了十几年的时间才能不再责怪自己。

彭警官点点头,继续追问:"你服刑的时候,燕子写信告诉你,是丘翎砸死的三哥,然后引诱你来这座城市对丘翎进行报复,对吗?"

0715 痛苦地点点头。

苗苗打断了彭警官,细声细语地提醒他现在不是在警局做笔录,而是要互相交换有用的信息。

"我必须问清楚,才能确定下一步的计划,我是一定要把丘翎送上法庭的,这个你们放心……"彭警官抬起头,发现苗苗的手指再次轻敲桌面。

苗苗背朝着窗户,长发披在一侧的肩上,斜坐在朝阳前,像一幅温婉美丽的剪影画。她眨着眼睛,一边听彭警官说,一边"嗯嗯"地回应。

牙医助理看着她那副表情,无奈地笑笑,抢先说出了他们三个人藏在心里的话:"警官,我相信在座的几位中,只有你一个是希望他上法庭的。"

彭警官的目光从笔记本上移开,惊诧地看着他们三个。

他们彼此瞧瞧,笑着说:"我们希望他死。"

"亲手让他死。"牙医助理无所顾忌地补充。0715 在一旁用力地点头。他和牙医助理已经偶遇过很多次了,此刻面对面坐着的他们,不需要太多言语,就明白了对方的心意。

"不要做犯法的事。"彭警官合上笔记本,喝了一口苗苗刚泡好的茶,"法律会制裁他。相信我……"

"如果不相信你,我们会告诉你那么多吗?"苗苗笑吟吟地看着他喝下去,然后坐回窗户前。

这口茶让彭警官着实被烫了一下,他摆摆手,表示今天的谈话先到这儿。

临走前,他请苗苗出来一下。

在巷子口,他对苗苗说:"你知道教唆罪也是要承担刑事责任的吧?"

苗苗在阳光中粲然一笑,反问他:"你知道孕妇大多数适用于缓刑吧?"

彭警官无奈地摇摇头,认输似的说:"算了,这个不争了。那个孩子还年轻,也是刚出来不久,他这个情况,累犯是要重判的。他的一生还很长……答应我,相信法律,好吗?"

苗苗收起了笑,脸上的表情像她正面对一张极其复杂的钢琴曲谱,她认真地问彭警官:"警官,刚才那些话,是一个朋友说的呢,还是一个警察说的?"

"朋友。"彭警官郑重其事地回答了苗苗这个问题,然后自嘲般地说,"我现在已经不配当个警察了。因为我的错,一手带着我进警队的师父刚从 ICU 出来,他女儿被丘翎和……"

他说不下去了。

苗苗沉默了一会,然后点点头。

而在出租屋的圆桌前,0715 和牙医助理还在面对面坐着。旁边的茶已经放凉了,自从苗苗出去后,他们一直没有和对方说过什么话。

0715 突然开口问他:"你小时候捉过蛇没有?"

牙医助理点点头,刚想说自己的家乡就是以蛇多闻名,但是他看到 0715 在苗苗面前一直没有露出来的老练的表情,才明白 0715 并不只是想和他探讨童年。

09

"捉蛇,和你们钓鱼一样,是要有饵的。"牙医助理咧开苍白的嘴唇笑了笑,差点忘了自己又是一天滴水未进了。

那杯凉了的茶被他一口气灌进肚里,然后他满足地说:"早就活够了的人,最适合当饵了。"

10

投名状

第 十 章

1

和彭警官的谈话中,苗苗保留了一张底牌没有亮出来:丘翎和燕子绝不会就此销声匿迹,他们彼此之间,还缺一张"投名状"。

"信任一旦崩塌过,再想重建没有那么容易。"苗苗坐在钢琴前,望着翻开的谱子,一只手搭在一侧的耳旁,像是在思考如何能更好地将曲谱化为指尖流淌的情绪。

她弹响几个音,幽幽地说:"那场车祸是丘翎发起的,目标看似是唐冉,实则是燕子,这一点,我们能想到,燕子也一定想得到。至于丘翎,一旦他知道是燕子在联络你,是燕子在引导你陷害他,你猜他会怎么做?"

窗外,0715站在一家奶茶店前凝神听着。不远的共享单车停车处,也有一个头发蓬乱的男人握着手机发呆。

"取几号餐?"奶茶店主连问好几遍,0715才回过神来,说了声抱歉,匆匆转身离开。他朝着音乐教室的方向走去。对讲耳机清晰了些,他压低声音,急切地说:"丘翎绝对不会让她好过。但是我只希望丘翎血债血偿,不想牵扯姐姐……"

牙医助理直接打断了他:"你现在还不明白吗?这两个人谁也摘不干净,所有的事情都是他们一起做出来的。哪怕是十几年前电死人的事,八成也是两个人一块儿拿的主意。"

0715猛地停下脚步。他张了张嘴,却说不出话来,对讲耳机里只余下他粗重的呼吸声。

苗苗翻了一页曲谱,眼神掠过站在窗外的0715,然后不疾不徐地继续说:"彭警官去丘翎家乡调查了,他现在心思都在那上面。如果你们还想亲手解决丘翎,只有这段时间是个机会了。"

"我盼这一天很久了,你直接说我们该做什么吧。"牙医助理冷冷地说。

苗苗的手指在琴键上滑动,嘴唇一张一合,像是在跟着旋律浅唱低吟。

牙医助理连连点头,0715不言不语。他想为燕子争辩几句,想告诉他们"姐姐"本是一个很温柔很温柔的人,绝对是被丘翎胁迫才做了那些事情。

当他一口气说完后才发现,自己走了太远,通讯连接早已断开。

一夜之间,燕子所有的寻人启事下都多了这样一行字:姐姐,我们的计划还要继续吗?

这行字不仅出现在寻人启事下,还出现在这座城市所有报纸的头版广告上。

广告是苗苗设计的,白底黑字的版面上没有任何多余装饰,只在这行字的右下角画了五个孩子手牵手的线条图。排在第三位的孩子用虚线勾勒,其余四个都由实线画成。

苗苗相信,这样一行字足够逼疯丘翎。

牙医助理租来了两台短信群发设备,他在诊所刚开业时使用过这东西。他把一台安装进0715的外卖箱中,另一台捆在自己租来的共享单车上。他们两个朝着不同方向出发,骑行在大街小巷里。他们所到之处,每一台蓝牙功能开启的手机都能收到编辑好的短信:"姐姐,我们的计划还要继续吗?"

这个淅淅沥沥的雨天,挤在地铁中的上班族,打着伞漫步街头的短

10

发姑娘,坐在咖啡馆里闻着咖啡香气看雨的老妇人,在车里等候红灯的中年男子,都收到了这条来路不明的短信。

最初丘翎并不打算分神看这些广告消息,这段时间他的情绪难得稳定,那种焦躁和恐慌并存的情况出现的频率明显降低,连医生都认为他可以适当减药了。

戴着鸭舌帽的燕子坐在他旁边,他们默契地避开三年前发生过的事情,只聊起久远的童年和不久的以后。

他们聊得很随意,对话之间常有大段大段的空白,如果外人听到,只会以为是两个人的自言自语,丘翎却对这样的谈话甘之如饴。他知道,不管他说出怎样的奇异想法,不管他的逻辑听起来是怎样的荒诞,燕子都会敏锐地捕捉到他真正想要表达的含义,然后或尖锐或犀利地做出回应。

他谈起自己对公司的畅想,燕子立刻肆无忌惮地嘲讽他的胆怯:"如果他们要起诉公司仿造药物,那我们为什么不干脆就在仿造药的路上走下去?这个官司不仅要打,还要国内国外同时打,并且一定要打输。就是要让别人知道,我们因为仿造出100%相似的药物而吃了官司。这是老天爷送来的免费广告。"

丘翎的思路瞬间开阔了,他的双眼因兴奋而涨红。他快速地说:"没错,我们就是要成为世界的仿造药工厂。"

一张全新的商业版图在他心中徐徐展开,他似乎能看到不久的将来自己在纳斯达克敲钟的场景。

燕子立刻接上他的思路:"事情过去后,公司可以搬到东南亚去。人工便宜,也好规避监管。"

提到移民,两个人都沉默下来。

能离开这里的只有丘翎一个人,他在两个身份之间切换自如,"丘翎"这个名字可以替他承担一切癫狂和罪恶。不论他做了什么,他都可以用另一个干净清白的名字申请投资移民、技术移民,合法体面地离开这里。

而燕子不行,燕子需要一个身份。她必须是他的女儿或者妻子,才能和他一起远走高飞。

他们两个人保持着安静。丘翎打开车窗，让雨水的味道进来。

秋雨中，夜色来得比往常要早一些。下班晚高峰的天空幽深而远，他们行驶上了城市的主干道，路上只有车辆，没有行人。

路灯由近及远，一盏盏点亮。雨水模糊了橘黄色的光晕，让这个世界变得暧昧不清。丘翎却觉得这样模糊的街景莫名的可亲，像暖色调的油画风景，看也看不够。

他暗自希望自己和燕子谁都不要先开口说话，只要有一个人提起那件事，眼前这幅油画就要被撕裂了。

雨已经打湿了他伸在窗外的半边臂膀，燕子从来不会阻拦他这些奇怪的动作，正如燕子从来不会像苗苗那样，在他说起对公司对未来的看法时，献上一堆毫无意义的夸赞，然后故作天真地说自己"听不懂这些事情"。

他的余光扫过燕子像小男孩一样的身体，此时的她没有了头发，鸭舌帽下露出的一点点头皮更给她增添了几分病态。

燕子已经不像过去那样拼尽全力地掩藏自己的病痛了。她正焐热双手，放在自己的膝盖上。常年的激素注射给她的关节带来了不可弥补的损毁和变形，每到阴雨天，她的膝盖就会很痛。

丘翎心里一阵抽痛，但他马上开始毫不留情地嘲笑自己的心软。父亲对他的强硬教育如影随形，他早就把这种怜悯的情绪戒掉了。每当他察觉到自己有这种"娘们似的"情感时，眼前就会浮现出父亲厌弃和憎恶的表情。

他保持着沉默，只是关上了窗户。

倒是燕子先提起了那条短信："那孩子坐了很久的牢，是我叫他出来的。"

丘翎和她对视了一眼，马上读懂了她眼里闪烁的话语。他左右看看，加大油门冲入地下车库，迅速关闭车内的行车记录仪和他们携带的所有通信设备。

没人知道他们在这辆密闭的车里谈了什么。

租车公司的经理三番五次地想提醒这对父子车辆租用时限已到,然而他在监控里看到,那位父亲模样的中年男子时而捶打方向盘作暴怒状,时而闭着眼狠狠地抽着烟。倒是一旁的"儿子"气定神闲地做着手势,像是在绘制一幅气势磅礴的云图。

当他们还了钥匙,走进大雨中时,脸上都带着自得的表情,像对捕猎胸有成竹的黄鼠狼。

这个雨夜,0715接到了久违的电话。

燕子还是那样小心,在外卖平台上用那些荒屋的地址下单,然后通过虚拟号码联络了0715。

电话里,她的声音很痛苦,她从来没有用这样虚弱的声音说过话:"救我,救我!"

2

雨水密密麻麻,给老街两侧的梧桐树盖上了一层白色珠帘,把高楼大厦和现代文明一并抵挡在外。

老街保留了这座城市被法军驻扎过的痕迹,路两侧的荒屋依稀还看得出法式的建筑风格。只是在岁月的变迁中,优雅的半椭圆小阳台被搭上了钛金板墙面和塑料挡雨棚,成为一间可以拆分出租的小屋;孟莎式斜屋顶上生生搭建出两层高的小楼,外面还安上了防盗窗,尽力伪装成一个"家"的样子,以备在随时可能到来的拆迁中,为主人搏回一笔不菲的费用。

还有更多的旧式小楼,从来无人打理,无人认领,仿佛成为了历史长河里说不清道不明的石子。这些荒草丛生的小楼,成为老鼠、蝙蝠、醉鬼和流浪汉最好的聚集地。

透过小楼碎了一半的菱花彩玻璃窗，可以看到里面躺好了一具"尸体"，正静待凶手的到来。

燕子的脚被捆在残缺的座椅上，手腕上也细心地留下麻绳束缚过的红肿痕迹。当0715闯进来后，她要保证自己看起来像是刚挣脱束缚不久的样子。

丘翎俯身倒在地上，他的后背右侧皮肉绽开，一把消防斧被丢在一旁。购置好的人造血液泼了一地，溅在他的伤口处和燕子的右手上。

为了让自己的脸色看起来更像昏迷者，他特地超量服用了一些倍他乐克药片。这些药是他日常服用过的，可以有效减缓他的心率。他按照正常量的三倍吃，让自己那颗强健、亢奋的心脏仿佛一下子被压入深海底，像一只笨拙的虎鲸，沉重缓慢地起伏。

这条街上的摄像头他们已经摸熟了，丘翎相信，0715破门而入的影像资料会被监控录得清清楚楚。接下来，监控还会录到0715背着他的"尸体"走出门，塞进车辆的后备厢，一路驶远……

当0715行驶到高架桥上时，丘翎会从后备厢爬到后排座椅上，电击0715的颈动脉窦，让他瞬间昏迷。然后，丘翎会帮他把这辆车驾驶进汪洋大海中，让0715从此像唐冉一样长眠地下。

0715就是他们交给彼此的投名状。

0715戴着头盔在音乐教室外比画手势的那一刻，丘翎就已经猜到了他是谁。

横横点点，长长短短，这是丘翎当年亲自教给0715的小把戏。他们都有一位过于严厉、阴郁的父亲，稍有不同的是，0715的父亲热衷于从精神和意志上体现威严，而丘翎的父亲则希望凭借暴力占据家里至高无上的地位。年幼的他们，只能靠这样的小把戏和成人世界做一点斗争。

两长一短的敲击是"走"，是出门玩的暗号；一短两长的敲击是"等"，是马上出门的回应。

10

丘翎从未想到，十几年后，这套手势被0715拿来引诱自己的妻子。这个想法从燕子那里得到了认证。

"呵，算算时间，那个女人怀孕的日子和他从牢里出来的日子倒也能对得上。"燕子满不在乎地说，她一边吐出嘴里嚼到乏味的口香糖，一边忙着在手腕上制造出勒痕，"我哪里能想到？我只是让他跟踪那个女人，你知道的，我一直担心你和那个女人产生了真感情……"

她的声音少见地带些委屈，像个被人抢走玩具的小女孩那样不甘。可是她的话语不带一丝情感，她继续为莫须有的事添枝加叶："噢，对了，说起来他们单独相处的时间也不少。那个女人上下班的路上，在音乐教室没课的时候……也怪我，忘记了他们年龄相仿。"

丘翎的脸色越来越差，他活动着关节，攥紧手指，骨节之间那噼啪作响的声音，就像火炉里烈烈燃烧的松木。对苗苗肚子里的小生命，他一直抱有半信半疑的态度，0715的出现彻底消除了他的唯一一点怜惜。

"其实呢，他是有很多次机会可以直接杀掉她的。"燕子在手腕上一圈圈地缠紧麻绳，感受着血液积聚在指尖的痛楚和快感，"但是他没有。我以前也想不通，现在明白了。"

也许是药效起了作用，丘翎感到原本那颗快速跳动的心脏正在不满地放慢速度，他大口呼吸着，似乎想让空气中弥漫的雨意浇灭心中的怒火。

燕子还在漫不经心地说着："怀孕这个事，她自始至终没有告诉过你吧，难怪，是心虚吧。合法夫妻，这些有什么不能说的？"燕子笑起来，尖细的嗓音在荒弃已久的小楼里回荡着。

"别笑了！"丘翎表情阴沉，他俯在地上，把后背暴露给燕子，"砍吧，用力砍，等他来了，这些伤口我加倍还给他。"

凌晨4点30分，燕子抿着嘴，细弱的手腕拎起斧子，居高临下地看着丘翎不设防的背部。

从小，他们就被她耍得团团转。以前是这样，以后也是这样。

凌晨4点30分，苗苗打开房门，走进雨夜中。

这个夜晚，她一直没有睡好，肚子里的小葡萄不太安稳，她不得不反复调整睡姿。

屋梁处开始渗雨，冰凉黏腻的雨水一滴滴落在床尾，在那里洇出一片不规则的水渍。脚面碰上去，像触到了一条柔弱、冰冷的蛇。

十几分钟前，她接到了0715打来的电话。

0715的声音在电话里很焦急，他说，丘翎对姐姐动手了，让苗苗锁好房间的门，发生什么事也不要开门，不要被引诱外出。

电话里有淅淅沥沥的雨声，看样子0715已经在前往那片荒屋的路上了。

自从苗苗搬到这里来后，0715就搬进了城市边缘的群租房，他几乎要穿过整个城市才能抵达燕子的下单地址。

苗苗语速极快地在电话里对0715嘶吼，她要他马上下车回去。

"你相信我，如果丘翎真的要伤害她，她哪里会有时间再像以前那样通过外卖平台和你联络？"苗苗急切地说，"她既然还是不肯暴露真实手机号码，这代表她知道自己不会死，她不想给你留下太多信息。"

她的脑子转得飞快，蛛网一样的未来图景再次在她脑海中铺开。她坚持不让0715挂电话，几乎是用恳求的语气对他说："别去，你来我这里，我们一起等天亮。只要你不去，他们还是会有别的行动的。一旦你去了……"

她说不出那惨烈的情境，但是她确定，只要0715去到燕子身边，一定会凶多吉少。

可0715的声音很伤心，他在雨中短暂地停留了一下，喃喃地告诉苗苗，当时三哥也是这样死在丘翎手下的。

"我……我其实听到三哥发出惨叫了，但是我没敢转回身子去看一眼。"0715那边一直有雨滴哗啦啦落到塑料雨披上的声音，"这次，我不想再胆小了。"

苗苗沉默了片刻，然后温柔地说："那，雨天路滑，注意安全。"

225

10

通话结束后,她给交警热线打去了电话,声音甜美依旧:"我要举报有人酒后骑车。"

交警热线的话务员把电话转给了今夜执勤的交警队,苗苗详细地描述了 0715 的外形和路线,并告诉对方,骑车男子有轻生意图,自己曾亲眼看到他灌了一斤多白酒:"请务必扣留他做酒精检测,拜托了!"

打完这个电话,苗苗在抽屉里拿出了久不使用的化妆品,粉底液、睫毛膏、卸妆油……她对着椭圆形的小镜子,细致地涂抹上一层唇彩。

怀孕后,她化妆的次数越来越少,尤其是去福利院看孩子时,极少化这样浓的妆。可是今夜不一样,她知道她要见的那个人,并不是一个简单的小孩。

凌晨 4 点 30 分,一夜没睡的彭警官忐忑地翻开一沓资料。资料的第一张,就是一张他极其熟悉的面孔。

这张面孔验证了他一个匪夷所思的猜想。照片上,那双眼睛还是这样阴郁,以至于彭警官在异乡的夜里情不自禁地打了个寒战。

在他来到这座小镇之前,小郭已经帮他和当地同行提前联络过,没有透露太多细节,只说是要调查过去的一件溺水案。

丘翎、唐冉、0715 的资料齐全,户籍、学籍都有完整的存档,他们的一生如白纸一样摊开在彭警官面前。

丘翎的经历看起来平平无奇,父母在境外务工,他由奶奶抚养长大。奶奶去世后,他也去了外地读寄宿制高中。

唐冉的父母对于生个儿子有超乎寻常的执念,因此唐冉的户籍并不和父母在一起,是按照孤儿上的独立户口。她短暂的一生几乎和丘翎捆绑在一起,同样的小学、同样的中学、同样的大学。

0715 的经历就更简单了,他没读几年书,此后的十几年就是频繁进出派出所、拘留所、监狱。

唯独没有查找到的就是燕子和死去的"三哥"的资料。燕子的户口不在本地，资料调来需要一些时间。而0715口中溺水身亡的三哥，并不在当年那些意外死亡人口的名单里。

彭警官查遍了事发那年因溺水去世的人员名单，那里没有出现他要找的三哥"虎子"。

当地的警方说，老百姓颇忌讳这些意外死亡事件，尤其是发生在孩子身上的，大多视为不吉，所以有的压根不报，更别提来办理销户口之类的手续。他们建议彭警官直接去出事的村子里查。

"当地的中老年人应该还有些印象。"

那片湖在被填平之前，祸害了不少孩子。"有水鬼，孩子淹死在里面，年年叫屈，年年拉同龄的孩子进去。"提起那片湖，村里的老人们都这样说。

当彭警官问起虎子这个人时，村里的老人一口咬定他还活着。

"是冯伏虎吧？你说的那年，他能出什么事？我记得他爹后来在矿井出了事，听说还是他自己去领的赔偿金，什么时候死了？"有人回忆起来。

"你们有谁见过他吗？和他有过联系吗？"彭警官合上笔记本，在村里打听。

问到这个问题，村民你看我我看你，似乎谁都没有再见过成年后的虎子。

出事的那片湖早已被填平，取而代之的是一片果园。不远的山坡上，金黄的野草间依稀可见瑰丽的几抹红色。那是尚未凋零的虞美人花。

果园主说，夏天来的话，山坡上更好看："漫山遍野都是红彤彤的。风一吹，就像谁在那放了一把火似的。要不是那些高压线正好穿过去，随便拍个照就是风景。"

果园主的年龄看起来和丘翎差不多大，听说彭警官是来调查虎子那一批孩子的，他主动联系了彭警官。

"我们是同学，当时关系还可以，中考后就没再见过。这小子犯事了？"果园主问彭警官。

彭警官连连摇头，问："十八年前，虎子是不是溺水了？"

果园主一口否认："没有的事。那年，我们都升初中，他和我分到一个班。我对他印象可深了，冯伏虎这小子左右手都会写字，还能同时进行，抄题老快了……"

"左右手都能写字？"彭警官眯起眼睛，隐约捕捉到了一丝奇妙的感觉，"你最后一次见他是什么时候，还有印象吗？"

果园主抱着胳膊，连着哎哟了几声，说："那可得十几年没见了。应该是中考前夕吧，我记得班主任还组织大家提前拍了毕业照。虎子他爸是矿工，脾气暴躁得很。五月，他爸在矿上出了事。他也不来上课了，中考也没参加。大家都说，他去矿上领了钱进城打工了。从那之后，这小子就彻底没影了。"

告别了果园主，彭警官马上打电话给小郭："帮我找人查'冯伏虎'的所有资料，包括学籍信息。"

此刻，放在他桌上的就是"三哥"冯伏虎相关的资料。他翻开第一页，就在照片里看到了一双和丘翎一样阴郁的三角眼。

3

这双三角眼，来自父亲的遗传。

丘翎发现，自己年龄越大，就和自己痛恨至极的矿工父亲越像。

他以为这个被埋在矿坑里的男人不会再影响自己的生活了，但他逐渐发现，父亲永远以另一种方式活在他身边。

比如说长相。他的矿工父亲身材粗大，脸上骨骼分明，下颌处像咬紧了牙关似的突出一块。这可能是常年体力劳作留下的痕迹，但这也成为父亲发怒前的预兆。

再比如说脾气。他的印象里，家里就没有见过一把完整的笤帚，一只不扭曲的衣撑或者一条没有残缺的板凳。父亲发起脾气来，抄起身边最近的东西就开始打人。

他记得自己被打得最狠的那一次,他以为自己要死掉了,五脏六腑都在喊疼,四肢像散了架,几乎是爬着逃出了家门。

小凤扶着他,把他藏到那个山坡上。山坡上开了好多红色的花,他透过那些花,看着小凤的脸,看着天。他的父亲在山坡下转悠,手里还攥着铁锹。

那一次他已经忘了父亲是为什么恼起来的,父亲的恼火在这个家里太常见了。

他要学费,会挨打;忘记喂猪,会挨打;和父亲顶嘴,会挨打。随便一件小事都可以成为父亲打人的理由。

挨打的时候,他不可以哭,哭的话,抽在身上的巴掌、笤帚、衣撑、板凳会更用力。

"我是为你好,知道不?为你好。"打完他,父亲蹲坐在椅子上,就着盐炒的花生米喝酒。他不能蜷在房间,只能站在桌子旁帮父亲斟从代销点买来的劣质酒。

"打是亲,骂是爱。儿子就像小树,老子打骂是给小树修剪枝丫。知道不?"父亲吃着喝着,还得拿筷子指着他红肿的脸颊训话。

这些他都能忍受,他忍受不了的是父亲喝多了就会哭。

这个刚才像打落水狗一样殴打自己儿子的男人,半斤酒下肚就开始坐在墙角号啕大哭,一边哭一边骂世道不公,骂井下工作太累,"老子为了千把块钱天天当孙子";骂政府不给他分房子,不把他买来的流浪女人还回来,"我花了彩礼钱的,说带走就带走了?"

父亲自己哭就罢了,但是不允许他哭。

"孬种,孬种才哭。"父亲这样骂他。

父亲见不得他哭,也见不得他笑。这个家里不允许有人太快活。如果父亲从井下回来,发现他在电视前嘿嘿傻笑,父亲就会气昏了头,抓着他的后颈把他的脑袋砸向电视柜。

10

"老子一天天要死要活的，当儿子的在家享受。"父亲看到他笑，看到他痛快，就恨得牙痒痒。

直到成年后，他都是只有两种情绪的人，要么愤怒，要么冷漠。只有这两种情绪是安全的。快乐和悲伤都不行，太快乐或者太悲伤是要遭报应的。丘翎对此深信不疑。

趴在荒屋潮湿冰凉的地板上，他的心非常冷漠。对接下来要发生的事，他感知不到恐惧和激动，只能感觉他的心从暴怒转向冰冷。

等会儿，那个年轻人就要进来了。

时间过得真快，当年跟在他屁股后面，一口一个"三哥"地喊着的鼻涕虫，都长成了能偷他老婆的年轻人了。

真该死。

苗苗从出租车上钻下来，披上那件青灰色的雨披。这件雨披是她从0715出租屋的床下找到的，如果她的嗅觉像不久之后就要赶来的警犬那样敏锐，她就能闻得出上面沾染过血腥气。

出租车司机看着这个涂了红唇的女人穿上雨披，融进了黑夜里。他心里一慌，踩着油门一路向前，差点碰上停在路边的一辆白色小轿车。

这辆车的后备厢被人做过了手脚，始终有一条缝隙。顺着那条缝隙，溅进去好多雨水。

苗苗的手机轻微地振动，她看了一眼，是彭警官发来的消息。

在出租车上，彭警官打过来三个电话，她都没有接，装作已经睡着了。

那些消息也没必要看，无非是彭警官劝告她不要教唆0715和牙医助理做什么傻事。苗苗打开了飞行模式。

"现在劝告我，已经晚了。"她转身站在街对面的屋檐下，点开摄像头，静静地录着道路这边发生的一切，"箭已经在弦上了。"

一分钟后，一个骑着电瓶车、戴着头盔的人停在荒屋门前。他双手并在一起，相互搓了搓，然后走进了那间荒屋。

0715的到来，比燕子预想的要慢一些。但是她有耐心等，在处理这种人命关天的事情上，她一直很有耐心。

当年，跟她去钓鱼的孩子把鱼线甩上了高压线，那孩子好像一下子就被定住了，嘴里只发出"啊——啊——"的惨叫，手臂和鱼线都被几万伏的高压电弄得连动都动不了。旁边另一个男孩子顿时乱了手脚，还想跑回去叫大人们过来。

"你是不是想让你爸知道然后打死你？"她对那个方寸大乱的男孩厉喝。

别看那个男孩子人高马大，腮骨凶巴巴地外翻着，实际上是最听她话的人。

在她的指示下，他们两个人用干燥的木板打断了鱼竿，把触电的人救了下来。然而，救下来的人只有呼吸，没有任何回应。

她很有耐心，让远处的唐冉带着他们最小的弟弟去看虞美人花，并提醒她"绝对不要走过来"；然后，她等了半个小时，扇耳光、泼冷水、拳打脚踢，什么方法都用了，但是地上那个人毫无知觉，看来是睡过去了，永远地像一棵植物那样安静地睡过去了。

这样的植物，她是见过的，是世界上最昂贵的植物。他们活下来的四个人，任何一个家庭都负担不了这样的植物。

她望着身边等待她指示的男孩微微一笑，循循善诱，帮他回想起父亲留在他身上的伤口。她几乎没费太多口舌，那个男孩就做出了她希望他做的事情。

此刻，0715带着一身雨水走了进来。

地上俯身躺着的人，还像当年一样那么听话，她几乎都不用多说什么，他就很配合。

"闭眼。"她说。

地上的人立刻闭上眼，屏住呼吸。

她对着楼下茫然的人喊："我在这儿，我在这儿。我不小心把他杀掉了……"

4

穿着外卖服的年轻人进来时，燕子还是感到了一丝陌生。

他整个人像刚刚从水里被打捞上来，残余的雨水顺着浑圆的头盔向下流淌，每向前走一步，地上就留下两只湿脚印。

燕子看不清他的脸，依旧能听到从头盔里传来的粗重的呼吸声。这个被她像木偶一样戏耍了接近一年的年轻人，大步走到她面前，却连多余的一眼都没有给她，而是径直走向丘翎的"尸体"。

他对血淋淋的现场十分麻木，毫不犹豫地踩到了那摊血迹中。也许是头盔的型号过大，他低头转头的速度都很慢，像是细弱的脖子撑不住这硕大的脑袋。他以一个怪异的角度歪过头，问她："你把他杀了？"

"对，我杀了他。"燕子的声音颤抖，"趁他睡着的时候，我从地上摸起了这把斧子……"

得到这样的回答，他在头盔里静静地笑了，然后缓慢地拧回脖子，垂下头盯着趴在地上的尸体。

燕子没有想到他会是这种反应，不得不提醒他："你一定要帮帮我。我不想坐牢，尸体放在这里，迟早会被发现。"

"所以呢？要我把他丢进洗车机里吗？"他快速地说，然后干巴巴地笑起来。

"死在洗车机里的那个人罪有应得！"燕子没想到他还会提起这件事，不由得有些恼火，他一向是不会忤逆她的意思的，"你知道吗，那个人手上是有一条命的，不对，两条。"

她想起了离奇消失的李秋女，如果不是牙医助纣为虐，那个通体雪白的女孩子就不会像从来没有来过这个世界那样消失掉。她把这笔说不清的账统统记到了牙医头上。

头盔里的脑袋又转了回来，像是在和她对视。她看不清藏在头盔里的面庞上带着什么样的神情，她只是从头盔面罩的倒影中，看到自己又瘦又小，光着头，像一只皮包骨的秃老鼠。

"帮我解开吧。"她放软了语气，带了几分自卑自怜的意思，"是不是没想到我还是这副样子？你们都长大了，都和小时候不一样了。只有我没机会试试长大是什么感觉了。"

外卖员机械地走过来，替她解开了缠在脚上和一只手腕上的麻绳。

"思行，当年那件事发生后，我最担心的就是你。看到你长这么大，也来到了这座城市，还可以自力更生了，姐姐发自内心地高兴。"燕子怜爱地看着他，当年那个挂着鼻涕一直哭的小男孩，已经变成了一个她完全不认识的陌生人。

他对这番话全无反应，过了一会儿才冷冷地对她说："别叫我的名字。叫我 0715。"

按照燕子的指示，0715 背起丘翎的"尸体"，塞进了后备厢。

后备厢砰的一声关上了，燕子下意识地向后退了一步，让自己的身影全程都笼罩在阴影中。尽管他们提前调查过这条街上的监控摄像头，但燕子还是不想为以后留下什么麻烦。

从监控录到的视频来看，外卖员在凌晨五点时走进这间荒屋，十五分钟后独自把一具尸体塞进了汽车后备厢。

而从苗苗在街对面拍到的视频来看，一个小女孩机警地站在法式圆屋顶投下的阴影里，指挥着眼前发生的一切。

燕子警惕地扫视着四周，然后轻声对外卖员说："这条路是单行道。驾车的话可以一路抵达环海高架，凌晨五点半之前，高架上几乎没有什么车辆。你到达我告诉你的那个位置后，踩着油门正撞下去就可以。救生衣就在你座位底下，害怕的话，提前在衣服里面穿好。"

他顺从地点点头，拉开车门，准备坐上去。

"开车也不摘头盔吗？"燕子感到心情轻松了一些，和自己最小的弟弟打趣。

"习惯了。"车里的人咳嗽了一声，然后回答。

10

燕子看着那辆车穿过雨帘,渐行渐远。

一切都是她计划好的。行驶途中,丘翎会从后备箱爬到后排座椅上,然后以电击的方式让0715昏过去。接着,车辆会在丘翎的控制下一路撞破护栏,跌入海底。

"你放心吧,在水里打不开门窗,但是我可以通过后备厢再逃出来。后备厢的开关我做了点手脚,到时轻轻一拨就能露出缝隙。"装成尸体之前,丘翎这样告诉她。

燕子没有什么不放心的,这个计划,在他们想处理掉唐冉时,已经模拟演练过无数遍。

唯一不同的是,后备箱的开关燕子也做了点小手脚。一旦落水,丘翎会发现,他的逃生通道再也打不开了。

雨水顺着圆屋顶不停地向下滑落,在燕子脚边生成一圈圈涟漪。冰冷的湿气顺着她的脊梁蔓延,可是她的脸颊和手心都无比燥热。她想自己的颧骨一定是红彤彤的,像虞美人花即将凋零前的怒放。

"现在,坐在车里等死的人换成你了。"她在十一月清晨的雨里笑起来。

她从来没有一天真正原谅过丘翎。

当年,丘翎私自把"处理"唐冉的计划提前了。按照他们的约定,燕子找借口下车后,会留给丘翎足够的时间来做这件事。然而丘翎把时间提前了整整半个小时。他明明看到她在车里,他明明看到她在打手势让他暂停,可他还是毫不犹豫地撞过来了。

尽管后来他曾一次次跪在她面前诉说自己的理由:没想到那个货车司机欧阳身体那么差,本来就心率过缓,被喂食了药物后,心脏濒临停跳。

"所以我没办法了,不得不提前一点时间。我想过的,那个位置的撞击,死的只有唐冉一个,我怎么会伤害你呢?"他无数次向她表达悔意和忠心,她也无数次地装作相信,继续为他提供药物研发的思路和公司发展的策略。

她以为只要她骗过了自己,就可以和他成为那种相互寄生的动物,也许可以一辈子相安无事地过下去。直到她看到了谈起移民时他眼里的光。

"如果注定要走上分岔路,不如现在就让你无路可走。"她扬起脸笑着,想让冰冷的雨水给自己兴奋的脸庞降降温。

很快她就笑不出来了,因为她意识到了一件不太正常的事情:来的这位外卖员,车上连个外卖箱也没有。

她飞快地跑到二层,翻出藏在一角的手机,APP 里的地图,清晰地显示出 0715 的定位,他在二十几分钟前就被带去交警队了,此后的位置从来没有变过。

"我查到丘翎的真实身份了!"彭警官终于拨通了苗苗的电话,他让苗苗和涉及这件事的所有人都不要离开住所。

"丘翎这个人早就去世了。现在活着的那个人身上还有别的命案,极度危险,有相当大的可能性在少年时期就参与过杀人案件。"彭警官快速地说着,他眼前的烟灰缸里堆满了烟头。

"活着的那个人,是谁?"雨声中,有个略带沙哑的嗓音轻轻地问。

彭警官听得出来,是 0715。他说:"你们在一起就好。听我说,你们现在不要轻易外出,不要和'丘翎'有直接接触,更不要妄想什么所谓的复仇。相信我,一切就要水落石出了。"

那个沙哑的声音还在执着地追问:"活着的人是谁?"

彭警官想了想,摁灭手里的烟:"三哥,冯伏虎。"

已经十八年了,冯伏虎以为自己可以活成另一个人了。

他羡慕那个人,从小就羡慕。那个人的父母在海外务工,每隔半年就打回来一笔钱。那个人和眼盲的奶奶生活在一起,每次父母打钱回来,就会耀武扬威地叫他们这些小伙伴一起去取钱。

那个人也不止一次地在他们面前提过:"我以后可是要出国的人。别看我爸妈已经五年没回来了,他们在那边给我攒钱呢。那边人人住的都是大别墅,开的都是豪车,吃的都是牛排火鸡。"

那个人的脑子好使,身形也和自己差不多,和自己一样,逢事都想争上风。被电死,也是那个人自找的。

五个人说好了去钓鱼,也不知道谁先说的,穿过虞美人花开得最盛的那一片,能钓到大鱼。

那个人为了赢,特意把鱼竿加长了。高压电线杆有六米高,那个人非得自作聪明,把鱼竿的长度加了又加。

冯伏虎眼睁睁看着那根半透明的鱼线在空中甩出一个漂亮的弧形,唰的一声,被某种力量死死地吸住了。那个人好像被施了定身咒的猴子,腿朝前伸着,胳膊笔直地向后伸,大张着嘴巴,却只能发出"啊——啊——"的声音。

起初,冯伏虎还以为他在装模作样地耍人呢,刚想上去给他一掌,被姐姐呵斥住了。

"别过去!别碰他!"姐姐撕心裂肺地喊。

冯伏虎立在了那里,和二哥丘翎面对面。

过去一起长大的日子里,他们有无数次面对面的时候,摔跤,掰手腕,下象棋,打牌,一个人哭了,另一个人给对方抹泪……

他从来没有见丘翎这样面目狰狞过,眼睛瞪大,鼻孔一张一合,嘴巴里黑漆漆的,像万里深渊,只有"啊——啊——"的嘶喊声从胸腔深处发出来。他站得近,清楚地看到,丘翎脸上在几秒之内就出现了红青相间的血丝。成年之后,冯伏虎才知道那是电击伤,当时,丘翎的皮下毛细血管全部爆了。

头脑冷静的只有姐姐一个人。那时的姐姐在冯伏虎眼里简直是这个世界上唯一的神,她让唐冉带着最小的弟弟秦思行去看花,然后用一块干燥的木板打断了鱼竿。

"这个人可能救不活了。"姐姐艰难地说。

"但是他没死呀……"冯伏虎的手指放在丘翎的鼻孔下,感受到了呼吸。他茫然地看着姐姐,等待"神"的旨意。

"他不如死了。"姐姐意味深长地说。

眼前野草疯长，虞美人花肆意盛开，在那个夏天，冯伏虎仿佛一下子明白了许多。

他坐在一片殷红中，水里波光潋滟。他不敢再看姐姐的脸了，他只敢盯着水里的倒影。

水里有两个小孩，女孩沉着淡然地说："就这样吧。他得死，但是不需要让别人知道他死了。你得替他活下去。"

小男孩点点头，把还在流血的朋友推下了水。

丘翎的盲奶奶在野草坡一声声地呼唤他回家吃饭，姐姐领着唐冉和秦思行，笑眯眯地说："奶奶，他马上就回去，您先在家等着。"

盲奶奶喜欢这个童花头的女孩子，顶喜欢听这个女孩子说话的声音。

这个女孩子没有骗她，她回到家，在夕阳里坐了一会儿，一个男孩子的声音就响了起来："奶奶，我回来了。"

声音有点粗，可能是出去疯着凉了。

男孩子嘛，总是这样淘气。她想。

5

0715 的手止不住地抖。

苗苗把他拽进荒屋里，左右开弓各打了一个耳光。他终于流下眼泪来。

眼泪一旦决堤，就止不住了。他蹲在地上，两只手同时擦着泪，可是泪水还是从指缝里不听话地流出来。

"那以后，那以后，我们几个人再也没有一起玩过。我也没有再见过二哥和三哥。姐姐一直说，他们去很远的地方上学了，一早就要走，晚上很深的夜里才能回来。后来，后来我也去镇子里上学了，再也没有过他们的消息。"0715 放声大哭，"如果我回去看一眼，如果当时我过去看一眼……"

他沉浸在愧疚里无法自拔："二哥奶奶死的时候，可能都不知道身边

10

的孙子早就换人了……"

苗苗也贴着墙壁蹲下来,她心里的难过与震惊不亚于0715。她嫁给了被藏在后备厢里的那个人,她和他朝夕相处整整三年,她怀着他的孩子,但是她在五分钟前刚知道他究竟是谁。

"不要哭了,"她的声音很温柔,像人们唱摇篮曲时用的那种声音,"不要哭了。这笔债,她和他都要还了。"

窗外,警车停下来,穿着警服的人涌入燕子藏身的荒屋。警犬也从车上跳了下来,四处闻着,搜索逃逸的燕子。

燕子送走那辆"藏尸车"后,苗苗也拨通了报警电话,并把拍摄到的视频全部发送给警方,与监控录下来的情景相互佐证。

藏在后备厢的冯伏虎,并不知道身后发生的一切。他估算着行驶时间,缓缓地推倒后排座椅,从连接处爬了出来。

驾驶员还戴着头盔,全神贯注地穿梭在雨中。冯伏虎躲在驾驶座后面,和座椅背靠背,然后左手悄无声息地伸向驾驶员右耳下方——颈窦动脉,冯伏虎习惯性地攻击这个部位。

"当时,你们就是这样对他的吗?"开车的人突然这样问。

冯伏虎一时反应不过来,他认为外面的雨声足够大,而自己的动作足够轻,对方没有理由会发现自己的动作。

"当时你们就是这样对待他的吗?"冯伏虎听到驾驶员在怒吼,在哭泣。

车子急停在高架上。驾驶员锁死了车门、车窗,摘下头盔,问了他最后一遍。

"我说,你们就是这样电昏他,然后把他推进洗车机的吗?!"

在临死前,冯伏虎终于看到了开车人的脸,是那个日夜煎熬、濒临疯狂的牙医助理。

天亮了,一切恢复正常,连绵一夜的雨水停了下来,生活有条不紊地继续进行。

一则广播响起,提醒早高峰期间的车主注意绕行:两男子驾驶一辆轿车跌入海中,搜救工作正在紧急进行,目前高架上已有三公里的拥堵,预计通行时间超过半小时。

燕子跪坐在狗窝里,警惕地听着外面的动静。两只毛发打结的松狮犬紧紧地挤在她面前,懒洋洋地发着呆。性格温顺的它们只以为这是一个正在和伙伴玩捉迷藏的小女孩,它们并不知道自己替这个嫌疑人挡过了警犬的追踪。

"他真的死了。"燕子静静地流下泪来,不敢放声大哭,因为外面也许还有徘徊在附近的警务人员。

手机里,还有他们分别前最后发送给彼此的消息。

冯伏虎躲在黑暗密闭的后备厢,热切地告诉她:"相信我,这件事解决之后,没有什么能让我们分开了。"那时的他并没有意识到,无论这辆车开往哪里,他都是死路一条。

燕子已经无暇分辨这句话是出自真心还是假意,她只知道这个和她纠缠了接近二十年的人,真正地离开她的生活了。

被雨水淋湿的狗窝里,弥漫着暖烘烘的臭味,两只邋遢的松狮犬正在互不嫌弃地舔舐彼此,燕子望着它们,恼羞成怒。

她是想要他死,但是她希望他按照她的计划去死,而不是被苗苗和0715捡了便宜。她把这视为一种羞辱。

当外面彻底安静下来,燕子从狗窝里钻了出来。她的脸上带着莫名的笑容,双手背在身后。如果有谁在老街上看到她,只会以为这是一个诡计得逞的孩子。

她的手里紧紧地握着手机,手机屏幕上是外卖APP里自带的地图。上面闪烁的红点,是外卖员0715的所在地点。

得到冯伏虎的死讯时,彭警官正在异乡的清晨里,试图从那些纸质

10

资料中梳理出他的人生轨迹。

名字就像一把钥匙，拿对了钥匙，彭警官就能推开嫌疑人的生活之门，一窥门里隐藏的世界。冯伏虎的一生清晰地呈现在彭警官面前：中考时，他使用"丘翎"的身份参考，此后的学籍信息里也只有"丘翎"的名字出现。他的本名"冯伏虎"逐渐消失在人们口中，大多数人都以为这个孩子初中毕业后就外出打工了。

彭警官还查到，他一直用"丘翎"的身份去银行领取丘翎父母打回国的钱，甚至在高考前还顶着丘翎的名字和丘翎的父母在首都见了一面。

他完完全全窃取了丘翎的人生。

银行的转账记录显示，这些年，冯伏虎用丘翎父母从境外汇回的款项完成了上学、购房、结婚等一系列人生大事，甚至开公司的第一笔钱也来自于此。想到这些，彭警官不寒而栗。他无法想象丘翎的父母知道真相后会多么崩溃——这些年他们在境外务工挣来的血汗钱，全部用来供养了杀子真凶。

小郭在电话里还告诉彭警官，另一名嫌疑人燕子逃了，警察赶到前几分钟，她就翻墙跑了。

"也是奇怪了，监控里录得清清楚楚，翻过墙就硬是找不到人了。警犬也出动了，找不到踪迹。"小郭沮丧地说，"我有预感，这个女人比冯伏虎还危险。"

彭警官沉默片刻，一夜未睡的眼又红又胀。他揉着太阳穴，沉着地安抚小郭："燕子这个人，没有身份证，没有银行卡，她在城市里很难独自生存，一定会再次现形的。"

小郭的声音突然兴奋起来："刚才搜救队传来消息，另一位坠海者救上来了，是那个牙医助理，还有生命迹象！和冯伏虎不一样，冯伏虎一捞上来医生就宣告死亡了。"

"多行不义必自毙。"彭警官在电话里脱口而出这几个字。

小郭怔了一下，问他在说什么。

彭警官从堆积如山的学籍信息、银行流水、通讯记录里站起来,那是冯伏虎在世界上三十几年留下的全部痕迹。他说:"我这就回去。"

这则广播响起来的时候,0715压根没有听到,他正忐忑地凝视着苗苗脸上变幻不定的色彩。

急救车一路鸣笛,阻塞的车流却始终不见松动。救护车只能绕行城市另一端的道路来跨过这片海。

那条道路上有两三个隧道,每个隧道都不长,仅有一公里左右。0715很害怕救护车驶入隧道,一旦进入隧道,光线暗下来,苗苗的脸就隐入黑暗中,像在暗夜里沉睡的人。

照在她脸上的光线忽明忽暗,0715的心也阴晴不定。

得知"丘翎"的真实身份后,0715止不住地大哭,当他站起来准备离开这里,让一切重新开始时,却发现苗苗站不起来了。

她身下流出好多好多的血,急救医生说,这是先兆流产的迹象,情况危急。

救护车里,几台仪器连在苗苗身上,监测她的血氧饱和度。急救医生也对她进行了补液,0715不知道自己能做些什么,只能反复地向手掌哈气,让掌心变得热起来,然后用这一双粗糙但温暖的手去焐热输液器软管。

"她很怕冷的,她真的很怕冷。能不能开得再快一些?"0715绝望地问。他好像又回到六岁那年,眼睁睁看着鲜艳的虞美人花被骄阳烤得垂下了头。他心急如焚,却无能为力。渺小的他抗衡不了大自然。

"跨海高架堵车了,没办法。听说是有车辆坠海了。"急救车上的司机解释着。

苗苗虚弱地伸出一只手,示意0715自己有话要说。她的脸色苍白,像脱了水、失了色的草莓,脆弱无比,撑不起任何颠簸。她闭起双眼,在黑暗中想着很远很远的未来。

10

所有的人和事件,——陈列在她眼前,像奋力前行的蜘蛛那样,快速铺成一张蛛网。她慢慢地对 0715 说着,把自己预料到的可能性逐一讲给他听。

"燕子打求救电话给你,就是设下了圈套。"苗苗慢慢地说着,"如果,如果冯伏虎真的绑架了她,她哪里有机会再通过那样复杂的方式联络你呢?"

0715 重重地点着头,苗苗说什么他都觉得对,他只希望急救车快一些,再快一些。

"以后不要这么倔强了啊。"苗苗睁开眼,笑盈盈地看着他。

他第一次跟踪她时,他的步子走得大了些,险些撞翻她手里抱着的一沓琴谱。那时的她,也是这样笑盈盈地望向他,像是什么都能原谅一样。

"好的,好的。到哪里了?还有多久到?"0715 焦急地问着。

苗苗做了一个"嘘"的手势,让他冷静下来。她说,让他放心,牙医助理不会被冤枉的,因为去之前他们已经商量好了,牙医助理的手上涂抹了大量的卸妆油。监控也录到了这一幕。

"这样,但凡他触碰过的东西,都会有明显的指纹留下。只要他是清白的,就很好证实。"苗苗缓缓地说。她还提到,如果牙医助理被燕子和冯伏虎害死了,请 0715 一定不要自责。

"他活着,本来也已经了无生趣了,每一天都是在熬。那对他来说是解脱。"苗苗再次闭上眼睛,声音渐渐微弱,"你不要自责,不要像过去那样糟蹋自己,明白吗?好好过下去⋯⋯"

救护车把 0715 和苗苗送往了那家妇幼保健医院。

那里有苗苗的全部资料,医生很快做出了抢救方案。看着苗苗被送入急救室,传来平安的消息,0715 才放下心来。

他沿着墙壁瘫坐下来,在熙熙攘攘的走廊里昏睡过去。

是护士叫醒了他,说苗苗没有生命危险了,但是胎儿状态不稳定,要住院保胎,已经在病房住下了。她问:"你是家属对吧?这些费用去交一下,在一楼。"

"是……是的,我是家属。"0715几乎热泪盈眶,他飞奔下楼,连电梯都忘了乘坐。

这家妇幼保健院除了产妇、新生儿之外,还收治需要住院治疗的儿童。楼梯间里,有穿着病号服的孩子在聊天。他们大多瘦骨嶙峋,面色暗黄,在病痛面前,人类的年龄不再那么分明,七八岁的人也可以有一双很老很老的眼睛,像是留下了太多被生活折磨的痕迹。

看到这些本该奔跑,本该大笑的孩子,0715的心里像压上了巨石,他没有想到,病痛和死亡,与新生同步进行。

收款处把抢救时用到的材料和药物打成好长一张单子,足有接近一米的长度。0715一眼都没看,把自己全部能交出来的钱都充到了苗苗的医疗卡里,他第一次感到手机里的那些数字是有价值的。那是他在这个城市风雨兼程赚来的钱,从这一刻起,他才真正喜欢上它们。

不过,他似乎感到哪里不对。

"对单子的话去一旁对,后面还有要缴费的。"收款处的工作人员提醒站在这里的年轻人。

0715木讷地走向一旁,再次点亮手机屏幕。

他看到那个用了很久的接单平台里,显示"客户已点击确认送达"。

时间是五分钟前。

11

止战之殇

第十一章

1

苗苗像是做了一个很长的梦,她醒来时,抬眼先看到白得令人眩晕的天花板,然后才是落满晚霞余晖的病房。她的身边竖着输液器,汩汩地流入她静脉的是硫酸镁。这药让她很痛,像碎成渣的玻璃流入血管。但护士说,这是保护小葡萄安稳的药,于是她一声不吭,任由左手轻轻颤抖。

走廊里乱成一片,同病房待产的孕妇站起来,放下啃了一半的苹果,走出去瞧了瞧,然后撇着嘴回来了。她把病房门关紧,还不放心地拧上了锁,忐忑地说:"闯进来个神经病。在楼梯间拐角处挨个抓住小朋友不放,非说在这里看病的孩子有问题,是杀人犯。小朋友的家长可不愿意了,抓住了就揍,拉拉扯扯闹到这边来了。"

苗苗吸了一口气,赶紧拨打 0715 的手机,却一直是无法接通的状态。她只能起身下床,腿脚软得差点跪下去。她扶着输液架走到门口,走廊尽头传来 0715 的声音,他在那边大喊:"她来了,姐姐来了,她藏在这里。快走,这里不安全。"苗苗想开门出去,同病房的孕妇立刻提出抗议:"你认识这神经病?"

苗苗羞涩一笑:"不是,有点闷,想透透气。"

门口放着她的轮椅,在这里保胎的孕妇都被医生要求避免活动,绝对静养。如果有不得已的检查需要离开病房去做,也是坐在轮椅上由家属或者护士推过去。苗苗不认为自己虚弱到了那个地步,但还是坐上轮椅,滑动到走廊的大门前。

病区的探视时间截止到下午六点,护士已经把走廊大门从内部锁上了,0715 在众人的撕扯下,不甘心地拍打着大门,大声呼喊苗苗的名字。

医院保安和附近的片警匆匆赶来,要强行带 0715 离开。

几位恼怒的家长从片警嘴里听说眼前这个小伙子有亵童的入狱史,更是不依不饶,厉声指责医院管理不严:"妇幼保健院怎么能让亵童的人进来呢?这不是等于把狼送进羊窝吗?"

0715 死死地把住走廊大门不肯离开,他分辩说:"我不是狼,真正的狼看起来是个小女孩的模样,大眼睛、尖下巴,留着童花头,看起来很可爱很善良!她在这里,她就藏在这里,她告诉我了!"

"你别胡说八道了!"医院保安一根根掰开 0715 的手指,呵斥他,"我们这里管理严格,别说进个人了,进只麻雀也得登记。这层的病房里都是待产的孕妇,你再闹我们就让警察同志带你走了啊!"

走廊这边的护士也跟着帮腔:"我们这里过了探视时间任何人都进不来的,这儿没有你要找的什么小女孩,快走吧。"

0715 执拗地不松手,强调说:"我不能走,我不能走,我走了,她会很危险的,我要在这里守着。"

片警也没有耐心和 0715 纠缠了,掏出手铐,严厉地对他说:"我现在要求你马上离开这里,严重影响医疗秩序是会构成犯罪的!"

0715 置若罔闻,继续大声喊着苗苗的名字,让苗苗和他一起走。

走廊里的几间病房门陆续推开了,护士和病号都探出头来望向这边。

坐在轮椅上的苗苗感到脸颊发烫,她没法跟着 0715 一起发疯,为了小葡萄的安全起见,她要留在这里至少再住一周的院。她静了片刻,然后重重地敲了几下走廊大门,用长长短短的叩击声,向 0715 发去两

11

个信号：safe，peace。

0715立刻安静下来，他学着苗苗叩出来的声音，也回了两个信号：safe，peace。然后他一言不发地由片警带离了病房楼。

一直持续到晚上，0715的手机都是无法接通的状态。苗苗猜测，他被警察带去做笔录，还没有离开派出所。

隔壁几间病房不时有临产的孕妇被推出去，护士说她们生完宝宝之后，就会换去更宽敞的母婴房。同病房的孕妇不无羡慕地说："我这孩子已经超期一周了，真盼着赶紧和她们一样换个宽敞地方。"

她的肚子高出其他孕妇一些，护士每次来都要开玩笑地说她肚子里是个懒宝宝，已经41周了还不肯发动。

"催产针打了半天了还没动静，过了今晚我是无论如何也不等了，再不发动就剖出来，这孩子太大了也不好……"这位孕妇满脸幸福，絮絮地说着。

苗苗羡慕极了，医生说她的小葡萄发育得比同期胎儿要小一周，要求她无论如何也得撑到小葡萄7个月。

"要是这个月龄早产了，和引产差不多。"进入病房前，值班大夫曾严肃地叮咛苗苗，不可以剧烈活动，不可以大喜大悲，更不能劳心费神。

遵循医生的指示，从躺到这张病床上起，苗苗就强迫自己不去想生死未卜的牙医助理，不去想用假身份和自己在一起生活了三年的冯伏虎，也不去想孩子出生后将要面临的窘迫困境。她只是把医院里的婴儿哭声当成空灵的安眠曲，尽量把自己的大脑洗刷成一张白纸。

夜里，护士来给隔壁床的孕妇换药。隔壁床的孕妇发出几声夸张的"哎哟"声，一直念叨疼。

"护士，护士，"她把准备离开的护士又喊了回来，"我是不是要生了？胳膊好疼呀。"

护士被她逗乐了，反问她生孩子和胳膊有什么关系。

苗苗在黑夜里睁大眼睛,审视着护士和孕妇的身影,这两个身型下午她已经看熟了,不会有错。

走廊里只有一点灯光透进来,把她们两个人的身影照得又宽又长,像顽皮的山魈似的,苗苗有心躲它,它却挤眉弄眼地往苗苗身上贴。旁边的孕妇越是念叨疼,苗苗的心越是不安。被她压抑了半天的思绪齐刷刷地向她脑海里挤,冯伏虎、燕子、唐冉、张主任、牙医的面孔一个接一个向她眼前涌,连十几年前养父指向她的筷子尖都仿佛再次出现在她眉心。

她一下子坐直身子,颤抖着摁亮病房里的灯。

白晃晃的灯光下,护士和孕妇都惊诧地望着她。

她也不解释什么,伸手抓下来自己正在输的药物,反复检查,然后问护士:"我这个药怎么一点也不疼了?"

护士被她俩气得没有办法,无奈地说:"你打了这么久了,血管适应了,当然就没那么疼了;她呢,估计是快生了,心理作用。你们都是要当妈的人了,一个嫌疼,一个嫌不疼,别那么娇气……"

"不对。"苗苗神经质地说,"你有没有离开过护士站?"

"当然有,这一晚上我也停不下来呀。"护士不理解苗苗突如其来的质问,语速飞快地说,"有马上就生的,有突然血压不正常的,刚才走廊头上那病房的血压监测器就报警了……"

苗苗一下子扯开手上的纱布,拔下输液针头,静脉血和药水立刻喷了出来。

"你也不能打了,这药不对。"苗苗下了床,走向旁边的孕妇,要给她拔针,"药被人换了。"

护士阻拦着,另一位孕妇也不知所措地躲着。护士大声说:"你是不是做噩梦了?这是干什么?"

"她还在这里。"苗苗的声音很低沉,"他没有说谎。她在这里。"

护士被她的反应弄蒙了,哄着她回去躺下:"这里不会有人进来的。

11

别害怕,你们都太紧张了。"

苗苗苦笑着摇摇头,她知道,自己可能要当一个不听话的患者了。只要燕子活着一天,她和小葡萄就一天不能过安生日子。

在苗苗的强烈要求下,护士带她去了护士站,让她亲眼看到配药室里排列整齐的无菌橡胶手套、注射药品等等。每一瓶药上都清晰地贴了患者的名字和配药时间。

"这是催产的药,那是保胎的药,都分得很清楚的,注射前我们会核对药物名、患者名,绝对不会搞错的。"护士气咻咻地说。

苗苗沉默地看看,那些药水不会说话,但是监控一定会说话。她对护士提出要看监控。

护士彻底失去了耐心,让她赶紧回去睡觉:"别疑神疑鬼了,这里任何人都进不来的。换药更是不可能的,自从建院以来,我们这儿就没出过这种事。"

护士的嗓门很大,走廊的感应灯都亮了几盏。

苗苗的声音轻柔但沙哑,像猫爪子踩在羊毛毯上。她低声说:"只要我能进来,别人就一样能进来……"

话音还没有落下去,走廊里立刻有女声尖叫:"不对,我的药错了,我好像要早产了。"

护士大睁着双眼,护士站里的警报灯一下子亮了起来,这意味着有患者的监测数据不对劲了。一盏警报灯亮了,接着第二盏、第三盏也亮了……

走廊里涌进来好多穿白大褂的人,小心翼翼的孕妇们鬼哭狼嚎,在门口盼了一夜的家属们不明就里,吵吵嚷嚷地要跟进来,都被保安一一拦了回去。

病房里开始有孕妇被抬出去,听说是出现急产症状了。

昏黄的走廊亮如白昼,病房里不时有困惑的、惊恐的、愤怒的面孔出现。苗苗在这些面孔的注视下,缓步走回病房。

放在她床头的背包还在,那里是她昨夜出门前准备的东西,没想到隔了整整一天才用得上。

她坐在病床上,抬起眼看看自己打了四分之一的药水,冷笑着撕开注射袋,反手倒了出来。然后从背包里掏出口红,给苍白的脸涂上几分颜色。

"你这是要去哪儿?"同病房的孕妇捧着大肚子,看着苗苗走出病房。

苗苗把包优雅地挎在一侧肩上,仿佛此刻的她穿的不是松松垮垮、袖口和领子都多出一截的病号服,而是为即将到来的盛宴准备的晚礼服。

"去见一个早就该见的老朋友。"苗苗笑笑,"替我向你即将出生的孩子问好。"

果然,乱糟糟的病房走廊里,有人在喊:"我看见那个小女孩了,就是她,刚刚跑出去了。"

苗苗紧跟着走了出去,走廊尽头,有名孕妇坐在轮椅上,用力抚着轮毂。她在前面说:"往那个拐角走,跟我来。"

2

医院消毒水冷冽的气息,是贯穿燕子生命始终的味道。

可以说,在出生之前,她就有漫长的住院史,她是母亲卧床两个月硬生生保下来的小生命。

一出生,她就成为医院最小的患者。她坚持认为自己对于那段生活是有记忆的。保温箱简陋而沉闷,她像个玩偶一样躺在盒子里,不能说话也不能动,每隔一段时间护士就会走过来,用冰冷的手提起她不足拇指大的脚,塞进来一张新的尿片。父母每周只能见她十五分钟,这十五分钟里不可以有拥抱,也不可以有亲吻,因为她太小太脆弱了,任何细菌都可能给她带来致命伤害。

11

"他们不喜欢这样。"在 NICU 的半透明磨砂墙外,燕子冷冷地说。

NICU 是新生儿重症监护病房,用来收治早产、体重不足或者有其他身体异常的新生儿。他们像当年的燕子一样,每个人都乖乖地躺在塑料饭盒一样的保温箱中,脸上用胶布贴着鼻饲管,冷冻的母乳加温后从那里直接灌入胃中。

到了照蓝光的时间,NICU 里一片幽幽的蓝色。从外面看去,这里就像一个大型实验室,每一台保温箱都是实验室里的培养皿。人们在这里做着用医学对抗命运的实验。

这些孩子的父母都在半透明的磨砂墙外踮起脚向里望着,希望能从护士给孩子翻身、换尿片、检查的瞬间看到自己思念许久的眉眼。

燕子坐在轮椅上,一侧嘴角翘起,带着嘲讽的语气说:"真的这么想见他们吗?救活了,养大了,结果发现有一辈子治不好的疾病,你们还这么想见他们吗?"

"胡说什么呢?"有孩子的父母不满地呵斥。但是看到眼前这个坐在轮椅上的女人是孕妇,也就没有和她计较。

燕子从口罩上方抬起眼,冷漠地盯着说话的人,然后摇摇头:"自欺欺人。"

自从发现 0715 对走廊里玩耍的孩子们起了疑心后,燕子就给自己换了一身装扮。她在医疗废物垃圾桶里找出一身还算干净的病号服,把从孩子手里要来的气球塞到上衣里,伪装成孕妇的模样。走廊里随处可见的轮椅和垂下的裤腿完美地隐藏了她的身高。

0715 被警察和保安带走时,她正在走廊一侧的洗手间里端详镜子中的自己。镜子里的她坐在轮椅上,面颊消瘦,肩膀狭窄,唯有腹部鼓起,披在肩上的长发干枯凌乱,和病房里那些无暇打扮自己的孕妇并无两样。

她望着自己这副成年人的模样,竟然有点舍不得移开目光。

以前的她穿过高跟鞋,戴过波浪卷的假发套,也涂抹过眼影和口红,每次看起来都像个可笑的孩子,正在偷穿母亲的装扮。冯伏虎和唐冉为了照顾她的心情，从来不敢当着她的面嘲笑她夸张的假睫毛和艳红的双唇，而是背着她窃窃私语。她有好多次躲在卧室的梳妆台前，听着冯伏虎和唐冉在客厅嬉笑，她发了疯地往自己脸上拍打厚重的脂粉，试图用浓妆艳抹让自己看起来像个真正的成年人，然而冰冷光滑的镜子从来不给她留情面，一次又一次用里面那个小丑一样的孩子嘲笑她。

"我不会再长大了。"她失望地对镜子里这个坐在轮椅上的女人说，"我不会像你一样变成一个成年人，嫁给一个男人，然后拥有一个孩子了。我只会变老，只会死。"

镜子里的女人流着泪，燕子却笑起来。

她戴上口罩，滑动轮椅，在保安的注视下，进入幽暗的病房。

0715 在停车场看到了这个坐在轮椅上的女人。

月色昏黄，停车场的灯光也暧昧不清。

他做完笔录回来，第一时间赶回病房楼，却发现那里人头攒动，病人家属和护士撕扯，乱成一团。

"药都敢配错，保胎的孕妇打了催产的药，催产的孕妇打了保胎的药。幸好发现得早，不然我们非告到你们干不下去……"家属愤怒地喊。

护士也是一腔冤屈，不得不站在椅子上，大声解释那句她已经重复了无数次的话："事故原因我们还在查！补救工作也在进行中，大家放心，没有造成任何严重后果。"

0715 匆匆赶去苗苗所在的病房，那里空空如也，苗苗放在床头的背包已经拿走，同屋的产妇也因胎儿发动而被送去了待产室。

他刚刚充电开机的手机里有几个来自苗苗的未接电话，打回去时却无人接听。

"这一间的患者呢？"他挨个询问护士和保安，他们大多正在应对焦急的家属，来不及回答 0715 的问题。只有门口的保安困惑地说："好像向楼下走了，说是看到了个'老朋友'。"

11

有人一直在不远不近的地方向 0715 发信号。每当 0715 走得近一些，就会听到"STOP"的信号。

"苗苗？"0715 在一楼大厅远远地问，那个人马上敲击轮毂，发出"QUIET"的指示。

夜里的医院人不多，值班人员昏昏沉沉的，0715 一路跟着她来到室外停车场，才发现一路发送信号引导他来到这里的是一名坐在轮椅上的孕妇。

"是你吗？"他大声问。停车场的保安警惕地向这边走过来。

轮椅上的人始终垂着头，长发盖在脸庞一侧，0715 看不清她的脸，只能看到她的脸颊在月色下白至反光。她快速转动轮椅，隐藏到立体车位的阴影里。

"什么人？在这里干什么的？"手电的光芒照到 0715 眼前，0715 举起手掌遮住眼，支支吾吾地还没有来得及回答，就听到保安腰侧挂的对讲机响了。

对讲机里的声音沙哑、急躁，说医院里进了恶意调换药物的人，请所有安保人员速到一楼大厅集合。

"我去车上取东西。"0715 趁机说。

"几号车位的？密码知道吧？先输密码，再输车位号，自己把车调下来吧。"保安留下六个数字，急匆匆转身向医院大厅赶。

保安走远后，0715 再次听到了长短交织的声音，这次传来的是"DANGER（危险）"。

0715 循着声音找过去，一边走，一边低声呼喊苗苗的名字。

医院停车场建得比较早，规划者在建立时并没有想到，十几年后车辆几乎成了每家每户的必备品。这个比学校操场大不了多少的停车场就显得局促极了，医院里常有患者家属因为争抢车位发生冲突。

两年前，医院购置了八个立体车库来解决停车问题。这种立体车库只需要占据 6 米的宽度，然后拔地而起，足有七层，充分利用地上空间。

每个车库能容纳三十余辆车，只要输入操作密码，立体车位就会像摩天轮那样转动，把指定的车位传送至地面。

0715跟着声音走入两排立体车库之间，他仰头望去，七层高的立体车库上几乎停满了车辆，密密麻麻的车头都冲着他。车辆形态各异，在银白的月光照耀下，影子被揉圆、摁扁、拉长，黑漆漆的车窗和圆睁的车灯似乎有了表情，或狞笑或静观，犹如0715在山神庙天花板上看到过的满天神佛。

0715隐约听到了链条绞动的声音，他停了下来，一左一右两排车库又变得无声无息，像是一座安静、坚硬的钢铁之城。

"苗苗，你在这里吗？"0715焦灼地问。他意识到，有某种危机正如异兽匍匐此地，等待盼望多时的猎物到来。

"DANGER"的暗号再次发出，车库深处，那个坐轮椅的女人缓缓滑了出来。

她侧对着0715，双臂放松地下垂，脑袋也歪在一侧肩膀上，像是昏迷了一般，长发无声无息地在肩旁飘动。

像是有谁在她背后推了她一把，轮椅慢慢向前滑行。她正对的空地上方，是一层等待落下的金属车位。车位上面停了一辆黑色的越野车，0715叫不上它的名字，只是看到坐在越野车下方的孕妇，像巨石下的幼兔那样无助。

"危险，别过去！"0715停下向外撤离的脚步，试图追过去拉住她的轮椅。

"别动。"

一个声音在他身后响起来。这个声音熟悉又陌生，这些年，他只在回忆里和手机听筒里听到过，他还不太适应在真实世界里听到这个声音。

她说话的声音无比清晰，似乎距他后背只有两三米远，他能清楚地听到她喉头的颤动和喘息声。

他只要转过身去，一伸手就能抓住她，但是他不敢动。因为她说："苗苗在最上面，你动一步，载着她的那辆车马上就可以跌下来。"

头顶上，天空逼仄，在他左手边车库的最顶层，一辆白色的 SUV 车门打开，似乎有女人的腿垂了下来。

"你不要伤害她。"0715 急促地说。

"我没有伤害她！是她在伤害我！"燕子慢慢地退开几步，"是她跟踪我，是她挑拨我和虎子的关系，是她有意怀孕阻挡虎子把我从福利院带回来。"

"她……现在怎么了？"0715 控制住内心的惊慌与愤怒，让自己的声音保持平稳，他知道，燕子是一个说到做到的人。

燕子轻巧地笑起来，她已经退到操控盘的位置："怎么了？你很清楚呀，装什么无辜？用那个小东西在脖子上电一下，人就会昏过去。这个你知道的。你和我一样，是手上沾血的人。这么快就想把自己撇干净了？告诉你，警察一旦带走我，也立刻会带走你。你也跑不掉的。"

"如果不是我把你从监狱叫出来，你现在还是一个人渣、一个罪犯、一个流氓，你明白吗？"燕子品尝着报复的快感。她打量着这个年轻人的背影，十几年前，他还是个羸弱、胆小的男孩，什么时候长成了一个胆敢敷衍她、忤逆她的逆子了呢？

"如果不是我，说不定你早就死在监狱里了。哪里有机会出来工作、挣钱、偷人……"燕子继续尖酸地说着。

0715 忍不住了，握住拳大声分辩："我对苗苗从来都没有……"

"闭嘴，我让你说话了吗？"燕子立刻尖叫起来，像短而尖锐的鸣笛在这座钢铁城市里回荡。她的手拍到操控盘上，悬在轮椅上方的车位猛地向下落了一段，看起来离那个昏迷的孕妇不过只有三四十厘米的距离。

"别！"0715 的声音软下来，他举起两只手，继续哀求，"姐姐，是你救了我出来，如果没有你，我就是个人渣、罪犯、流氓，我会死在监狱里。归根结底，是我的错。你不要伤害她们两个人，你想做什么我都帮你。"

"我想让冯伏虎死在我手上！而不是死在她的阴谋里。"燕子厉声说，比起冯伏虎的死，更让她感到无法饶恕的是，0715和苗苗联手骗了自己。

0715痛苦地摇着头："不是她，是那个牙医助理，他一直想报仇……姐姐，也许真的是我们做错了呢？那些人，也许本不该遭到那么严重的惩罚。"

"我有没有做错，还用不到你来评判。"燕子的声音突然变得柔和起来，"思行，这么多年，你没有见过我吧。你现在可以回头了。"

3

0715一点一点转过身子，看到立体车库的操作盘旁，站着一个矮小瘦弱的女孩。

女孩的眼睛很大，鼻梁纤细。尽管她已经失去了头发，脸颊轮廓也颇为松垮，但从五官依旧看得出，她曾是一个精致得犹如洋娃娃一样的女孩子。

两排立体车库之间的道路，像长长的时光隧道，当年胆小爱哭的秦思行，已经走到了时间的这头，成为了今天的0715，而燕子始终站在那头，寸步难行。

"知道为什么你出来后，我一直不肯见你吗？"燕子自嘲地笑笑，"我这副鬼样子，冯伏虎知道，唐冉知道，只有你不知道。我一直想，也许我在你心里，会有那么一点不一样。"

0715点点头。在很久之前，他第一次看到苗苗的时候，就暗暗猜想自己像思念亲人一样思念的"姐姐"，应该和她一样美丽温柔。

"会好的。姐姐，你不要伤害她们。我们慢慢等，总会有治好的办法。"0715恳切地说。

燕子剧烈地摇着头："我也是这样骗了自己很多年，你就不要再骗我了好吗？不注射激素，我很快就要老了；而继续注射激素，我的关节、我的内脏都已经受不了了，它们每天每夜都在折磨我，你知道吗？"

11

0715 沉默下来。燕子站在那里一动不动,低着头像是在哭泣,也像是在思索。0715 尝试着一点点朝她移动,燕子用余光看到他的动作,冷冷地笑了笑,举起一只手来。

她手里拿着的是那辆白色 SUV 的车钥匙:"还记得这辆车吗?冯伏虎的车。我租过同样的车型,你就是开着这样的车,去了他家的地下车库,准备冒充他杀死苗苗。那次,是你第一次骗我吧。"

0715 像木头人一样停下脚步,他知道这辆车有召唤行驶的功能,只要长摁电子钥匙上的按钮,车辆会自动从车位笔直向前驶出。

这个功能原本是设计用来帮助车主从狭窄的车位里取车,此时却成了锁住 0715 手脚的链条。

"退回去。你来选择,是让她掉下来,还是让另一个人坐在那里等死?"

但燕子忘记了,苗苗从来都不是一个笨女人。

两排立体车库之间,是久久的沉默。

半悬在车里的苗苗,轻轻地从衣领间拿出她从护士站偷的橡胶手套,那些手套的最外层已经被电击打穿,如果不是它们的保护,她此刻就真正地昏过去了。

当那个坐在轮椅上的女人不走电梯,而特意带着她在病房里绕行一条又一条走廊时,她心里已经知道这就是她等候多时的"老朋友"。

她把手机调成静音,给彭警官发去了消息,详细描述了自己所在的位置以及燕子目前的情况:"装扮成长发孕妇,在妇幼保健院四楼消毒室附近,没有别的帮手。她带我来的地方是监控盲区,应该在医院活动一段时间了。"

装扮成孕妇的燕子还在前方拐角等着她跟上来,她装作不解,小步向前。燕子坐在轮椅上,指着前方,大声喊:"在那里,我看到那个小孩子了,就藏在消毒室门后。"

苗苗刚去拉动消毒室的门,燕子就从身后猛地拽住她的头发,逼得她不得不后仰脖子。这个动作她可太熟悉了,无数次和冯伏虎发生争执时,他都下意识地这样对待她。

那个黑色的匣子逼近她颈侧时,她听得到电流轻微地噼啪作响,立刻顺从地闭上眼睛,松懈全身的力气,仿佛真的昏了过去。

燕子费了一番力气才把她拖上轮椅,苗苗沉着地任由燕子摆布,她相信在这个医院里,燕子没有帮手,没有凶器,是没有能力以一个儿童的身躯来对成年人做出伤害的。

燕子吃力地推着她,一直把她推到了车旁。

车里坐着的是代驾司机,苗苗听见燕子甜甜地对司机说:"师傅,谢谢您,我妈妈做完检查了,麻醉效果还没有退,我们在车里等一会。"

代驾司机只当她是个懂事的小孩,帮她把苗苗抬到车上,还反复提醒她不要驶入立体车库,避免车辆被升上去。

司机刚刚离开,燕子就把这辆车开上了车位,趁着保安换班的间隙,私自升到了最顶层。

为了迷惑燕子,苗苗把腿伸出车门,然后把安全带从另一侧窗户伸出,将自己的手臂与车位的金属柱捆绑在一起。她确信,就算燕子丧心病狂地让车辆跌落下去,自己也可以趁势从车窗滑出,停留在车位上。

车位下,依旧是沉默。

苗苗本以为,0715可以摆脱这场"战役"。没想到的是,这么多年,燕子连这个最小的弟弟都不肯放过。

她坐起身来,望着痛苦得蜷缩在地的0715,急切地对着他比画手势。从她的角度,刚好可以看清轮椅所在的位置。但她不敢发出声音,因为此刻车子一旦掉落下去,将会笔直地砸到0715头顶。

被恐惧折磨的0715并不知道这一切,他只能看到高处摇摇欲坠的车辆,以及在阴影里的孕妇。

他不敢大喊求救,更不敢扑过去抓住燕子,他赌不起。燕子也知道这一点,就那样冷冷地看着他,等待他做选择。

"请个要让苗苗跌下来。"0715还是说出了口,他对着轮椅所在的方向痛苦地跪了下去。

他看着轮椅上方的车位缓缓降落,投在轮椅旁边的阴影越来越大。他无可抑制地发出尖叫声,死去的二哥丘翎和三哥冯伏虎的面庞在他脑海中交替出现。七层高的金属车位上仿佛齐刷刷地冒出了殷红的虞美人花,然后化成一地的血,一直开到他脚下。

他趴在地上放声大哭,双手死死抠住地面,两只手的食指的指甲双双脱落,只有锥心的疼痛能让他感觉好一点。他像是回到了迷茫的少年时期,罪恶感像蛛丝一样越缠越深,他抽泣到几乎无法呼吸。

燕子哈哈大笑起来,她好像很久都没有这样畅快淋漓地笑过了。0715越是像虫子一样蜷缩在地上,她就越是开心。

"我以为只有我一个人长不大了,没想到你也一样。这么多年,你一点变化都没有。"燕子指着车库的最深处,"明白我当时的选择了吗?我只能保护一边。我选择了保护你们!"

0715怔怔地抬起头,车库最深处,那辆黑色的越野车已经降下来了,而车位下面溢出的只是气球的碎片和假发。

他不可置信地走过去,燕子跟在他身后不远的地方。

"气球、病号服、假发、轮椅……"燕子再次尖锐地笑起来,"如果是真人的话,那么这个时候她已经死在你的选择下了。"

"虎子怪我,唐冉怪我,连你也怪我,你们平安地长大了,开始怪我放弃丘翎。如果当时不淹死他,你们就全完了。你们知道吗?"燕子狰狞地说。这些孩子让她恨得牙痒痒,如果没有她替他们做那个选择,他们会怎么样?这一辈子都要养着那个活不活、死不死的人了。

0715慢慢抬起头,向天空望了一眼,然后又低下头,跪倒在地上。再抬起头时,他是笑着的,他说:"如果没有你替我们做的那个选择……二哥不会死,三哥也不会死,四姐更不会惨死车下!如果没有你替我们做的那个选择，我们四个人还是在一起的，谁也不会分开我们！"

燕子没有想到0715还敢忤逆她，立刻把手摁在钥匙上："是吗？是吗？那要不要我再替你做一个选择？"

0715抬头看向天空时，苗苗安然地站在车位上，她看准了位置和时机，用手在空气中对他比出了"KEY"的信号。

这个信号她比画了很多遍，她不确定0715有没有看清，只是0715对她露出了一个神往的笑容。

0715的笑彻底激怒了燕子，燕子厉声说："很好，看来你不是很满意刚才的选择，我帮你重新选一遍。"

0715还在笑着，痛哭过后，脸上的泪水尚在，和着这一夜的汗水，一直落进嘴巴里。这味道就像十八年前他站在虞美人花海前，身后不远的地方，一个男孩看着另一个男孩死去。

当时的他，明明听到那个女孩在说："好沉啊，这家伙，还在流血。"可是他不敢回头，摁紧了四姐捂在自己双眼上的手，当时，嘴巴里就是这样又咸又苦的味道。这个味道陪伴了他十几年，他以为自己可以忘了，直到他亲眼看着轮椅上的气球人被砸裂，他才知道这个味道到死也不会忘。

燕子启动了召唤行驶，车轮碾压着金属车位，发出吱嘎吱嘎的声音。这声音提醒了她，她所处的位置，刚好是车辆落下来的位置。

燕子转身就想躲，而本来跪倒在车库最深处的0715不知何时站起了身，快步追了上来，两条胳膊环住她的肩膀，脸上是带着深深痛意的笑。

4

普通人的一生，不论经历了怎样的爱恨情仇，受过怎样的折辱，享过怎样的好运，到他死去的那一天，落到纸上的只是短短几行字。

"《奇报》记者鹿迢迢讯：本市妇幼保健院发生一起立体车库伤人案件，

停泊在最顶层的某型号 SUV 突然滑落，误伤两名患者家属，伤者经抢救无效死亡。"

考虑到对医院的影响，这则新闻被一压再压，到了春节后的一天里，彭警官和小郭陪着恢复意识的吴翠莲叠纸飞机时，翻到了这张路边小报。

"今天我们先玩到这里，我要去看一个朋友。"彭警官对吴翠莲说。

吴翠莲开心地把纸飞机投向一旁的父亲，和父亲玩得不亦乐乎。

他们来到那个破旧的城中村小区，这里连暖气也没通，彭警官不由得担心刚刚生产的苗苗和孩子在这里是否适应。

而苗苗好像并不担心，她的脸色红润极了，请了旁边的摆摊阿姨来帮着照顾小葡萄。她在窗边给彭警官和小郭煮茶，热水顶得壶盖来回跳动，白色的蒸汽飘到窗户上。那里有她裁剪的红色福字，和栩栩如生的百灵鸟。

"还是阿姨告诉我的，生了男孩子的家庭要贴百灵鸟，女孩子就贴黄鹂，说是招福气呢。"苗苗笑吟吟的，像是从来没有过什么阴影。

小葡萄的健康诞生，可以盖过苗苗生命里的一切阴霾。

医生说，"唐筛是有一定误报率的"。这个错误，被苗苗视为天大的幸运，她的生活里从来没过这样美好的"错误"。

她的茶几上摆着各种果干，还有涂红了的鸡蛋。她说是附近邻居帮忙做的，坚持让彭警官临走时带几个。

她的那台三角钢琴放在婴儿摇篮旁边，那是她唯一从那个豪华的旧居里带出来的东西。

"等他大一些，就可以陪着我一起弹了。"苗苗笑着说，"学些乐器，追女孩子很沾光的，对不对呀，小葡萄？"

彭警官也跟着放下心来，问苗苗："还叫之前那个小名呢？大名叫什么？"

苗苗眨眨眼，顽皮地笑笑，没有回答。

一旁的摆摊阿姨正抱着小葡萄哄着，给他看窗上的贴纸。

送他出门时，苗苗跟了出来，笑眯眯地说："小葡萄叫思行。"

小郭走了很远才意识到,这个名字有点耳熟,应该是在哪里听过。

"彭哥,这个是不是……"他刚想问,却听到彭警官接起了一个电话。

电话是保险公司打来的:"彭警官,我们在做一起赔付,就是走个程序,需要和您这边核对一下。资料我一会发给您,是投保者'丘翎'的意外死亡赔付,金额大概在120万元左右。医院开来的证明上说死因是'心肌梗塞',倒是符合赔付标准。和您核对一下,您对这位投保者的意外死亡没有异议吧?"

彭警官回头望望那个灰扑扑的平房小区,这是城市里少见的还在点炉子的小区。家家户户竖着烟囱,从屋顶冒出袅袅白烟。

"没有异议。"

独家番外

永 远 永 远

1

在所有人都快要把这件事忘记的时候,彭警官接到了一个电话。

那是一个外地号码,数字看起来很奇怪。一开始,彭警官以为是骚扰电话。反复挂掉几次电话之后,那个号码还是执拗地重现在他的手机屏幕上。

正在会议中的彭警官不得不来到走廊尽头,一边抽着烟,一边摁下了接听键。

"什么事,说。"

"彭警官您好,我是苏颖。"电话那头的人,像是提前准备了一份稿子,认真而胆怯地念着。听到彭警官在长久地沉默着,她结结巴巴地补充:"我在小星星福利院见过您,那时我叫小蒲。"

彭警官记得这个小蒲,她和燕子一样,是小星星福利院里少有的几个智力正常的孩子。她患有小儿麻痹症,两岁就被人送到了福利院。

调查小星星福利院的猥亵案时,彭警官曾试图把她当作一个突破口。想在那个福利院找到一个口齿清晰的孩子可太难了!可是她的反应格外激烈,尤其是当医生想要复查燕子的牙齿时,她尖叫、嘶吼,纤弱的手紧紧地扼住那豆芽菜一样的脖子,倒在地上抽搐起来。

"是遇到什么麻烦了吗?"彭警官熄灭了烟,快步来到阳光下。

2

小蒲一开始还很平静,用了最大的克制讲起这桩事:"你们都弄错了。

"姐姐不是那样的人……

"你们所有人都弄错了!"

慢慢地,电话那边有了抑制不住的抽泣声,彭警官能想象到那个身体扭曲的女孩,站在异乡的街头,买了手机的第一时间就打来了这个电话。

小蒲说,那件事发生后,所有的新闻,所有的报道都把燕子描写成了一个十恶不赦的人。

"可是你知道吗?如果没有姐姐,我们这些孩子不知道会遭遇什么!她也在拼尽全力保护着我们呀!"小蒲的抽泣变成了哭喊。

彭警官静默着,他的心很平静。

从警多年,他见识过许许多多这样的人,在"道儿上",是凶狠冷血的大哥;在家里,却是孝子,是忠厚的丈夫和慈爱的父亲。他们的家属和小蒲一样,谁都无法接受自己那笑眯眯的身边人还有另外一副面孔。

只是彭警官忽视了一点,这些在福利院长大的身有残疾的孩子,比任何一个人都敏感。这一丁点细微的质疑,已经让小蒲停下了哭泣。

她收拾了一下崩溃的情绪,笑着告诉彭警官:"你知道吗?姐姐那时真的以为你要收养她了。她说她会有一个警察爸爸,会有一个漂亮的家。那个家里永远有热水,厨房里也是热气腾腾的……她可以离开这里,可以去上学,也可以有一个属于自己的名字。"

彭警官闭上了双眼,他脑海中浮现的,依旧是燕子那张贪婪而冷酷的面庞。只是好像有谁伸过来一只手,把藏在那面庞之后的小女孩,静静地拎了出来……

3

小蒲要交给彭警官的东西很简单：一本日记。

她说，这是临离开福利院时，燕子亲手交给她的。

"姐姐跟我们说，她找到领养人了。她要去过新生活了。"小蒲低着头，"可我知道不是那么回事。她什么东西都没有带，她把能扔的都扔了，能烧的也都烧了。只是这本日记她让我帮她存着，她说，'等以后安定下来，我写信给你。你再寄给我'。"

小蒲是从螺城赶过来的，那是一座不远不近的北方城市。在小星星福利院改制后，她很幸运地遇到了合适的领养人，并学了一些简单的技术，现在在一家罐头厂里做工。

一起交到彭警官手上的，还有两瓶饱满的糖水罐头，一瓶是黄桃的，一瓶是葡萄的。

"姐姐不是他们说的那个样子。"小蒲依旧是那副单薄的模样，只是她的语气很坚定。

彭警官点了点头，翻开了日记的第一页。

"在一起，不分开，永远永远。"

下面是五个淡褐色的手指印。

4

200×年，8月，雨水冲垮了山神庙。

虎子又挨他爸打了，他在庙里躲了三天。我也在那里陪了他三天。

他一直发着高烧，也一直哭，嘴里说了很多话，可是外面雨太大了，哗啦啦的，我听不出来他到底说的是什么。

我只能听懂他在问我："姐姐，你爸爸妈妈来接你的时候，你带我一起走行吗？再不走我就没命了……"

这四个弟弟妹妹里，我最心疼的就是虎子。

他爸爸不拿他当人看,真是好笑,他的身体那么健康,什么疾病都没有,为什么他的爸爸还是不爱他呢?

我和这群孩子第一次见面时,虎子还是他们的头儿。

他们被村里其他孩子排挤,四妹唐冉的书包都被人烧了。家里的大人懒得替她出头,丘翎、虎子、思行这几个和她一样没人管的孩子看不过眼,寻思替她找补回来。

唐冉吓得直哭,细细的小辫子都被打湿了。她说她害怕。

"我不能惹事,我妈还怀着孕呢。我奶奶说这次怀的肯定是个弟弟,我要是惹事,就是不给我弟弟积福,就是存心和老唐家过不去。我奶奶还说,我要是敢惹事……"那时的唐冉说话都哆嗦。

也不只是唐冉这样,他们几个气得胸脯鼓鼓的,可谁都拿不出主意。

虎子他爸是个醉鬼,哪天气不顺了就揍他解气;丘翎家里只有一个奶奶,眼睛看不见,丘翎怕那群坏小子报复在他奶奶身上;思行更不用说了,还是个小孩,他爸爸是个小学老师,脾气比本事大,把他训得跟个小丫头片子似的。

"那我来吧。"我对他们说。

他们目瞪口呆的样子真好笑,一个个争先恐后地告诉我那群坏小子有多蛮横,多不讲理,不是我这个"城里来的"能对付的。

"今天晚上,八点,到屋顶上看着。"我只是这样回答他们。

那天晚上,村子中心就升起了一堆火。尽管没有回头看,我也能确定,那四个站在屋顶的孩子脸上红扑扑的,眼睛一定很亮。

我把那群坏小子的书包全部烧掉了,总共二十二个。

等它们化为灰尘后,我来到那个拐角处。那里我提前确定过了,在屋顶上绝对看不到。

"来,领钱,一个个排队。想要烟的也可以,排右边。"我懒得和那些浑身都是汗臭味的半大小子多说话。

二十块钱他们就愿意把书包卖了,再加上几根烟和一只打火机,这些没见过世面的孩子乐得脸上都开花了。

我就知道没有钱办不到的事情。

就像我的"爸爸妈妈",给了我一千块钱,又给了那个没见过几面的老太婆一千块钱,就算把我这个累赘彻底甩掉了。

不过,我也不恨他们,没有他们,我就没有葛晓凤这个名字。

5

"晓凤姐,你爸爸妈妈来接你走时,你带我一起,行吗?"虎子还在求我。

我笑着看着他,心里也想像他那样哭。

我哪有什么爸爸妈妈啊?哪里都不是家,哪一对爸爸妈妈都是过客。反正他们迟早都会抛弃我的。

但我还是答应了他。

他像个很小的孩子那样,伏在我腿上一直哭。

我慢慢地给他抹药,问他这次为什么挨打。

他举起了他的一只手。

那上面全是泥巴和碎草,我已经什么都看不出来了。

"我爸爸让我用刀把小鸭子杀了。"虎子说。

我知道,虎子家有一群小鸭子。刚认识虎子的那会儿,那群小鸭子刚会游泳,虎子天天放了学就用一只大澡盆抱着那群小鸭子去河里游泳。游完了再把小鸭子一只一只数好,放在澡盆里抱回来。

那群小鸭子还是他自己孵的,他和丘翎在电视上看了用灯泡孵化鸭蛋的教程,就叫大家一起试试。唐冉家不让她浪费鸭蛋,思行年龄太小,丘翎的盲奶奶不小心把鸭蛋踩碎了,只有虎子孵出了四只小鸭。他当宝贝一样养着,他爸一个月回来不了几天,回来也是喝酒、睡觉,平时没人陪他玩,也就这群小鸭子在家和他做个伴。

"你爸为什么要杀小鸭子?"我哄着他换另一边的脸涂药。

他说:"我爸说,只有老娘儿们才整天养那些东西。他说我不是干大事的料,不像个男人。"

"然后你杀了吗?"

"杀了。"

我和虎子都说不出话了。

外面的雨小了一些,可是风大了。窗户本来就碎了半扇,我多带了一件外套,给虎子盖在背上。

"既然杀了,他为什么还要打你?"

"因为我先对他动的手。"虎子仰着头,躺在我腿上看着我,"他说他要把小鸭子卤了。"

"姐,你带我走,我能吃苦,我干什么都行。再开学我就该上初中了,去哪上都成,不上也行。总之,我不想在这个家多待一天了!"虎子像个小孩一样仰望着我。

"我会的,我会带你走的。"我只能这样安慰他。

6

这三天里,思行负责给我们报信。小豆丁一样大的人儿,瞧着他爸前脚出门,他后脚就跑到虎子家探风声。思行一会儿跑上山告诉我们:"哥,你爸醒了,挨家挨户找你,说要给你顿厉害的。"一会儿他又跑回来说,"哥,下午了,你爸喝多了,睡过去了,别怕了。"

唐冉从家里给我们带了不少吃的,馒头、鹌鹑蛋、咸菜什么的。只是她走得急,没来得及仔细看,鹌鹑蛋还是生的。

"没事,我有办法。"丘翎和虎子差不多大,可比虎子沉稳一些,老成一些。

他兜里揣着打火机,我一见那东西,就恶声恶气地警告他绝对不许学抽烟。他挠着脑袋告诉我,他可舍不得抽烟,他把爸妈从国外寄回来的钱都仔细攒着,以后得去城里买大房子呢。

我知道他在编胡话,就瞪了他一眼。

他笑呵呵地跑开,找了一处不漏雨的地方,嘱咐思行和唐冉去找些干燥的旧书、窗幔、木柴来。思行和唐冉像两只小蜜蜂似的,在庙里爬上爬下。这庙本就塌了半边,一半漏着雨,一半躲着我们五个,被他们这样一闹,倒变得热气腾腾的。

丘翎从外面挖回来好些红泥巴,那种泥巴带着一些咸味,是这座山上独有的一种泥巴。虎子说,那是因为这里曾经是海,后来变成山,所以才留下了这些咸咸的泥土。

那几枚生鹌鹑蛋被丘翎仔仔细细用泥巴裹好,一个一个滚到火里。生火的木头没有干透,烧一会儿,停一会儿,焖出一股很好闻的香气。一直到了傍晚,那几个可怜的鹌鹑蛋才烤熟。

思行嘴馋,伸手去抓,烫得连声大叫。唐冉把手绢在雨水里打湿了,包住那些鹌鹑蛋降温,然后剥得干干净净的分给我们。

我一个也没舍得吃,看着他们吃就觉得很开心了。如果他们和我一样,永远长不大多好,我们五个人就这样一直过一辈子。

7

夜里,思行又偷偷跑上来报信了。他说,看见虎子他爸坐着车走了,去矿山了。

"回去吧?"我问虎子。

虎子点点头。自从听到他爸走了,他整个人都轻快起来,身上的伤好像也不疼了。

他和丘翎你撞我,我撞你,走路从来都没有正形。

"那边是什么?"唐冉被山下一片殷红吸引住了。

"虞美人花啊。"丘翎说,"以前就有,你没看到过吗?可能这几天雨水太大了,把花都催旺了。"

"就在一碗湖那里。"虎子说。

他们这个村子起名字都很奇怪,明明是很大很深的一个湖,可都传说是当年有个仙人过路,找村民讨了碗水喝,喝完把碗一扣,就有了这样深的湖。也不怪他们说这湖是仙人赐的,这湖没人管,是个野湖,可是鱼啊虾啊多得吓人。

"我们去钓鱼吧!"思行说他爸爸有鱼竿。

"行,钓了就用今天的方式再烤了吃!"虎子显然还饿着肚子,兴致勃勃地要和丘翎打赌,赌谁钓上来的鱼多。

丘翎心眼多,把思行拉到一边,问能不能借他的鱼竿用用。

我听到他小声说:"老弟,我把鱼竿加长一些,咱哥俩算一伙的,咱哥俩钓上来的鱼指定最多!"

我跟着他们走着,满鞋里都是泥沙,小腿冰凉。可是我真高兴,这样的好日子,要是能久一些该多好!

我把他们叫住了。

"我们五姐弟能不能永远不分开?"

"那必须的。"虎子率先说,"姐去哪儿,我就去哪儿,我一辈子跟着姐。"

"我也是!"思行跑过来挽着我的手。

"我也和姐姐永远在一起。"唐冉是个很害羞的小姑娘,说完这话她脸都红了。

丘翎嘿嘿笑着:"那我也和你们永远在一起。"

我让唐冉撕下一页她的作业纸,让他们摁了手印。

"在一起,不分开,永远永远。"

图书在版编目（CIP）数据

虞美人不开的夏天 / 鹿迢迢著.
—武汉：长江出版社, 2024.2
ISBN 978-7-5492-9317-9
Ⅰ.①虞… Ⅱ.①鹿… Ⅲ.①长篇小说－中国－当代
Ⅳ.①I247.5
中国国家版本馆CIP数据核字(2024)第012368号

本书经鹿迢迢授权同意，由北京方舟阅读科技有限公司委托天津漫娱图书有限公司正式授权长江出版社，在中国大陆地区独家出版中文简体版本。未经书面同意，不得以任何形式转载和使用。

虞美人不开的夏天 / 鹿迢迢 著
YUMEIREN BUKAI DE XIATIAN

出　　版	长江出版社
	（武汉市解放大道1863号 邮政编码：430010）
选题策划	漫娱图书 许斐然
市场发行	长江出版社发行部
网　　址	http://www.cjpress.cn
责任编辑	钟一丹
特约编辑	张　劲
总 策 划	重塑工作室
装帧设计	吴 彦 罗 琼
印　　刷	武汉鸿印社科技有限公司
版　　次	2024年2月第1版
印　　次	2024年2月第1次印刷

开本	889mm×1230mm　1/32
印张	8.5
字数	230千
书号	ISBN 978-7-5492-9317-9
定价	42.80元

版权所有，翻版必究。如有质量问题，请联系本社退换。
电话：027-82926557(总编室)　027-82926806（市场营销部）